AF200509

Heinrich Hansjakob

Meine Madonna

Ausgewählte Erzählungen Band 4

Heinrich Hansjakob: Meine Madonna. Ausgewählte Erzählungen Band 4

Erstdruck dieser Auswahl: Stuttgart, Bonz, 1898.

Neuausgabe
Herausgegeben von Karl-Maria Guth
Berlin 2017

Umschlaggestaltung von Thomas Schultz-Overhage unter Verwendung des Bildes: Wilhelm Hasemann, Pfarrer Heinrich Hansjakob.

Gesetzt aus der Minion Pro, 11 pt

Verlag: Henricus - Edition Deutsche Klassik GmbH
Mörchinger Str. 33, 14169 Berlin, info@henricus-verlag.de
Druck: Libri Plureos GmbH, Friedensallee 273, 22763 Hamburg

ISBN 978-3-7437-0693-4

Bibliografische Information der Deutschen Nationalbibliothek

Die Deutsche Nationalbibliothek verzeichnet diese Publikation in der Deutschen Nationalbibliografie; detaillierte bibliografische Daten sind im Internet über www.dnb.de abrufbar.

Meine Madonna

1.

Seitdem ich in den »Erinnerungen einer alten Schwarzwälderin« die Geschichte meines mütterlichen Großvaters und seiner Hausierliste geschrieben, sind alle Familienstücke, die ich besitze, unruhig und lebendig geworden. So oft ich eines derselben ansehe, mein' ich immer, es wolle reden und erzählen.

Und mein »Genius«, dieser boshafte Musen-Bastard, hilft ihnen noch und plagt mich auch immer, wenn ich in einsamen Stunden die Andenken an meine Bäcker- und Hausierer-Ahnen betrachte. Er sagt mir dann jeweils: »Löse doch diesen stummen Zeugen einer kleinbürgerlichen, dir aber so nahestehenden Vergangenheit die Zunge, und laß sie reden von alten Zeiten und von längst vergangenen Menschen!«

Im Frühjahr des Jahres 1901 habe ich in Haste ein weiteres altes Familienstück entdeckt und erworben, das mein Urgroßvater, der Bäcker Tobias Hansjakob, anno 1755 in seiner Backstube aufstellen ließ, und das dort geblieben ist bis zum Jahre 1858. Also mehr als ein Jahrhundert lang hat dies Gebilde zugeschaut der Arbeit und den Mühen einer Bäckersfamilie, hat alles gehört und gesehen, was in dieser langen Zeit in der Backstube getan und geredet und erzählt worden ist.

Eine Backstube, in der die Nachbarn des Bäckers mit Vorliebe sich einfanden, war in der guten, alten Zeit eine kleine Welt. Drum, wer aus ihr erzählen könnte, wüßte viel.

Leider lebt kein Mensch mehr von all denen, die in meines Urgroßvaters Backstube arbeiteten, redeten und erzählten. Selbst das Haus ist verschwunden, das ihm gehörte, und aus seiner Werkstätte existierte im oben genannten Frühjahr nur noch ein einziges Wesen, und das war das eben genannte Gebilde, seine – Backmulde.

Ein heutiger Bäcker in Hasle hatte sie in seinem Holzschopf stehen und sagte mir davon, als ich einige Tage im »Paradies« war. – Ich besah sie, las daraus ins Holz geschnitten: Tobias Hansjakob 1755, kaufte sie sofort um wenige Mark und ließ sie nach Freiburg schicken.

Aber was nun machen aus einer alten, wurmstichigen Backmulde? Ich beriet mich mit einem bewährten Kunstmeister, dem Baudirektor Meckel, und bald waren wir dahin schlüssig, aus dem alten Familienstück eine gotische Madonna schnitzeln zu lassen.

Der Plan war sicher originell. Aber wer sollte ihn ausführen? Auch da war das Glück mir hold. Wir haben in Freiburg seit einigen Jahren einen jungen, gottbegnadeten Künstler in dem Bildhauer Josef Dettlinger, aus dem benachbarten Dörflein Heuweiler gebürtig. Der ist in Meckels Schule ein Bildschnitzer gotischen Stiles geworden, wie unser badisches Ländchen wohl keinen zweiten besitzt.

Ihm ward die Mulde anvertraut. Er ließ sie in Riemen schneiden und zu einem Klotz zusammenleimen. Aus diesem Klotz schuf er dann eine spätgotische Madonna allererster Güte.

Die jungen Maler Gebrüder Endres haben sie gefaßt, und mein alter Tapezier Muttelsee hat sie in der Karthause aufgestellt und drapiert. So ist aus der alten Backmulde der schönste Schmuck meiner Klause geworden.

So oft ich aber das goldglänzende Bild anschaue und mich freue, die Backmulde meines Urahnen also veredelt vor mir zu sehen, raunt mir mein Plaggeist zu: »Laß sie reden und erzählen aus den Tagen, da sie in deines Urgroßvaters Backstube stand!«

»Es wär' eine Schande«, – so fährt er dann fort – »wenn ich und du es nicht fertig brächten, ein hölzernes Madonnabild zum Sprechen zu bringen, nachdem uns dies bei einer Hausierkiste gelungen ist.«

Und wenn ich ihn dann zur Ruhe weise, hört er doch nicht auf und spricht weiter: »Nu bist es deinen väterlichen Ahnen schuldig, auch ein Familienstück aus ihrer Zunft in die Welt einzuführen, nachdem du die Hausierkiste deines mütterlichen Großvaters in ihr bekannt gemacht hast.«

Und zu all dem Raunen und Reden und Plagen des Kleinen schaut mich das Madonnabild immer an, wie eine stumme Heilige, welche, dankbar für die herrliche Gestalt, die ich ihr verliehen, mir erzählen möchte von ihrer Vergangenheit im Hause meiner Bäcker-Ahnen.

Darum will ich's probieren. Ich will mich jeden Tag, den ich in der nächsten Zeit in der Karthause zubringe, eine und die andere Stunde vor das schöne Bild hinsehen und lauschen dem, was mein Bäckersbubengeist herausbringt aus dem alten Holz, das ich verjüngt habe, und das so lange in der Familie meines Urgroßvaters gelebt hat.

Die himmlische Jungfrau wird es mir nicht verübeln, wenn ich dem Holz, aus welchem ihr Bild geschnitzt wurde, irdische, menschliche Dinge in den Mund lege und solche aus ihm heraus lese. Sie, die getreue Magd des Herrn, lebte ja selbst viele Jahre in der Hütte und Werkstätte eines Handwerkers. Nachbarn und Nachbarinnen gingen da ein und aus, und nichts Menschliches, die Sünde ausgenommen, ist der himmlischen Jungfrau in der Werkstätte des Zimmermanns von Nazareth fremd geblieben.

Unsere Literatur kennt Wachstubengeschichten, die der bekannte Schriftsteller Hackländer geschrieben. Ich möchte nun einmal Backstubengeschichten schreiben, zu denen das alte Holzgebilde aus meines Urgroßvaters Werkstätte mich angeregt hat.

Ich nehme an, es sei alles, was in der Backstube meines Urahnen gesprochen und erzählt wurde, phonographisch in das alte Holz gedrungen, aus dem ich es nun wieder herauslese, um eine Art Familien- und Zeitchronik zu bekommen. Es läßt sich ja auch aus der Vergangenheit einer Bäckersfamilie, aus dem Städtle, in dem sie gewohnt, und aus der Zeit, in der sie gelebt hat, manches erzählen, was andern interessant ist und sie unterhält.

Ich werde aber die Madonna nur die Einleitung sprechen lassen und mir dann von ihr das Wort erbitten, um das, was ich aus ihr herausgelesen und sonst noch weiß, selbst zu erzählen.

2.

Es ist ein trüber, aber warmer Novembertag des Jahres 1901, da ich, in der Karthause am Fenster sitzend, hinausschaue ins herbstliche Dreisamtal. Graue Nebel haben den Wald in einen dichten Schleier eingehüllt. Auf den Matten am Flusse hin blühen die letzten Herbstzeitlosen. Kein Windhauch geht durch die Bäume und kein Menschenkind über die Straße unten im Tal.

Überall Bilder des Spätherbstes und Vorboten des Winters. In mir selbst ist längst Winter, Winter des Lebens und Winter der Lebensfreude. Mir blühen nicht einmal mehr Herbstzeitlosen, und Nebel legen sich über meine Seele, nicht wie die duftigen Schleier in der Natur, sondern wie kalter Reif. Die Zukunft heißt Tod – Tod für die Natur. Tod für mich.

»Schau in die Vergangenheit, wenn dir Gegenwart und Zukunft so trübe sind«, also sprach in mir an diesem Tage mein Geist und fuhr fort: »Setze dich jetzt vor deine Madonna und laß dir von ihr erzählen aus der Vergangenheit, auf daß du vergissest die Gegenwart und die Zukunft.«

Ich folgte diesem Rat. Der Kleine ging mir helfend zur Seite, und schnell hatten wir uns in Rapport gesetzt mit dem gotischen Madonnabild, das in goldenem Mantel und rotem Kleide seit vierzehn Tagen in meinem »Salon« stand.

Ich lauschte aufmerksam, und bald waren Herbst und Winter in und außer mir vergessen, denn das Bild erzählte aus dem Lande meines Jugendglücks, aus dem Paradiese meiner Knabenzeit.

Ich bin, also hub es zu reden an, eine Holzmadonna, nicht wie alle andern aus Lindenholz, sondern aus Buchenholz, das bekanntlich ob seiner Sprödigkeit von Bildhauern sonst nie bearbeitet wird.

Wie die Äste eines Baumes seine Arme und das Laub dessen Haare sind, so war ich der Rumpf einer Buche, die am sonnigen Rande des »Urwalds« von Hasle stand.

Die Sicht auf Städtle und Tal und Fluß, welche ich von meinem Standort aus genoß, werde ich nie vergessen. Und du wirst als »Haslemer« das begreifen. Du kennst jenen Blick vom »roten Kreuz« aus und bist gewiß oft entzückt dort oben gestanden, wo ich schon lange stand, ehe dein Großvater, der Eselsbeck, auf der Welt war.

Hier lernte ich die ersten Haslacher kennen, da sie unmittelbar vor meinen Augen ihre Bergfelder bebauten. Im Frühjahr säeten und setzten sie, und im Sommer und Herbst ernteten sie ihre Halm- und Hülsenfrüchte. Erdäpfel gab es damals noch keine im Kinzigtal.

Wenn die Leute von ihrer Arbeit rasteten, setzten sie sich mir zu Füßen, holten aus einer Quelle, die drüben in einem stillen Grunde rieselte, einen Trunk Wasser, aßen Brot dazu und sprachen von Leid und Freud, wie sie das Leben im Städtle drunten mit sich brachte.

Ich war nie allein an meinem sonnigen Waldrand auf der Höhe. Waren keine erwachsenen Menschen da, so kam die Jugend. Im Herbst hüteten die Knaben drüben im grünen Grunde und sangen bei Wies' und Quelle ihre Hirtenlieder. Wenn dann der Reif sie heimtrieb ihrer Tiere wegen, kamen die Kinder erst recht zu mir. In hellen Scharen zogen sie den Berg herauf und suchten im Laub die Buchnüsse, die ich und meine Gefährtinnen samt dem goldenen Laub hatten fallen lassen.

Und wenn endlich der Winter ins Land gezogen war und sein Leichentuch ausgebreitet hatte über Berg und Tal, wenn die Tannen ächzten unter der Schneelast und die Kristalle auf der Schneedecke glänzten im Sonnenlicht, da keuchten die Knaben abermals den Berg herauf mit ihren Handschlitten und fuhren mit Windeseile zu Tal.

So fand ich meine Freude und meine Unterhaltung bei euch Menschen, groß und klein, zu allen Zeiten des Jahres, und ich glaubte, es gäbe nichts Schöneres, als ein Mensch sein und friedlich seinen Acker bauen, sein Vieh hüten, Buchnüsse lesen und Schlitten fahren zu können.

Eines Tages nun, es war im Frühjahr des Jahres 1755, sollte meine Freude arg getrübt werden.

Es war ein heller, lichter Märzentag; die Sonne hatte den Reif längst weggeküßt von den Feldern zu meinen Füßen. Die Knechte des Sonnenwirts Fideli Fackler hatten Haber gesäet und rasteten eben bei Schnaps und Schwarzbrot am Waldrande. Zu ihnen trat, aus dem Walde kommend, der städtische Waldhüter oder, wie er damals hieß, der Förster – Balthasar Mauser.

Der »Balzer«, wie er im Volksmunde genannt wurde, war trotz seines stolzen Förstertitels ein armer Burger, der alljährlich in seinem Amte bestätigt werden mußte. Schuhmacher seines Gewerbes, konnte er das Sitzen nicht wohl ertragen und hatte sich vor Jahren schon um die Försterstelle gemeldet und sie erhalten.

Bei der im Jänner eines jeden Jahres vorgenommenen Ämterbesetzung durch den Stadtrat ward sie dem Balthasar Mauser jeweils aufs neue übertragen worden mit dem Beisatz, »er solle sich auch dieses Jahr wieder fleißig und getreu einstellen.«

Sein Lohn waren zehn Gulden und vier Klafter Holz. Bei solchem Lohn blieb der Balzer auch als Förster das, was er vorher war – ein armer Mann. Drum nahm er an jenem Morgen die Einladung der Knechte zu einem Schluck Schnaps und einem Stück Schwarzbrot gerne an.

Während nun die drei so beisammen saßen, kam ein junger Mann den Hohlweg herauf. Bei seinem Anblick meinte der Waldhüter: »Das ist der junge Briemel. Was mag der wollen? Er hat doch keine Felder da oben!«

Eigentlich hieß der Ankömmling nicht Briemel, sondern Hansjakob; aber sein Vater, der ein Weber und Krempler war, hatte seine Kremplerei mit Eiern, Butter, Mehl, Bohnen und andern Hülsenfrüchten von den Erben des Hans Briemel, der auch ein Weber gewesen war, gekauft und damit, wie es im Volksmund üblich war, auch dessen Namen übernommen. Denn beim Briemel kauften die ärmeren Leute von Hasle ihre Eier, ihren Butter, ihr Habermehl, ihre Nüsse viele Jahre lang; darum hieß eben der Hansjörg Hansjakob, als er den alten Briemel ablöste, auch so. Und sein Sohn blieb der junge Briemel, bis er ein ander Geschäft begann, als Bäcker sich auftat und dann nach seinem Vornamen Tobias genannt wurde der »Becke-Toweis«.

»Was suchst du da oben, Toweis?« rief der Waldhüter dem jungen Mann zu, als dieser den Hohlweg überwunden hatte und nun vor den Frühstückenden stand.

»Ihr kommt mir g'rad recht, Balzer«, gab der Toweis zurück. »Ihr wißt, daß ich in der »vorderen Gasse« ein Bäckerhaus gekauft habe und mich zünftig niederlassen will. Ich bin nun dran, meine Backstube neu einzurichten, und such' eine glatte, schöne Buche zu einer Backmulde. Da kann mir aber niemand besser Auskunft geben als der Förster. Mein Vetter, der Färber und Waldmeister, hat mir gesagt, ich solle nur eine Buche aussuchen: das übrige wolle er dann, im Rat' schon ausmachen. Ihr habt also nichts zu riskieren, Balzer, wenn ihr mir etwas behilflich seid.«

»Da brauchen wir gar nicht lang zu suchen«, gab der Angeredete zurück; »die schönste Buche weit und breit steht gerade hier.« Bei diesen Worten deutete er auf die Buche, deren Holz als Madonna vor dir, dem Schreiber, steht.

Damit war mein Los entschieden. Ich sollte sterben und eine Backmulde werden.

»Sobald du«, fuhr der Waldhüter zum jungen Briemel zu reden fort, »vom Rat die Erlaubnis hast, die Buche zu fällen, schick' ich zwei Holzknechte, die eben droben beim ›heiligen Brunnen‹ das Holz fürs Rathaus machen, herab und laß dir die Buche niederhauen.«

»Sie gefällt mir«, antwortete der angehende Bäckermeister. »Was wird der Rat wohl dafür verlangen?«

»Die bekommst du sicher für einen Gulden; mehr kostet ja ein Klafter aufgemachtes Buchenholz wirklich nicht.«

»Soviel bezahl' ich gern und geb' dem Balzer noch einen Batzen Trinkgeld«, meinte der Toweis und schickte sich an zum Fortgehen. Die Knechte des Sonnenwirts erhoben sich auch zu neuer Arbeit. Der Balzer verschwand wieder im Wald; der Mann aber, der schuld war, daß ich Buchenkind sterben sollte, schritt bergab dem Städtle zu.

Wenige Tage darauf kam der Balzer wieder aus dem Wald und mit ihm zwei wildaussehende Holzknechte. Ich hatte sie manchen Winter in den Wald ziehen sehen, um Bäume zu morden, aber daß es auch einmal an mich kommen würde, dachte ich nicht.

Ich war ja glücklich am sonnigen Waldrand und im Hinabschauen auf Gottes schöne Erde. Und im Glück denkt kein Geschöpf ans Sterben.

Sterben ist – wer vermag's zu beschreiben – hart, doppelt hart aber, wenn man nicht am Alter oder an einer Krankheit, sondern eines gewaltsamen Todes sterben muß. Und dieser Tod ward mir zuteil zu einer Zeit, da eben die Lebenssäfte sich wieder anschickten, neu durch meine Adern zu ziehen, zu einer Zeit, da mein Blut wieder Sprossen treiben wollte.

Doch ihr Menschen kennt ja kein Erbarmen, keines gegen euch selbst und noch viel weniger gegen euere Mitgeschöpfe. Darum mußte auch ich mitten im Leben sterben. Im Angesichte von Berg und Tal im jungen Frühlingssonnenschein sank ich ächzend zum Tode.

Wer hätte aber in meiner Sterbestunde gedacht, daß ich eine solche Auferstehung feiern und eines Tages in verklärter Madonnagestalt wieder erstehen würde!

Ganz tot war ich nicht. Mein Blut lebte und regte sich noch lange, während ich am Waldrande als Baumleiche lag.

Und als es vollends Frühling geworden war und die Wibervölker vom Städtle heraufkamen, um Bohnen zu setzen und das Unkraut aus den Saaten zu jäten, da klagten sie über meinen Tod.

Und als sie erfuhren, wer mich habe töten lassen und zu welchem Zweck, schimpften sie weidlich über den Balzer und über den jungen Briemel.

»Der Balzer«, so meinte das Weib des Seilers Johannes Hornauß, »gibt alles her um ein Trinkgeld, und der junge Briemel ist ein Hansjakob, und dieses Geschlecht wirft alles um mit seinem bösen Maul, selbst Buchenbäume.«

»Unsereins muß«, fiel die alt' Sundthoferin, des Kuhhirten Ehehälfte, ein, »da oben hacken und jäten und schorfen für sechs Kreuzer den Tag, und doch hat man einem nicht einmal die Buche stehen lassen, unter deren Schatten wir ausruhen konnten von der harten Arbeit. Aber um die armen Leut' nimmt sich kein Mensch an. Selbst der Schatten der Bäume wird ihnen vergunnt.«

»Es ist nicht einmal gewiß«, nahm die alte Seilerin wieder das Wort, »daß alle Ratsherren schuld sind am Tod unserer schönen Schattenbuche. Der alte Färber Hansjakob, der auch Burgermeister gewesen, war ebenfalls ein gewalttätiger Mensch. Ich erinnere mich noch wohl, daß er vor Jahren im Wald einmal eigenmächtig vorging. Als sein Sohn Tobias, der jung Färber, sein Farbhäusle auf den Graben beim oberen Tor stellte, hat ihm sein Vater, ohne den Rat zu fragen, erlaubt, zehn Tannen und zwei Eichen zu hauen, und er mußte zur Straf nur ein Pfund Heller (drei Mark) erlegen.«

»Und sein Bruder, der Hansjörg Hansjakob, der schon lange tot ist, war auch nicht sauber. Er hat einmal seinen Gartenhag aufs städtische Almend gesetzt und so seinen Garten vergrößert. Wer Rat nahm einen Augenschein, und ums Haar war' er eingetürmt worden wegen Versetzen der Lochen (Marksteine).«

»Da kömmt der Balzer«, sprach jetzt eine Magd des Metzgers Vetter, der eben erst vom Rat gestraft worden, weil er dem Förster »in die Haare geraten war und ihn gedrosselt hatte.«

Vom »Pfaffen-Kähner« her schritt richtig der Förster auf die Wibervölker zu, die ihn mit einem Schwall von Vorwürfen überschütteten, daß er ihre Schattenbuche gefällt habe.

»Ihr Weibsleut' müßt mich nicht auch noch plagen«, verantwortete sich der Balzer. »Ich bin schon geplagt genug. Erst gestern wurde ich in Straf' genommen, weil ein Bur aus dem Bärenbach nächtlicherweile im Stadtwald einen Wagen voll Holz geholt hat und ich ihn nicht erwischt habe.«

»Der Strolch hat sich dann selber angezeigt, um besser davon zu kommen; ich aber soll ein Pfund Heller in die Stadtbüchs bezahlen. Dafür hab' ich aber jetzt den Pfarrer von Mühlenbach denunziert, weil seine Kühe immer auf der Stadt-Allmende weiden. Warum predigt er seinen Bauern nicht, daß sie kein Holz stehlen sollen!«

»Was eure Buche betrifft, so hat mir ein Stadtknecht vom Amtsburgermeister Hansjakob, der den Wald unter sich hat, die Meldung gebracht, die Buche dem Toweis Briemel auszuliefern.«

»Ich will für euch Weibsleut' aber eine Hütte aus Tannenreisig machen, damit ihr da Unterstand habt und den alten Balzer, der ein armer, geplagter Mann ist, in Ruhe laßt wegen der Buche.«

Deß waren die Wibervölker alle zufrieden. Sie gingen an ihre Arbeit und der Balzer in den Wald. Ich aber, der Buchenbaum, blieb gefällt. Mir konnte niemand mehr zum Leben verhelfen. Wenige Tage später kam der junge Bäcker mit einem Fuhrmann und dessen Roß. Ein Eisen wurde in meinen Leib geschlagen und eine Kette daran befestigt. An der Kette schleifte mich das Roß bergab, fort vom Wald, fort von der lichten Höhe, fort von der Familie der Buchenbäume, fort, hinab ins Städtle – ins Menschenleben.

Vor dem Hause des Krummholzen Jakob Gernhard in der Vorstadt hielten meine Peiniger an und übergaben mich dem Meister, um aus mir eine Backmulde zu machen. Er müsse aber bald an die Arbeit, hieß es, so lange das Holz noch im Saft sei.

Stück für Stück schlug nun der Krummholz (Wagner) das Fleisch aus meinem Leib, bis ich ausgehöhlt war wie ein Totenbaum. Dann lud er mich auf einen Karren, fuhr der »vordern Gass'« zu und hielt vor einem kleinen, hellen Häuslein.

Der Toweis erschien unter der Türe und lobte den Gernhard, daß er so bald und so schön aus dem Buchenbaum eine Mulde gemacht. Gemeinsam trugen sie mich ins Haus und in einen großen, dunkeln Raum. Hier stellten sie mich auf das Gestell, so meine Vorgängerin eingenommen. Ich war nun in der Backstube und an dem Platze, welchen ich mehr denn ein Jahrhundert nicht mehr verlassen sollte.

Was soll ich sagen über mein Los? Von der höchsten Himmelshöhe am Urwald in die Finsternis einer Backstube versenkt, ist wahrlich ein herbes Geschick.

Doch bald fand ich Trost. Ich war selten allein in meiner langen Backstubenzeit. Ich lernte euch Menschen kennen, und euer viel größeres Elend verkleinerte das meinige.

Und als eines Tages der Kapuziner-Pater Mathias, der Sohn des Metzgers Kröpple von Hasle, kam und das ganze Haus einsegnete, ehe der Toweis Hochzeit hielt, da trat er auch in die Backstube und besprengte mich unter Segensworten mit heiligem Wasser. Dann sprach er zum jungen Bäcker: »So eine Backmulde gleicht einem Totenbaum. Aber aus diesem Totenbaum sproßt Leben, kommt Brot, das Mark der Männer, der Menschen erste Speise, ihr Dasein zu fristen.«

Diese Worte waren mein größter Trost und machten mich stolz auf meine Bestimmung.

Heute aber, da ich vor dir, dem Urenkel des Toweis, stehe als Madonna, den Heiland der Welt, das Brot des ewigen Lebens, auf dem Arm, heute vergesse ich alle meine Leiden und bin voll süßer Freude über mein glänzendes Los, das ich ehrlich verdient habe im langen Dienste, den Menschen Brot und Leben zu schaffen.

Doch nun will ich schweigen und es dir überlassen, von mir abzulesen und wiederzugeben, was ich gehört und gesehen und erlebt habe in der Backstube deines Urgroßvaters.

Vergiß aber nicht, daß eine Madonna vor dir steht; bleibe allzeit bei der Wahrheit und übertrete nicht die Gebote christlicher Liebe. Mach' nicht zu viele Schlenkerer und laß die Frauenwelt in Ruh; sei hübsch brav und fromm und demütig, wie es sich geziemt im Angesicht der Gebenedeiten unter den Weibern und der Königin aller Heiligen.

3.

Anno 1627 war im Renchtal, dem sonnigsten Tale im nördlichen Schwarzwald, der Neue gut geraten. Um Micheli war schon Herbst, und es gab, wie die Leute von frühen Herbsten zu sagen pflegten, einen »Herrenwein«.

Im Städtchen Oberkirch, dem Hauptort des Tales, saßen die Burger fleißig beim neuen Klevner, und auf den Burgen über dem Städtchen, auf der Schauenburg und auf der Fürsteneck, taten die Ritter das gleiche.

Überall sprach man dabei vom Krieg, der im Norden Deutschlands tobte, und vom Wallenstein und vom Tilly, von denen heimkehrende Landsknechte viel zu erzählen wußten.

Auch in der Vorstadt Loh, in der Herberge zur Linde zu Oberkirch, saß an einem Abend in den ersten Tagen des Oktober 1627 eine Anzahl Burger beieinander; sie sprachen dem Klevner zu und diskurierten und disputierten. Das erste Wort führte ein Schreiner, nach seinem Vornamen nur der »Schriner-Mathis« genannt.

Er war vor Jahr und Tag über den Rhein herüber nach Oberkirch gekommen und galt bald als der erste seines Faches. Er machte schön eingelegte Kasten und Truhen für die umliegenden Ritterburgen und Klöster. Namentlich in den Stiften Allerheiligen und Gengenbach war er ob seiner Kunst viel beschäftigt.

Er spürte heute den Neuen bereits am meisten, denn er saß nicht mehr beim ersten Glas. In diesem Stadium schimpfte er gerne über die Obrigkeit. Auch heute war er an diesem Thema.

Als sein Tischnachbar, der Schuster Börsig, dessen Schuhknecht unter Wallenstein gedient, von diesem redete, meinte der Schriner-Mathis: »Wenn er nur bald auch zu uns heraus käm, der Wallensteiner, und die Württemberger aus dem Renchtal jagen tät.[1] Denen ist's nur ums Geld der Untertanen zu tun, und nebenbei führen sie ein streng Regiment. Der jetzige Obervogt ist gar ein harter; der weiß nur von Steuern und Stockstreichen.«

»Also der Wallensteiner soll kommen und uns kaiserlich machen. Bischöflich möcht' ich auch nicht sein; wo die geistlichen Herren in alles hineinregieren, ist's auch nichts. Aber kaiserlich, das ist eine Nummer! Ich hab' in Wien gearbeitet und weiß, was die Bürger von Wien für freie Leute sind. Sie reden mit dem Kaiser per Du und bleiben im Wirtshaus sitzen, so lange es ihnen paßt.«

»Mathis«, so flüsterte ihm der Schuster Börsig bei diesen Worten zu, »sprich nit so laut; dort drüben sitzt unser Schultheiß beim württembergischen Gefälleinzieher. Die zwei hinterbringen alles dem Obervogt.«

»Sitz dort drüben wer will«, rief laut der vom Klevner erhitzte Schreiner: »ich sag meine Meinung und bleib dabei: Kaiserlich, des isch a Wort!«

»Ihr alte Oberkircher seid auch so Duckmäuser und Helden, welche die Faust im Sack machen. Ihr seid Herrenknechte und wedelt vor jedem Herrn, der ins Städtle kommt, sei es nun der Ritter von Schauenburg oder der von Staufenberg drüben oder gar der Bischof

---

1   Die Bischöfe von Straßburg, die Herren der Herrschaft Oberkirch, hatten diese 1592 an die Herzoge von Württemberg verpfändet, die bis 1634 in deren Besitz waren.

Leopold von Strasburg oder der Herzog Johann von Württemberg, euer gnädigster Herr!«

»Mir, dem Schriner-Mathis, können alle Herren g'stohlen werden!« fuhr er zu reden fort und schlug auf den Tisch. »Ich zahl' meine Steuer und meine Schoppen und laß' mir weiter von keinem Teufel was g'fallen!«

»Doch«, so schloß er, »jetzt will ich heim. Ihr Oberkircher schwitzt vor Angst ob meiner Rede, weil ihr meint, die Herren dort drüben sehen euch scheel an, daß ihr beim Schriner-Mathis sitzt.«

Mit diesen Worten stand er auf, bezahlte seinen Wein und schritt hinaus in den dunkeln Abend.

»Der verbrennt sein Maul doch noch«, hub der Glaser Huber an, als der Mathis fort war.

»Was fragt der Mathis darnach, wenn er's auch verbrennt«, gab der Schuster zurück. »Er ist ledig und geht fort von hier, wenn's ihm nicht mehr gefällt. Ein Meister, wie er, findet überall sein Brot.«

Am andern Abend saß der Mathis richtig im »Loch«, und nachdem er zweimal vierundzwanzig Stunden darin zugebracht, erhielt er die Weisung, innerhalb der nächsten vierundzwanzig Stunden das Gebiet der Herrschaft Oberkirch für ewige Zeiten zu verlassen.

Am Morgen des 7. Oktober 1627 schritt der Schriner-Mathis wohlgemut zum unteren Tor von Oberkirch hinaus und sagte noch dem Torwart, »er möge die Stadtherren und die Bürger alle schön grüßen. Sie sollten gut württembergisch bleiben und 's Maul halten, dann kämen sie nie ins Loch und könnten als zufriedene Knechte leben und sterben.«

Zwanzig Tage später ward der Mathis von der Reichsstadt Gengenbach als Burger angenommen. Der »berühmte« Klosterorganist Jakob Billmayr, ein Breisacher, war sein Freund, und alle Klosterherren kannten die Kunst des vertriebenen Schreiners. Sie traten beim Rat für ihn ein, und er ward kurzerhand ein Reichsburger.

Es gefiel ihm bald in der heitern, kleinen Kinzigstadt, und anno 1630 heiratete er unter Assistenz seines Freundes Billmayr und eines Schreiners Karpfer eine Schwarzwälderin aus Elzach, Barbara Witt.

Im übrigen setzte er seine spitzigen Reden in den Wirtshäusern längst wieder fort, und nachdem er sich gegen die Oberkircher und ihre Herrschaft ausgeschimpft hatte, stichelte er bald auch gegen den Rat von Gengenbach und kritisierte dessen Verordnungen.

14

Die Bürger hörten ihm gerne zu; sie hatten als unabhängige Reichsburger mehr Mut als die Oberkircher, denen der württembergische Obervogt stets auf der Haube saß.

Dem Rat blieb das »Gespai« des Schriner-Mathis nicht unbekannt, und als derselbe sich anno 1631 um die von der Stadt in Pacht zu vergebende Wirtschaft »zur Blume« in der Kinzigvorstadt bewarb, ließ man ihn als Bewerber durchfallen. Der Grund ist heute noch im städtischen Protokollbuch zu lesen und heißt: »wegen seines widerspenstigen Wesens und wegen seines bösen Maules.«

Der Mathis, dem die Gengenbacher gierig zuhorchten, wenn er in den Weinkneipen seine losen Sprüche machte, hatte gemeint, als Wirt würde er ob seiner Unterhaltungsgabe stets Gäste haben.

Abgeblitzt beim Rat, stichelte er noch mehr denn vorher. Als nun anno 1633 die Blume wieder pachtfrei wurde und der Schriner-Mathis sich abermals meldete, da sprach der Ratsherr und Weißgerber Bock in der Rats-Sitzung also: »Ihr Herren von Gengenbach, ich meine, wir sollten dem Schriner-Mathis willfahren und ihm ›die Blume‹ zukommen lassen. Er hat viel Einfluß bei allen Zünften und beim gemeinen Mann ob seiner Redseligkeit und ob seines Gespais (Gespötts).«

»Wenn wir ihn nochmals durchfallen lassen, so hechelt er uns in allen Herbergen und Weinstuben noch ärger durch als bisher.«

Sprach's, und Beifall nickten die übrigen Väter der Stadt, und der Schriner-Mathis ward Blumenwirt. Aber, wie die meisten seiner Nachkommen, war er kein Glückskind. Kaum hatte er angefangen zu Wirten, als sich der Schwedenkrieg in die Gegend spielte. Ihm und allen Bürgern verging das Gespai, und anno 35 raffte die Pest viele Menschen hin, mit ihnen wahrscheinlich auch den Schriner-Mathis.

Er hinterließ einen einzigen Sohn, Johannes, mit dem die Mutter in ihre Heimat Elzach sich zurückzog.

Woher der Schriner-Mathis gewesen, das haben die Leute, so um die Backmulde gelebt und erzählt, nie recht gewußt. Die einen sagten, er sei ein Elsässer gewesen, die andern, er sei aus dem Wallis gekommen, noch andere, er habe aus Sachsen gestammt.

Eines nur steht fest, daß er der erste – Hansjakob im Kinzigtal und der Stammvater aller Proletarier dieses Namens im Schwarzwald gewesen und geworden ist.

Ich aber bin so stolz auf den um 1627 aus Oberkirch vertriebenen Schreiner Mathias Hansjakob, wie ein Zwölf-Ahnen-Kind auf seine adeligen Vorfahren. Es freut mich, daß er kein knechtseliger Mann war, sondern ein freies Wort nach oben liebte und dafür litt, und daß er seinen Nachkommen bis zur Stunde und so auch mir etwas von diesen Eigenschaften als Erbteil hinterlassen hat.

Wie dieselben sich vererbt haben und wie sie ein durchgehender Zug seines Geschlechtes geworden sind, das werden wir noch öfters aus der Backmulde herauslesen.

Im Jahre 1667 taucht sein Sohn Johannes als ein »ehrbarer und züchtiger Jüngling und Schwarzfärber« in Hasle auf, um die Brigitta Graf, Witwe des Schwarzfärbers Georg Walter in der Vorstadt, zu heiraten.

Die Brigitta ist aus dem benachbarten Dorfe Steinach und hat bereits drei Kinder. Sie nimmt den Johannes in ihre »völlige Haushaltung, in ihr liegend und fahrende Hab und Schuld dergestalten auf, daß er ihr besten Fleißes helfe haushalten, schalten, walten, gewinnen und werben und die jetzigen und durch Gottes Segen zu verhoffenden Kinder in *einer* Kindschaft zu aller Gottesfurcht, Zucht und Ehrbarkeit aufziehen.«

Er bringt – ein vorbildliches Wahrzeichen für die Armut der meisten seiner Nachkommen – in die Ehe blutwenig mit, nämlich einen neuen Farbkessel und 20 Gulden, welch letztere ihm seine verwitwete Mutter zuschießt.

Stirbt die Hochzeiterin vor ihm, so hat er bleibende Statt im Hause zehn Jahre lang. Dann aber kann er mit seinem Farbkessel und seinen zwanzig Gulden wieder abziehen, da der »Vortel« aufs Haus den Kindern seines Vorgängers gehört.

Lebt die Brigitte aber so lange, bis sie ein neues Häuslein neben das alte gebaut, so wird das neue dem Johannes von Gengenbach und seinen eventuellen Kindern zu teil.

Doch der ehrbare und züchtige Jüngling und Schwarzfärber war ebensowenig ein Glückskind wie sein Vater. Die Brigitte starb nach wenig Jahren, und der Johannes holte eine zweite Frau, Katharine Erath. Diese stirbt ihm auch und hinterläßt ihm ein Kind gleichen Namens wie die Mutter.

Indes sind die zehn Jahre, die er noch Herberg hat nach dem Tode des ersten Weibes, um; der Stiefsohn Franz Walter ist selbst Schwarzfärber und Meister geworden und kündigt dem Stiefvater Johannes die Wohnung auf. Da dieser nicht Folge leistet, wohl weil er keine andere Herberge hat, nimmt ihn der Stiefsohn vor Rat und Gericht und läßt ihm den Ausweis amtlich diktieren.

Er zieht nun aus mit seinem Kind, aber für seinen Farbkessel findet er keine Stätte. Noch 1679 verklagt ihn der Nachfolger des früh verstorbenen Franz Walter, Mathis Weiß, ein Schwarzfärber aus Rötz in Niederösterreich, der seines Vorgängers Witwe geheiratet – er solle seinen Kessel aus dem Haus tun.

Im gleichen Jahr gelingt es meinem Ahnherrn, ein drittes Weib zu bekommen und mit ihm ein eigenes Haus und Platz für seinen Farbkessel. Er geht im Mai 1679 »einen ehrlichen Heurat« ein mit Anna Maria Billmann, der Tochter eines alten Schmieds, der dem Färber seine Hütte für 210 Gulden überläßt.

Um etwas an dieser Schuld bezahlen zu können, verkauft der Johannes alsbald »einen Tauen« Matten an den Rappenwirt Rupp für 34 Gulden und eine halbe Ohm Wein.

1681 tritt unser Färber als Kronzeuge auf für ein gefährdetes »Heiltum« von Hasle. Die benachbarten Buren des Dorfes Steinach und ihr Pfarrer behaupten, die Kreuzpartikel in der Kirche zu Hasle gehöre ihnen; sie sei ehedem von Steine weggenommen worden.

Schon hat der Generalvikar von Straßburg ihnen dieselbe zugesprochen und sie schicken sich an, sie in Prozession abzuholen, als der Schwarzfärber Johannes Hansjakob und einige Burger sich erheben und mit der »Schwörhand« bezeugen, die Partikel sei von einem Bruder des verstorbenen Haslacher Erzpriesters Ramstein aus Italien gebracht und ihrer Stadtkirche geschenkt worden.

Jetzt mußten die Steinacher nachgeben.

Der Wettersegen, so mit der Kreuzpartikel gegeben wurde, nützte aber dem Schwarzfärber nicht viel. Er mußte in den neunziger Jahren seinen Krautgarten und abermals eine Matte verkaufen und konnte trotzdem das Heiratsgut seiner Tochter Katharine nicht bezahlen.

Sie hatte in den damaligen Kriegsläuften des orleanischen Kriegs einen Korporal des Prinz Lothringischen Regiments zu Fuß, namens Martin Lohr, geheiratet und war ihm nach Ungarn gefolgt.

Später wurde dieser als Werber ins Reich abkommandiert und schickte deshalb sein Weib zum Vater Färber, bei dem er es von seinen Werbzügen aus besuchte.

1695 nimmt er bei solch einem Besuch den alten Schwarzfärber vor Rat und Gericht und klagt, daß er ihm die versprochenen zwanzig Gulden Heiratsgut noch »völlig schuldig« sei.

Ob der Korporal je zu diesem Gut gekommen ist, möcht' ich bezweifeln.

Aus der Ehe mit der Billmännin sproßten dem armen Schwarzfärber zwei Söhne: Johannes und Hans Georg. Der erstere wurde ein Färber, der andere, mein näherer Ahnherr, ein Weber; denn Weber, Färber und Stricker bildeten *eine* Zunft in Hasle. Was die einen woben und strickten, das färbten die andern.

War eine feine Zunft, diese alliierte Bruderschaft der Weber, Färber und Stricker in Hasle an der Kinzig! Die erste Rolle spielten in ihr die Hosen- und Baretlin-Stricker. Sie verdienen es, der Vergessenheit entrissen zu werden.

Alle diese Stricker hatten in Prag gearbeitet, der hohen Schule ihrer Zunft. Und die Stricker in Hasle nahmen zum Meister nur den an, der das Meisterstück gemacht hatte, wie es in Prag üblich war. Dieses bestand aber darin, daß einer eine Decke, vier Ellen lang und vier Ellen breit, ein Baretlin von Arras, ein Wollhemd und ein Paar Handschuhe fertigen konnte.

Da von der alliierten Zunft die Stricker allein mit ihrer Ware auf die Märkte gingen, galt nur ihnen der Zunftartikel, daß keiner einen größeren Stand habe als der andere und daß keiner Waren auflegen solle, die nicht auf ihre »Ehrlichkeit« geprüft wären.

Was von der Ortsobrigkeit »ausgeschaut« wurde, durfte nicht verkauft werden.

Jeder Geselle der Zunft hatte täglich sechzehn Kreuzer Lohn anzusprechen. Davon mußte er quartaliter vier Kreuzer in die Bruderschaftslade geben, aus der jeder fremde Geselle, der keine Arbeit fand, sechs Kreuzer bekam.

Ein fremder Geselle ist zuerst dem Meister zuzuführen, dessen Werkstatt am längsten »leer und öde« gestanden ist.

Bei Strafe von zwei Gulden darf kein Meister deutsche oder welsche Maidle als Strickerinnen anstellen. Nur die eigenen Kinder, Maidle und Buben, darf er zum Handwerk verwenden.

Dieser »Artikul« wurde erst zu Ende des 17. Jahrhunderts aufgenommen. Der Rat wies demgemäß alle fremden Leute aus. Auch der »alte Schwarzfärber« Johannes Hansjakob muß 1699 auf Ratsbeschluß die bei ihm wohnende Hosenstrickerin »bei Strafe des Pfunds abschaffen«.

Wir sehen, die alten Hosenstricker waren keine Freunde der Frauen-Emanzipation; sie ließen sich von den Wibervölkern nicht einmal ins Stricken pfuschen.

Mein Urahne hatte mit den Damen überhaupt kein Glück. Als seine beiden Buben in der Fremde waren und er sich aus Armut keinen Gesellen halten konnte, stellte er wider Handwerksbrauch eine Magd ein, die ihm half beim Färben des Zwilches. Diese Magd fiel beim alten Johannes und bei der Anna Maria in Verdacht, als habe sie ihre arme Herrschaft bestohlen.

Der Färber bricht dem Maidle nicht nur seinen »Trog« auf, um nach dem gestohlenen Gut zu fahnden, sondern er behält ihm auch fünf Gulden »Liedlohn« zurück.

Für diesen Frevel muß der Johannes samt seiner Gattin vor den hohen Rat, dessen Hilfe die unschuldige Magd angerufen hat.

Dies geschah am 15. Oktober anno 1700. Nach »Red und Gegenred« stellt sich die Unschuld des Mägdleins heraus, und das Urteil lautet für den Johannes: »Er soll dem Maidle seinen Trog wieder schlüssig machen und den Liedlohn in zwei Terminen bezahlen.«

»Sein Weib aber muß der gekränkten Unschuld die Hand geben und bekennen, daß sie nichts als Ehr, Liebs und Guts von dem Maidle wisse.«

Nach meiner Ansicht vererben sich nicht bloß die angebornen leiblichen und geistigen, sondern auch die erworbenen Eigenschaften der Ahnen auf ihre Nachkommen. Wie obiges Urteil zeigt, war der Färber Johannes, der erste Hansjakob in Hasle, von dessen Armut wir schon oben erzählt, am Ende seiner Laufbahn so dürftig, daß er nicht fünf Gulden auf einmal zahlen konnte; er bekam dazu zwei Fristen. Und seit jener Zeit bis auf diese Stunde weiß ich nicht fünf unter seinen zahlreichen Nachkommen, die das erworben hätten, was man ein Vermögen nennt.

Die Schande, wegen einer Magd vor Gericht gekommen zu sein, entleidete dem alten Färber das ehrliche Handwerk. Sein Sohn Johannes kam bald nach dem angeführten Urteilsspruch aus Lyon, wo er sich in seiner Kunst vervollkommnet, und sofort übergab ihm nach gemachtem Meisterstück der Alte seinen Farbkessel und seine Hütte.

Die Plünderung und Niederbrennung der Stadt durch die Franzosen am 28., 29. und 30. April und am 1., 2. und 3. Mai 1703 erlebte der alte Johannes noch. Aber ihm, wie den meisten Vorstädtlern, war nicht viel zu plündern gewesen. Sie waren deshalb am glimpflichsten weggekommen.

Er ließ sich's drum auch im folgenden Sommer nicht nehmen, der alte, fromme Schwarzfärber, die Wallfahrt nach Triberg, welche die Bürgerschaft während der Plünderung gelobt, mitzumachen. Da jedoch der zwölfstündige Weg sehr beschwerlich war, legte er sich nach dieser Huldigung an die Himmelskönigin zum Sterben nieder. Sein Geschlecht aber ging weiter in seinen Söhnen Johannes und Hansjörg, die den Stamm verzweigten und die Ahnherren zweier Linien wurden. Vom Johannes ging die Färberlinie und vom Hansjörg die Bäckerlinie aus, eine fast so arm wie die andere, aber jede begabt mit der Redseligkeit und dem leichten Herzen des ehemaligen, aus Oberkirch vertriebenen Schreiners und nachmaligen Blumenwirts von Gengenbach.

Ich muß nun erzählen, wie der Weber Johannes Georg Hansjakob wider Willen der Ahnherr einer kleinen Legion von Bäckern geworden ist. Wie das zuging, das mag den allermeisten Menschen gleichgültig sein, und manche werden es mir wieder als »Größenwahn« anrechnen, wenn ich so viel von meiner Sippe erzähle.

Der gütige Leser möge aber nicht vergessen, daß ich meine Bücher zunächst für mich und zu meinem Vergnügen schreibe.

So nötig ich das Geld habe und ein so armer Schlucker ich auch bin, so könnte gleichwohl nie der Geldgewinn mich zum Schreiben bringen.

Es ist in erster Linie das eigene Pläsier, welches ich beim Niederschreiben meiner Gedanken, Erinnerungen und Forschungen empfinde und das mich zum Bücherschreiben treibt.

Andere Leute rauchen zu ihrer Unterhaltung Zigarren oder trinken Bier und spielen – ich dagegen schriftstellere zu dem gleichen Zweck. Wem dann das, was ich schreibe, nicht gefällt oder Langeweile macht, der läßt einfach das Lesen meiner Bücher bleiben. Ich bin ihm deshalb sicher nicht bös.

Ich habe ganz gute, ja beste Freunde, von denen ich weiß, daß sie meine Bücher nicht lesen. Es fällt mir aber nicht ein, sie darob scheel anzusehen. Meine eigene Schwester, die bald vierzig Jahre bei mir ist, hat noch nicht ein Buch von mir gelesen, und ich habe sie auch noch nicht dazu aufgefordert.

Ich erzähle hier besonders gerne von meinem Ur-Urgroßvater, dem Johannes Georg Hansjakob, weil er, obwohl ein armer Mann, in erster Linie seinem Großvater, dem Schriner-Mathis, nachgeschlagen hat und kein Knecht, sondern ein großer Liebhaber der Freiheit gewesen ist.

Es ist eine meiner frühesten Erinnerungen, die erst in meinen alten Tagen wieder in mir auflebte, daß mein Vater mir sagte, wir stammten von einem Weber in der Vorstadt ab. Der sei lange Jahre auf der Wanderschaft in den Niederlanden gewesen und habe aus der Fremde hundert Brabantertaler mitgebracht.

In den Niederlanden hat der Hansjörg wohl seinen Freiheitssinn geholt; denn dort bildeten die Weber die mächtigste Zunft, und dort hatten sie im 14. Jahrhundert der Volksfreiheit die erste Gasse gemacht in Europa.

Ich denke mir, daß des Färbers Hansjörg von Hasle auch in der Stadt Gent gearbeitet hat, wo die Weberzunft eine Großmacht war.

In diese Gilde ließ sich der Schöpfer der Grundrechte des Volks, Jakob van Artevelde, zu Anfang des 14. Jahrhunderts aufnehmen, und er wurde durch die 40.000 Weber der Stadt bald der einflußreichste Mann in ganz Flandern.

Es waren der Weber so viele in Gent, daß, wenn die Gesellen zur Arbeit gingen, jeder andere Verkehr stockte; solch einen Menschenstrom bildeten sie. Sie wurden so übermütig, daß sie sich selbst in die Haare gerieten. Am 2. Mai 1345 lieferten sich Walker und Weber auf dem »Freitagsmarkt« zu Gent eine förmliche Schlacht, in der es fünfhundert Tote gab.

Und daß die Weber es waren, mit deren Hilfe Jakob Artevelde den Kleinbürgern die erste freie Verfassung erkämpfte, ist keine kleine Ehre für diese sonst so verachtete Zunft.

Sicher lebte noch etwas von dem alten Geiste in den Weberzünften, als der Hansjörg in den ersten fünfzehn Jahren des 18. Jahrhunderts in den Niederlanden am Webstuhl saß. Er erzählte wenigstens, als er heimkam, viel von den Brabantern und ihrem Freiheitssinn und bekam deshalb in Hasle bald den Spitznamen – »der Brabanter«.

Sein Bruder Johannes war schon längst Vollbürger, als der Weber heimkam und sich »setzte«, d. i. Meister wurde. Mit seinen Brabantertalern kaufte er, wie schon bemerkt, Hütte und Geschäft des Hans Briemel und heiratete die Tochter eines Schusters Joos. Mit der Hütte übernimmt er aber auch, wie wir bereits gehört, den Namen des abgegangenen Kremplers und heißt im Volksmund nicht nur der Brabanter, sondern auch »der Briemel«.

Dies geschah anno 1717. Zwei Jahre später wird er schwer an seiner Ehre angegriffen.

Der Schreiner Philipp Maurer wirft dem Weber eines Tages vor, er betrüge die hinterlassene Tochter des verstorbenen Briemel und sei »ein Kugler und kein ehrlich Kind«.

Der Hansjörg greift dem Schreiner »gröblich an den Hals« und schleppt ihn vor Rat und Gericht. Der Meister Leim wird verurteilt, von morgens Betzeit bis abends Betzeit eingesperrt zu werden und dem schwer beleidigten Weber abzubitten. Daß der Brabanter sich schwer gekränkt fühlte, weil er, der Enkel des Schriner-Mathis und der eheliche Sohn des Schwarzfärbers Johannes, kein ehrlich Kind sein sollte, versteht sich von selbst.

Aber was soll der Kugler bedeuten?

Um das alte Hasle standen, wie wir gleich des näheren hören werden, uralte Eichenhaine. Im Schatten dieser hatte die Stadt Kegelbahnen angelegt für jung und alt. Das Kegelaufsetzen vergab der Rat alljährlich an arme Buben.

Der Brabanter Weber war nun, was später mein Vater und ich auch gewesen sind, ein leidenschaftlicher Kugler, d. i. Kegelspieler, der bisweilen auch an Werktagen, wenn es ihm in seinem Webkeller zu dumpf wurde und der Freiheitsgeist seiner Niederländer Zunftgenossen in ihn fuhr, dem Kegelspiel huldigte. Auch an Sonntagen konnte er es nicht abwarten, bis in der Kirche die Vesper aus war; er kegelte manchmal schon vorher und wurde vom Rat punktiert, d. i. gestraft.

Mit dem Worte Kugler wollte der Schreiner-Philipp den Brabanter als Tagdieb bezeichnen, und daher der Groll des Webers.

Ein Jahr später stirbt diesem sein junges Weib. Er sucht nach Jahr und Tag ein anderes und findet es 1721 in der Tochter des Mesners und Schulmeisters Georg Schürer, eines ebenso braven als frommen Mannes.

Seine Schule hielt dieser in der Kirche und bekam dafür alle Quartal von der Stadt sechs Gulden und ein Viertel »Mulzer« aus der Stadtmühle.

Daß seine Tochter Franziska dem Weber in der Vorstadt keine Reichtümer bringen konnte, geht schon aus dem Einkommen des Vaters hervor.

Die Brabantertaler hatte der Kauf der Hütte und die Einrichtung der Werkstätte verschlungen, und das Weberhandwerk brachte kein Geld. In Stadt und Land saßen die Weber so zahlreich wie die Schwalben im Sommer. Die Kremplerei war auch nicht viel; denn in der Vorstadt wohnten meist arme Leute.

Oft schimpfte der Hansjörg, daß ihm von der ganzen Kremplerei nicht mehr bleibe als der Name »Briemel«, der seinen ehrlichen Geschlechtsnamen verdrängt habe.

Den »Brabanter« ließ er sich gerne gefallen, aber den Namen Briemel hörte er nicht gern.

Doch selbst der Pfarrer Planer von Plan schrieb einmal ins Taufbuch, da er ein Kind des Webers eintrug, Hansjörg Briemel. Dieser hätte dem Pfarrer darob sicher auch nach dem Hals gegriffen, so er diese amtliche Schmach gewußt.

Gute Tage hatte unser Weber nur, wenn der Holländer-Marti, Hans Parker; in Hasle eintraf.

Die kleinen Eichenwälder, welche damals das alte Städtle umgaben, wurden wie heilige Haine gehütet, nicht bloß die Bäume, sondern auch die Früchte, die Eicheln.

Dem Schweinehirten war strenge verboten, in den »Äggerich«, wie diese heiligen Haine genannt wurden, zu fahren, und das Lesen und das »Schwingen« von Eicheln zu unerlaubten Zeiten wurde mit Geldstrafe punktiert. Nur wenn der Rat es erlaubte, durfte aus jedem Haus *eine* Person Eicheln lesen oder schwingen.

Selten ward einem Burger ein Eichbaum zum Bauen genehmigt. Dagegen erschien fast alle Jahre der Holländer-Marti und kaufte der Stadt schöne Eichen ab, das Stück durchschnittlich zu zehn Mark unseres heutigen Geldes.

Er konnte aber, als er 1722 zum ersten Male kam, nicht gut oberdeutsch, und da mußte der Hansjörg, der flämisch zu reden gelernt, ihm den Dolmetscher machen. Er wurde so sein Freund.

Der Holländer hat Geld wie Heu und die Eichen sind billig: drum läßt er was fliegen, bis die Bäume in der Kinzig liegen, um auf Tannenflößen die Reise nach seiner Heimat anzutreten.

In späteren Jahren wird der Bruder des Hansjörg, der Färber Johannes, der längst Waldmeister ist, auch Amtsburgermeister und Minister des Innern. 1730 ist er's geworden, trotzdem er ein armer Mann war wie sein Bruder und der Rat ihn Schulden halber noch vor Jahr und Tag mit Pfänden bedroht hatte.

Jetzt konnte der Hansjörg dem Holländer mit Hilfe seines Bruders leicht Gehör verschaffen, wenn er kam, um wieder Eichen zu holen aus den heiligen Hainen am Kinzigstrom.

Übrigens war der Weber in der Vorstadt nicht der einzige unter den Handwerkern, der eine fremde Sprache beherrschte. Bei den Schustern, Bäckern und Färbern, die gerne nach dem Welschland zogen, gab es manche, die französisch, unter den Hosenstrickern, die alle in Prag gewesen, solche, die böhmisch, und unter den Rotgerbern einzelne, die in Rußland praktiziert hatten und russisch redeten.

Das war der Segen des Wanderns in die weite Welt. Heutzutage kommt selten mehr einer über Deutschland hinaus, und wenn er heimkommt, redet er höchstens – preußisch.

Der Briemel, von dessen Freiheitssinn wir in einem besonderen Kapitel reden werden, segnete das Zeitliche, das ihm kein Paradies gewesen, noch nicht fünfzig Jahre alt, anno 1734. Ein Jahr zuvor hatte er noch »sein bisher ruhiglich ingehabtes Stückle Reben im Spizenberg« um 30 Gulden und 15 Kreuzer Trinkgeld für seine Ehefrau einem Nagelschmied verkaufen müssen.

Der Brabanter hinterließ von fünf Kindern nur einen kaum vier Jahre alten Sprößling Tobias, den Stammherrn der Hansjakobischen Bäckerlinie und meinen Urgroßvater. Daß aus ihm später ein Bäcker wurde und kein Weber, trotzdem der Webstuhl des Vaters sich auf ihn vererbt, daran war die Mutter schuld.

Junge Witwen haben allzeit gern wieder geheiratet, und jung, eine angehende Dreißigerin, war die Witwe des Briemel. Darum heiratete sie den Bäcker Philipp Müller. Sie wurde durch diese Tat auch die Ursache, daß ich, ihr Ur-Urenkel, in meiner Knabenzeit der Becke-Philipple genannt wurde.

Ihr Sohn Tobias taufte nämlich einen seiner Buben dem Stiefvater zu Ehren Philipp, und dieser Philipp gab einem seiner Knaben wieder den gleichen Namen. Dieser dritte Philipp aber war mein Bäckervater und ich darum der »Becke-Philipple«.

Als der Weber in der Vorstadt diese schöne Erde verließ, lebte sein älterer Bruder Johannes, der Färber, noch und hatte bereits zwei Söhne, die Meister in der Schwarzfärberei waren, den Johannes und den Tobias, und von denen der eine schon ein öffentliches Amt bekleidete.

Der Johannes junior ist der Waldmeister, der seinem Vetter, dem Bäcker Tobias, die schöne Buche verschaffte zur Backmulde und mir damit die Madonna.

Er war seit Jahren auch Burgermeister, wie sein Vater es gewesen. Daß auch er nicht mit Glücksgütern gesegnet war, zeigt der Umstand, daß seine einzige Tochter einen Schneider heiratete; noch mehr aber die Tatsache, daß er auch gegen Ende seines Lebens, am 31. Juli 1760, als Burgermeister sich vor dem hohen Rat verklagen lassen mußte. Er war dem Kaufmann und Ratskollegen Battier, einem eingewanderten Savoyarden, 31 Gulden 13 ½ Kreuzer für Krämerwaren schuldig und zahlte nicht. Er wird verurteilt, innerhalb vier Tagen seine Schulden zu tilgen. Die Frist geht um, ohne daß der Battier sein Geld hat.

Noch ärmer war sein Bruder Tobias, aber dafür auch, wie wir sehen werden, freiheitlicher gesinnt. Er wurde der nähere Stammherr der Färber Hansjakob, die heute noch ihr Geschäft treiben, während die Bäckersippe ihr Gewerbe langst aufgegeben hat.

So sind die nächsten Stammherrn der erlauchten Familie Hansjakob in Hasle zwei Männer mit dem Namen Tobias, die gleichzeitig lebten und nur verschieden waren im Alter. Der Färber hieß darum in den amtlichen Akten Tobias Hansjakob alt und der Bäcker Tobias Hansjakob jung.

Im Volke aber wurden sie genannt der Färber-Toweis und der Bäcker-Toweis. Der erstere wurde im gleichen Jahre – 1730 – Meister, da der letztere geboren ward.

Bäcker geworden bei seinem Stiefvater, ging er mit einem Jugendfreund, dem Schuster Josef Heim, in die Fremde, fünf volle Jahre lang. Sie nahmen nur Arbeit, wo beide zugleich solche bekamen, und zogen gemeinsam wieder von dannen. In Besançon arbeiteten sie, wie auch in Wien, und kamen als tüchtige Meister heim.

Dem Toweis war in den langen Jahren seit dem Tode seines Vaters aus dem Verkauf der Weberhütte in der Vorstadt und ihres Mobiliars ein kleines Vermögen angewachsen. Er konnte in der Stadt, unfern vom Rathaus, das Haus des verganteten Bäckers Hils, auf dem ein Backrecht ruhte, um 470 Gulden kaufen. Ohne dieses wäre es ihm nie möglich gewesen, Meister zu werden in Hasle. Die schon zu zahlreichen Bäcker wachten mit Argusaugen darüber, daß kein Unberechtigter ihnen Konkurrenz machte.

Alle Meister der anderen Zünfte hielten es ebenso. Bittschriften über Bittschriften gingen alljährlich von ihnen an den Landesherrn, den Fürsten von Fürstenberg, ab, dem oder jenem zu verbieten, sich unter ihnen ansässig zu machen.

Es mußte auch, um Überproduktion zu verhüten, jeder Meister, der einen Lehrbuben ausgebildet, zwei Jahre »Stillstand halten«, d. h. er durfte vor Ablauf dieser Zeit keinen »Jungen« aufnehmen. Nur eine direkte Eingabe an den Fürsten konnte diese Wartezeit abkürzen, was aber bloß dann Erfolg hatte, wenn der Lehrjunge ein Fremder, d. h. kein fürstenbergischer Untertan war.

Ein Jungmeister konnte seine neidischen Zunftgenossen nur versöhnen, wenn er eine Tochter aus der Zunft nahm. Dies tat auch der Sohn des Hansjörg.

Ich besitze sein Porträt aus seinen alten Tagen; diesem nach zu schließen war der Toweis sicher ein bildschöner junger Mann. Das mag nicht wenig dazu beigetragen haben, daß er die neunzehnjährige Tochter des ersten Weißbecken im Städtle zur Frau bekam.

Der alte Weißbeck Josef Lienhard war nicht bloß der erste Bäcker, er war auch ein angesehener, beliebter Mann unter seinen Mitbürgern. Er bekleidete dreißig Jahre lang das Amt eines »Vorsprech«, d. h. er vertrat die Bürger und Hintersaßen in Zivilsachen vor dem Rat.

Alljährlich bestimmte dieser bei der Ämterbesetzung drei Bürger als »Vorsprecher«. Sie wurden auch Fürsprecher genannt und hatten das Recht und die Pflicht, an jedem Amtstag beim Rat vorzusprechen und die Wünsche ihrer Klienten vorzutragen.

Man wählte drei solcher Gratis-Advokaten, damit die Rechtsuchenden und Bittsteller eine Auswahl hätten. Der beliebteste war der Weißbeck Joseph Lienhard. Es geht daraus hervor, daß er ein redegewandter Mann gewesen sein muß.

Eines Tages im Vorsommer des Jahres 1755 sprach der junge »Briemel« beim Vorsprech Lienhard vor und hielt um seine Tochter Maria Magdalene an.

Die jungen Leute hatten sich kennen gelernt in den heiligen Eichen-hainen, wo das ledige Volk an Sonntagen zusammenkam.

»Der Lienhard«, so antwortete der Alte, »gibt seine Tochter nicht gern einem Hansjakob. Denn bei denen ist viel Geschrei und wenig Woll'. Dein Vater und sein Bruder, der Schwarzfärber, haben beide es zu nichts gebracht. Und die Söhne des Färbers, der Johannes und der Tobias, haben fast noch weniger als ihr Vater. Alle aber waren und sind allzeit vorndran beim Krakeel, auf den Kegelbahnen und im Wirtshaus.«

»Doch du schlägst deiner Mutter nach und ihrem Vater, dem Schürer-Jörg; der war der brävste und frömmste Mann in Hasle und noch mein Lehrer. Und dein Stiefvater, der Becke-Philipp, gibt dir ein gutes Zeugnis und außerdem noch 200 Gulden. Er hat auch an dir gehandelt wie ein rechter Vater und dein kleines Vermögen ver-größert. Drum sollst du mein Maidle haben. Haus und Handwerkszeug hast du schon. Ich geb' der Magdalene auch 200 Gulden und noch Feld und Matten, daß ihr könnt zwei Kühe halten. Und dann haust und spart und betet, und Gott wird euch segnen.«

Am 6. Juli 1755 hielten sie Hochzeit. Der greise Pfarrer Planer von Plan traute sie, und der alte Lienhard und der junge Schuster Joseph Heim waren die Zeugen.

Beim Hochzeitsfeste, drüben beim Nachbar Sonnenwirt Fideli Fackler, ging's hoch her. Der Sonnenwirt, aus dem Simonswald stammend, hatte die »Simiswälder Schnurranten« kommen lassen, damals die besten im nördlichen Schwarzwald, und es wurde gespielt und getanzt und gesungen bis in die späte Nacht hinein.

Die ganze Bäckerzunft war beisammen, Meister und Gesellen und Jungen, um auf des angehenden »Jungmeisters« Wohl zu trinken. Die Vetter Färber saßen am Ehrenplatz neben dem Hochzeiter. Sie tranken und hielten Reden, während der ernste Lienhard bitter lächelnd zu-hörte, wie die zwei Färber ihren Stammeseigenschaften freiesten Lauf ließen. Als der Hochwächter Hansjörg Sundthofer die erste Morgen-stunde vom Kirchturm blies und der Nachmitternachtwächter Jakob Meyer die gleiche Stunde anrief, war alles still in der Sonne; denn um Mitternacht mußte die lustigste Hochzeit zu Ende sein bei schwerer Straf für Wirt und Hochzeiter.

Am folgenden Tag tat sich der Toweis als Bäcker auf. Backstube und Backmulde traten in ihren Dienst, den sie über hundert Jahre leisten sollten.

4.

Der junge Becke-Toweis hatte das Recht, ein Weißbeck, d. h. ein Brotmacher erster Klasse zu sein. Die Zünftler, welche das tägliche Brot, das Mark der Männer, in Althasle buken, teilten sich in Weißbecken und in Schwarzbecken. Die ersteren durften Brezeln, Mutscheln, Wecken und Weißbrot fabrizieren und verkaufen, die andern nur schwarzes »Kürnenbrot« und halbweiße Groschenlaibe.

Unter dem Rathaus allmorgentlich ihre Waren feilhalten und am Sonntag auf den Dörfern vor der Kirche ihr Gebäck den Bauersleuten anbieten zu dürfen, das war ein weiteres Vorrecht der Weißbecken.

Märtyrer, d. i. arme Leute, waren trotzdem mehr oder weniger beide Sorten von Bäckern. In der ersten Klass' durften nicht jeden Tag alle, sondern nur abwechselnd je zwei backen; denn der Konsum war an Werktagen nicht groß. Die zweite Klasse aber brachte ihr Schwarzbrot nur spärlich an den Mann, weil dasselbe fast in jedem Hause selbst gebacken wurde.

Der Toweis war noch ein Glückskind unter seinen Zunftgenossen. Sein Bäckerhaus war dem Marktplatz und der Kirche zunächst gelegen, und das brachte ihm Kunden.

In jenen Tagen gingen nur die eigentlichen Buren ins Wirtshaus, wenn sie ins Städtle kamen; die Taglöhner und Knechte und die Wibervölker vom Land begnügten sich mit einem Wecken, zu dem die letztern sich im Winter von der Bäckerin eine Suppe kochen ließen.

Ich selbst sah in meiner Knabenzeit noch Landleute genug an Markt- und Sonntagen vor dem Rathaus stehen und ihren Wecken verzehren und dann heimgehen.

Zur Winterszeit kamen die Wibervölker in meine väterliche Bäckerstube, bestellten sich eine Milchsuppe mit Weißbrot und kauften dann noch einige Wecken, um sie mit heimzunehmen.

Das Haus des Toweis hatte noch einen weitern Vorteil: man konnte von zwei Seiten und von zwei verschiedenen Gassen in dasselbe gelangen, aus der »vordern Gasse« und aus der »Bachgasse«.

So kam es, daß er mehr Brot verkaufte wie die andern und an Markt- und Sonntagen seine Stube voll hatte von Landleuten. Die Magdalene und ihre Magd konnten nicht genug Milchsuppen kochen und Wecken verkaufen.

An die Stube stieß die Backstube, nur durch eine Türe mit Fenster von jener getrennt. Ägyptische Finsternis herrschte in ihr, und das Fenster in der Türe vermochte das tiefe Dunkel nicht zu erhellen.

Darum stand Sommer und Winter die Backstubentüre offen, und die Backmulde konnte alles sehen und hören, was draußen in der Stube vorging.

Neben ihr war die »Wirkbank«, ein großer Tisch, auf dem der Toweis den in der Mulde bearbeiteten Teig abwog und ihm die nötige Form gab. Das Abwägen besorgte in den ersten Jahren die Magdalena Es mußte gewissenhaft gemacht werden; denn die drei vom Rat aufgestellten Brotschauer kamen unverhofft und wogen beliebige Fabrikate ab, und der Rat diktierte dem Bäcker, dessen Ware zu leicht befunden worden, alsbald eine Geldstrafe.

Der Mulde gegenüber stand eine Sitzbank für die Gäste, die dem Toweis zuschauten bei seiner vormitternächtlichen Arbeit und mit ihm plauderten, bis die ersten Wecken aus dem Ofen kamen.

Sommers- und Winterszeit hatten die Bäcker solche Besuche, meist Freunde und Nachbarn, die nach ihrem Feierabend noch nicht ins Bett wollten und weder Lust noch Geld hatten, um ins Wirtshaus zu gehen.

Der erste nächtliche Gast, der zum Toweis kam, war der alte Förster Balzer. Er bekleidete neben seiner Waldhüterei auch das Amt eines Vormitternachtwächters, und am ersten Abend, da der Toweis buk, erschien er. Er hatte schon die elfte Stunde gerufen, und der Bäcker nahm eben das erste gebackene Brot aus dem Ofen, als der Balzer am Fenster klopfte und Einlaß begehrte.

Er wollte, so meinte er, auch die schöne Buche einmal begucken, die er dem Bäcker angewiesen, und schauen, ob sie einen guten Platz habe.

Der Toweis hieß den Alten gerne willkommen, da er ihm ohnedies noch ein Trinkgeld schuldig war, bat ihn aber, zu warten, bis er vollends das Brot »aus dem Ofen geschossen« habe.

Nachdem dies geschehen, löschte er die »Blashölzle« im Ofen, nahm seine Öllampe und zündete dem Förster in die Backstube mit den

Worten: »Da schaut, Balzer, was für eine schöne Mulde aus der Buche geworden ist.«

Diese aber hätte beim Anblick des Waldhüters laut aufschreien mögen, wie eine Fürstentochter, die jemand im Palast ihres Vaters kennen gelernt hat und nun in einem dunkeln Gefängnis wieder findet.

Sie dachte, die Mulde, als sie den Balzer wiedersah, an ihr Leben in Gottes freier Natur, an ihre Jugendzeit in Gottes Wald und unter Gottes Sonne, an die Zeit, da der Waldhüter an ihr, der Glücklichen, vorüberging, und an die vielen Stunden, da arbeitsame, zufriedene Menschen Schutz und Ruhe suchten unter ihren hellgrünen Zweigen.

An all das erinnerte sie sich beim Anblick des alten Balzer und sie ächzte vor Weh so hörbar, daß der Bäcker meinte: »Das Holz schafft immer noch.« Er hatte keine Ahnung, daß dies Leben und Regen herber Schmerz war.

Der Waldhüter aber, der seine Bäume Wohl kannte, sprach die schönen Worte: »Der Geist weicht nie ganz aus dem Holz; selbst wenn man Mark und Herz den Bäumen ausbohrt, reißt's und schafft's noch in ihnen. Sie haben ein weit zäheres Leben als wir Menschen.«

Dann erzählte er dem Toweis, wie die Weibsleute ihn verschimpft hätten, weil er ihm die Buche ausgelesen, und wie er sich habe verteidigen müssen.

Dies hörte die Mulde, und es war ihr ein Trost, daß es noch mitleidige Menschen gebe, und auch sie erkannte wie ihr Geschichtschreiber, daß der bessere Teil der Menschheit die Wibervölker seien.

Der Toweis nahm den Balzer nun in die Stube und schenkte ihm für drei Batzen neugebackenes Weißbrot.

Fortan kam er noch manchen Abend zum Bäcker, der greise Nachtwächter und Waldhüter, bis der Sensenmann ihm seine Wächterrufe und seine Waldhut abnahm und ihn zu den Toten legte.

Wenige Tage nach seinem Tode sprach niemand mehr vom Balzer. Daß er aber in diesem Büchlein nach anderthalb Jahrhunderten wieder aufersteht, verdankt er der Buche, deren Unglück er verschuldet.

Die meisten Besuche in der Backstube hatte der Toweis von seinen Jugendfreunden, dem Schuster Josef Heim und dem Glaser Hans Kürnberger. Beide wohnten in der Gasse, die an der Rückseite des Bäckerhauses hinzog, und kamen über den Stadtbach von hinten ins Haus. Zahllose Abende saßen sie in der Backstube und diskurierten altes und neues. Der Schuh-Sepp kam allzeit im langen Rock und im

Dreispitz, in kurzen Hosen und Schnallenschuhen, während der Glaser-Hans im Alltagshäs – alte Kniehosen, Schlappen, Kittel und weiße Zipfelkappe – erschien. Eine weiße Zipfelkappe trug ständig auch der Toweis.

War der Bäcker gen Mitternacht fertig mit seiner Arbeit, so setzten sich alle drei noch in die Stube zu frischem Brot und einem Krug Wein und rauchten und schnupften dazu.

Der Glaser-Hans war ein gewaltiger Raucher; den Bäckern und Metzgern aber war Rauchen und Schnupfen in ihren Werkstätten vom Rat aus verboten. Gleichwohl übertraten die Metzger dies Verbot gerne; sie rauchten selbst beim Fleischaushauen und mußten immer und immer wieder obrigkeitlich vermahnt und gestraft werden.

Das Schnupfen ging in jenen Tagen in Hasle noch flotter als das Rauchen, besonders nachdem die Stadt selber mit fürstlicher Erlaubnis eine Tabakstampfe mit Wasserbetrieb eingerichtet hatte.

Daß der Schuh-Sepp allzeit elegant auftrat, kam daher, weil die Schusterzunft in der ersten Hälfte des 18. Jahrhunderts und darüber hinaus auch die eleganteste war im ganzen Städtle.

Ihr Zunftbrief, der 1718 die landesherrliche Bestätigung gefunden hatte, war der ausführlichste von allen Zünften und zeugte durchweg vom Stolz der damaligen Meister Knieriem.

Sie nahmen keinen Lehrling in ihre schwarze Zunft auf, außer er war von frommen, ehrlichen Leuten und im Stande der heiligen Ehe geboren.

Kein Meister durfte mehr als drei Stühle in seiner Werkstätte besetzen, damit seine Konkurrenz nicht zu groß würde. Wenn die Zunft auf der Herberge beisammen war, mußte jeder Meister, Knecht und Junge anklopfen und mit dem Gruß eintreten: »Mit Gunst, ihr ehrlichen Meister und Gesellen.« Wer eines oder das andere unterließ, zahlte acht Kreuzer Strafe in die Zunftlade.

Wer vor versammeltem »Handwerk« etwas zu sagen hatte, mußte aufstehen und sprechen: »Mit Gunst, ihr ehrlichen Meister und Gesellen« – und mit dem gleichen Gruß sich setzen. Wer's übersah, wurde mit dem gleichen Betrag bestraft.

Jedes Mitglied der Zunft, so vor dem Handwerk erschien und nicht die drei obern Knöpfe oder Haften am Rock zu hatte, mußte eine »Kante« Wein bezahlen.

Wer Wein verschüttete, hatte so viele Kanten zu zahlen, als der ausgelaufene Wein Spannen Raum einnahm.

Wer übermäßig trank, bezahlte ein Pfund Wachs in die Kirche.

Welcher Meister oder Knecht ohne Halstuch, Hut und Handschuhe ausging, büßte mit zwölf Kreuzern Strafe.

Welcher Schuhknecht ein Mägdlein unanständig berührte, bezahlte einen halben Wochenlohn in die Zunftlade.

Wer den andern einen Bärenhäuter nannte, zahlte acht Kreuzer Strafe.

Wer einem andern von der Zunft einen Übernamen gab, mußte eine Kante Wein ponieren. Wer von der Zunft auf der Gasse Brot, Äpfel oder Birnen verzehrte oder gar an einem öffentlichen Brunnen trank, den traf die gleiche Strafe.

Wer als Schuhknecht blauen Montag machte, hinterließ einen halben Wochenlohn.

Wer zechen wollte, mußte es in der Herberge tun oder im Wirtshaus, nie in einem Privathaus.

Am Fest der Patrone, der Heiligen Crispinus und Crispinian, zogen Meister und Meisterinnen, Knechte und Jungen paarweis in die Kirche, wo das Strafwachs angezündet wurde.

Wir sehen, das war eine noble Zunft, und der Schuh-Sepp sprach darum mit Stolz von den ehrlichen und vornehmen Artikeln seines Handwerks.

Der Glaser-Hans machte dagegen immer wieder geltend, daß auch seine Zunft, zu welcher die Schreiner und Schlosser noch gehörten, eine rechtschaffene sei und in einem Punkte über den Schustern stehe. Es dürfe nämlich in ihr kein Meister die Tochter eines Mühlknechts, eines Stadtknechts, eines Schinders (Abdeckers) oder Scharfrichters heiraten.

»Aber eure Zunft verwandelt alle Strafen in Wein und euch ist's dabei nur ums Saufen«, meinte der Toweis, als der Glaser-Hans eines Abends die Zunftartikel mitgebracht und verlesen hatte. »Wenn ein Meister dem andern seine Kunden abschwätzt, kostet es vier Maß; ebensoviel, wenn einer dem andern seinen Gesellen wegspannt.«

»Wer ausschwätzt, was in der Zunftstube verhandelt wird, hat das gleiche zu zahlen.«

»Wer auf der Herberge schwört, flucht oder unsittlich redet, zahlt je nachdem vier, sechs, acht Maß.«

»Da sind wir die Frömmsten«, fuhr der Toweis fort, »wir Bäcker und Müller. Wir legen alle Strafen in Wachs an, und wenn wir am Zunfttag in die Kirche einrücken und der Jungmeister die vielen Kerzen anzündet, da meint man, unsere Kirche sei der Himmel, so glänzt's und glitzert's.«

»Bei uns ist die Zunftlade ein Heiligtum. Sobald sie geöffnet wird, muß alles schweigen, und wer flucht oder schwört, so lange die Lade offen ist, der wird mit dreißig Kreuzern gestraft.«

Die empfindsamste Zunft war aber die der Schmiede. Von ihr erzählte in der Backstube ein anderer Freund des Toweis, der Hufschmied Josef Fideli Sandhas. Bei seiner Zunft durfte kein Meister an dem Karren des Schinders etwas machen, ehe derselbe im fließenden Wasser gewaschen war. Und kein Hufschmied durfte ein Pferd beschlagen, wenn der Schinder dem Tiere dabei das Bein aufheben wollte.

Dieser Hufschmied Sandhas ließ zuerst den Geniegeist der von mir in den »Wilden Kirschen« geschilderten Familie Sandhas aufleuchten.

Er machte in den sechziger Jahren des 18. Jahrhunderts den Haslachern eine neue Feuerspritze mit von ihm erfundenen Verbesserungen. Die Kunde davon drang bis zum Fürsten Josef Wenzel. Er ließ den Mann, welchen der Obervogt Lamberger in Hasle aufs höchlichste als Erfinder gepriesen, nach Donaueschingen kommen und bestellte bei ihm eine Feuerspritze für seine Residenz, die zur vollsten Zufriedenheit ausfiel und 700 Gulden kostete.

Die für Haslach gefertigte sah ich noch in meiner Knabenzeit im »Spritze-Hüsle« neben dem »Narrehüsle« stehen. Sie hieß »die Alt« und war ganz zinnoberrot angestrichen.

Die alten Zünfte waren in katholischen Gegenden zugleich religiöse Bruderschaften. Der Patron der Zunft war stets ein Heiliger der christlichen Kirche. Sein Fest war ein Feiertag für Meister, Gesellen und Jungen und für Weiber und Kinder der ersteren.

Leid und Freud begingen und trugen alle Mitglieder der Zunft gemeinsam und allzeit unter dem Segen und Trost der Religion.

Sonntagsheiligung stand bei allen obenan, und selbst die Bäcker durften am Sonntag nur dann backen, wenn am andern Tag ein Jahrmarkt war.

Auch in der Richtung kann man von der guten, alten Zeit reden.

Einer gemeinsamen Zunft mußten alle Handwerker alsbald, nachdem sie sich bürgerlich niedergelassen, sowie ihre erwachsenen Söhne, beitreten – der Schützenzunft, die eine Art Nationalgarde war.

Die alte Schützengilde war erst 1749 wieder aufgerichtet und vom Fürsten Josef Wilhelm Ernst bestätigt und mit neuen Satzungen versehen worden.

Die Franzosen hatten zu Anfang des Jahrhunderts bei der Einäscherung der Stadt auch das alte Schützenhaus auf dem Mühlengrün verbrannt, und ein neues war jetzt wieder gebaut worden.

Am ersten Sonntag nach Georgi, wenn der Frühling ins Land gekommen war, zogen die Schützen hinaus auf den Grün, und es wurde von da ab jeden Sonntag geschossen.

Mit Trommeln und Pfeifen und Fahne rückten die Schützen aus, alle Mannen vom 19. bis zum 40. Lebensjahr umfassend. Nur wer mit »Leibesgebresten« behaftet war, wurde von der allgemeinen Vorschrift, wenigstens sechs Tage im Jahre zu schießen, dispensiert.

Alljährlich petitionierten dann die Schützen beim Fürsten um eine »milde Schützengabe«, die jeweils zwischen sieben und elf Gulden schwankte.

Aber alljährlich mußten die Tapferen, die sich im Schießen übten, damit sie in gefährlichen Zeiten das kleine fürstenbergische Vaterland verteidigen könnten, um die Erlaubnis fragen, ob sie ihr Schießhaus wieder öffnen dürften.

Das war weise von der Regierung, welche, so oft ein revolutionärer Geist in den Haslachern sich zeigte, das Schießhaus schloß und das Schießen einstellen ließ. Das Volk in Waffen hätte sonst gegen das eigene Vaterland aufstehen können.

In friedlichen Zeiten schossen die Mannen um friedliche Lorbeeren: um die »milde Gabe« des Fürsten und um große Brezeln, um Zinnteller etc. – In den ersten Jahren kam zum Toweis auch noch allwöchentlich zweimal sein alter Lehrer, um ihn zu rasieren; denn ein Bäcker durfte in jenen Tagen, wenn er Brot verkaufen wollte, keinen Bart tragen.

Das war ein Original, der Hans Michel Isemann, Balwierer und Schulmeister in Hasle. Eines Burgers Sohn und später selbst Burger, hatte er das Baderhandwerk studiert beim Klosterchirurgen in Gengenbach. Im Kloster hatte er aber nebenbei auch Lesen, Schreiben, Rechnen und das Orgelschlagen erlernt. Und als das Balwieren sich nicht mehr rentierte, teils wegen der Konkurrenz, teils weil die meisten Bürger den Bart selber schabten, bewarb er sich 1716 um den Dienst des Schulmeisters, natürlich ohne sein Metier aufzugeben.

Bis 1743 bekleidete er den Schuldienst schlecht und recht, aber mehr schlecht als recht. Er saß oft im Wirtshaus oder ging aufs Rasieren und ließ die Kinder in der Schule allein toben, so daß sie, wie der Rat dem Schulmeister öfters vorwarf, weder in der Gottesfurcht, noch im Lesen, Schreiben und Rechnen Fortschritte machten.

Wenn der Pfarrer mit dem Allerheiligsten zu einem Kranken mußte, sollten der Schulmeister und sämtliche Kinder mitgehen und den Rosenkranz beten. Das unterließ und übersah der Hans Michel öfters und wurde darüber vom Rat zur Rechenschaft und Strafe gezogen.

Aber ein praktischer Pädagoge war er doch, was allein aus dem folgenden hervorgeht. Der Rat der Zwölfer in Hasle verurteilte Feld- und Gartendiebe jeweils zur Strafe der öffentlichen Ausstellung am Rathaus, wobei ihnen eine Tafel an den Hals gehängt wurde mit der Inschrift: »Du sollst nicht stehlen.«

Sobald nun der Hans Michel von seiner Schulstube aus einen solchen Verbrecher ausgestellt sah, kam er mit allen Schulkindern und führte sie paarweise an dem Delinquenten auf und ab, um ihnen das siebente Gebot Gottes an der Strafe des Ausgestellten einzuprägen.

Daß er selber dabei oft von dem Sträfling beschimpft wurde, genierte ihn nicht. Einmal war der Hans Michel Sundthofer, der Ochsenhirt, ausgestellt, weil er am Sonntag »unter der Kirch bei 's Pfarrers Käppele Nüsse geschwungen«.

Als nun sein Namensvetter mit den Kindern kam, beschimpfte ihn der Ochsenhirt und warf mit Steinen nach ihm.

Er wurde dafür mit »Beturmung bedacht«, der rasierende Schulmeister aber ermahnt, seine Prozession in Zukunft ob des Sundthoferschen Frevels ja nicht zu unterlassen.

Der Rasierer war aber auch ein unparteiischer und demokratischer Lehrer. Das mußte er jedoch büßen. An einem Aschermittwoch hatte er vor dem Abendgottesdienst »Miserere« dem unartigen Söhnlein des Obervogts Schelm gesagt und ihn an den Haaren gezogen.

Der Vater Pascha klagt beim Rat, und dieser verurteilt den braven Schulmeister zu zwölf Stunden Turm und zur Abbitte beim Obervogt.

War die Schulzeit aus, so führte der Hans Michel seine zwei Geißen auf die Weide. Das amtliche Geißenmaidle war zeitweilig abgeschafft worden, weil der Rat meinte, die Geißen seien schädlich in Wald und Hag. Darum hütete der Hans Michel die seinigen selber, wurde aber öfters gestraft, weil sie an fremdem Gras »gefrezt« hätten.

Während er den Toweis rasierte, sprach er mit diesem gerne von dessen Schulzeit. Er sei sein bester Schüler gewesen, könne schöner schreiben als er, der Lehrer selbst, und werde unzweifelhaft noch in den Rat berufen.

Die jetzigen Abbés Schwab und Wüst, zwei geborene Haslacher, seien auch bei ihm in die Schule gegangen, aber so gut wie diese oder noch besser hatte der Toweis auch den Studien obliegen können. Aber er erzählte seinem Schüler unter den Ohren seiner Backmulde auch viel von dessen Vater, dem Hans Georg Hansjakob, den der Sohn nicht mehr gekannt.

Er erzählte ihm namentlich von den tapfern Reden des Vorstadtwebers bei der Revolution der zwanziger Jahre.

Öfters klagte der Hans Michel auch über den Rat, der ihm schon 1743 den Schuldienst gekündigt und ihn so gezwungen habe, mit zitternder Hand noch dem Balwieren nachzugehen.

Aber die Strafe dafür sei über die Kinder der undankbaren Väter gekommen. Sein Nachfolger als Schulmeister, Franz Josef Faller von Gottenheim im Breisgau, der sei ein Trinker und Spieler gewesen. Keine zwei Jahre habe er ausgehalten.

Dem jetzigen, dem Franz Antoni Bechtiger, wolle er nicht nahe treten; der sei ein rechter Mann und guter Schulmeister, aber im Orgelschlagen komme er ihm, dem Hans Michel, nicht bei.

Und ob er so lange als Schulmeister wirke wie er, der Hans Michel, sei eine Frage.

Alle besseren Burger, die meisten Ratsfreunde seien seine Schüler gewesen. Freilich habe er deß' wenig Dank geerntet. Die Zwölfer hätten ihn nicht bloß abgesetzt, sondern ließen sich auch nicht einmal mehr von ihm balwieren.

Die beste Kundschaft hätten die Chirurgen Dimmeler und Wüst; aber in all ihren Hantierungen und selbst im Latein nehme er es auf mit ihnen.

Dem Dimmeler sei es passiert, daß er vom Kreuzwirt Engler nichts bekommen habe für Behandlung seiner Tochter, weil nicht er, der

Dimmeler, sondern die Muttergottes in der Mühlenkapelle geholfen habe.

Trotzdem beide Chirurgen ihm das Brot wegnähmen, wo sie könnten, komme doch keiner auf einen grünen Zweig. Die welschen Medizinalwarenhändler, der Miccoli und der Zannier, hätten schon mehr als einmal bei Rat und Gericht geklagt, daß sie kein Geld bekämen von ihnen.

Und der Sonnenwirt beim Turm im Gutachertal habe noch von dem Dimmeler das Geld zu gut für ein Schwein und sei klagend vor den Zwölfern erschienen. Der Rat habe dem Beklagten gedroht, wenn er nicht in Kürze bezahle, dann solle der Sonnenwirt sich auf des Chirurgen Kosten in ein Wirtshaus zu Hasle legen und liegen bleiben, bis er bezahlt sei.

In Hasle komme überhaupt kaum ein rechter Chirurg fort; ein approbierter Arzt, der die hohe Schule zu Freiburg gänzlich absolviert, halte es gar nicht aus.

Der einzige Stadtarzt, der seines Gedenkens hier gewesen, der Lorenz Hall, habe nebenbei noch den Ratschreiberdienst übernehmen müssen, um leben zu können.

So und ähnlich erzählte der greise Hans Michel oft seinem Schüler Toweis, und er erlebte es noch, daß dieser 1763 Vorsprech wurde. Bald darauf nahm der Tod dem Alten das Rasiermesser aus der zitternden Hand. Aber lange, lange noch sprachen seine Schüler vom Schulmeister Hans Michel Isemann, dem letzten, unstudierten Haslacher, der das Lehramt in seiner Vaterstadt verwaltet hatte.

Die Backmulde hörte aber nicht immer so friedliche Klagen, wie der alte Rasierer sie ausstieß. Sie hörte auch erzählen von Revolten und erlebte Zeiten, in denen die Haslacher Burger anstürmten gegen ihre allergnädigste Herrschaft.

5.

Viermal haben die Haslacher in Revolution gemacht während der Zeit, da die Backmulde in meines Urgroßvaters Backstube funktionierte. Das erstemal anno 1719 bis 21 und das letztemal anno 1849. Den letzteren Aufstand habe ich selbst miterlebt und in dem Buch »Aus meiner Jugendzeit« beschrieben. Die andern drei »Empörungen und Revolten« hat mir die »Madonna« erzählt.

Von der ersten Revolution hat der Hans Michel Isemann dem Toweis oft gesprochen, von der zweiten der Färber Toweis, der sie mitgemacht, und die dritte hatte den Bäcker und Backmuldenmann selbst zum Zeit- und Leidensgenossen.

In jeder der drei ersten Revolten haben Männer vom Stamme Hansjakob mitgetan, und in der vierten und letzten war auch ich als der leidenschaftlichste Revolutions-Knabe einer der Vertreter dieses Stammes.

Nachdem die langen Jahre des spanischen Erbfolgekriegs, in welchem die armen Untertanen die Zeche für den Kronenstreit ihrer Fürsten zahlen mußten, zu Ende waren, wollte die fürstlich fürstenbergische Landesregierung in Donaueschingen wissen, was ihre Untertanen während der schweren Kriegsjahre gelitten hätten, und befahl im Herbst 1719, daß ein jeglicher Burger und Untertan seine Schulden angeben solle.

Diese väterliche Absicht stieß zuerst bei den Burgern von Hasle auf Widerstand. »Das gehe die gnädigste Herrschaft nichts an, wie viel ein ehrsamer Burger von Hasle Schulden habe; diese seien die eigenste Angelegenheit der Burger und in diese ließen sie sich nichts dreinreden« – so und ähnlich räsonierten die von Hasle in den Wirtshäusern und auf den Gassen.

Sie steiften auch die Bauern, so ins Städtle kamen, doch ja den Herren die Schulden nicht anzugeben; denn einmal gingen sie diese nichts an, und es stecke jedenfalls eine schlimme Absicht dahinter. Wenn nämlich die Herrschaft herausbrächte, daß die Untertanen doch nicht ganz und gar verschuldet seien, so käme sie sicher mit neuen Schatzungen und Steuern. Das letztere brauchte man den Bauern nicht zweimal zu sagen, um sie halsstarrig zu machen. In Hasle erhoben vorab die Plebejer und Proletarier in der Vorstadt, die am meisten in Schulden steckten oder am wenigsten besaßen, aber trotzdem den stärksten Freiheitsdrang hatten, Widerspruch gegen den Befehl der Regierung.

Ihnen diente als Sprecher der Weber Hans Georg Hansjakob, genannt der Briemel und der Brabanter. Er bearbeitete nicht bloß die Vorstädtler, sondern auch die Bauern, die vom rechten Kinzigufer herüber durch das Quartier der Kleinbürger und Hintersassen ins

Städtle zogen. An Sonntagen stellte er sich in aller Frühe an die Kinzigbrücke und wartete, bis die Bauern anrückten, um im Städtle die Frühmesse zu hören und dann ihre Einkäufe zu machen.

Sie alle kannten den Briemel vom Handel und Wandel her. Er kaufte den Bauern Nüsse und Bohnen und den Bäuerinnen Eier und Butter ab.

»Ihr Bauern«, so sprach er, »ihr habt genug mitgemacht in den vergangenen, ungerechten Kriegsjahren. An den Bettelstab haben sie euch gebracht, und nun sollt ihr mit diesem Bettelstab vor den Schreibern erscheinen und genau angeben, wie viele Schulden auf diesem Stab verzeichnet sind!«

»Unsere Sünden müssen wir jährlich einmal dem Pfarrer beichten, das ist Gottes Gebot; aber die Sünden werden nicht aufgeschrieben, sondern ausgelöscht und vergeben, und der Pfarrer muß ewig schweigen. Jetzt sollen wir aber auch die Schulden der Öffentlichkeit übergeben, sie aufschreiben und von jedem Schreibersknecht und seinem Weib bekritteln lassen. Löschen und abnehmen tut sie uns jedoch die Herrschaft nicht.«

»Ich war in den Niederlanden, wo die Volksfreiheit ihre Heimat hat, allein so was ließen sich die Bauern von Brabant nie und nimmermehr gefallen.«

Unter diesen und ähnlichen Reden geleitete er die Kinzigtaler Bauern dem Städtle zu, und bald waren fast alle Vogteien ringsum rebellisch.

Aber auch im Innern der Stadtmauern erstand der Regierung ein starker Widerpart in einem Mann, von dem sie es am wenigsten hätte erwarten sollen.

Es war dies der von der Herrschaft ernannte Schultheiß Franz Engler, das Oberhaupt der Burgerschaft. Seines Zeichens Kreuzwirt in Hasle, hatte er sich jung schon Sitz und Stimme im Rat erworben und war bald darauf zum Schultheißen befördert worden. In seiner Familie war das Schultheißenamt schon fast ein Jahrhundert ununterbrochen.

Ein äußerst begabter Mann, redfertig und voll demokratischer Ideen, ist er schon zwölf Jahre Schultheiß, als die Schulden angegeben werden sollen.

Er hält nicht hinter dem Berg mit seiner Meinung, daß die Schulden der Burger eigenste Sache seien, und seinem Einfluß ist es zuzuschreiben, daß die Burgerschaft einstimmig es ablehnt, dieselben zu deklarieren.

Jetzt war der Schultheiß der Held des Brabanters und aller Vorstädtler, die ihm bisher manchen Schimpf angetan. Der Zimmermann Hans Patrul hat ihm erst kürzlich im Wirtshaus zum Engel in der Vorstadt gesagt, er, der Schultheiß, sei grad so liederlich wie die andern im Rat.

Der noble Schultheiß begnügte sich mit einer Abbitte des »rauschigen Zimmerhansen«, der Rat aber verlangt als Sühne noch, daß der Frevler »ihm den Tisch decke«, d. h. sämtlichen Ratsherren im Ratskeller Essen und Trinken bezahle.

In allen Tonarten sangen jetzt die Plebejer, an ihrer Spitze der Brabanter, das Lob des demokratischen Schultheißen und schimpften aus den Obervogt Vogler, der sich das Mißfallen der Burger ohnedies neulich zugezogen. Er hatte verlangt, daß jeder Untertan in Hasle alljährlich ein Dutzend der durch ihre Überzahl zur Landplage gewordenen Spatzen schieße und an die Herrschaft abliefere, oder pro Spatz einen Kreuzer in die Amtskasse bezahle.

Als der Spatzenvogt ging er deshalb im Städtle um. Dem Gebot der Spatzen-Jagd unterwarfen sich die von Hasle; aber sie schossen neben den Spatzen bei dieser Gelegenheit auch Wild für sich; doch die Schulden anzugeben, das ging ihnen über das Spatzenschießen.

Von den Städtlern abgewiesen, wandte sich der Vogt an die Bauern, dem landesväterlichen Herzen ihres Fürsten doch ihre Schulden zu offenbaren. Aber auch sie wollten nicht. Die allezeit paradiesisch friedlichen Hofstetter und die sonst so schneidigen Mühlenbacher, die beide nicht im Gebiet des Brabanters lagen und nicht über die Kinzig ins Städtle kamen, unterwarfen sich dem Willen des Obervogts; alle übrigen Vogteien rings um Hasle weigerten sich aber, ihre Schulden anzugeben, ehe die Haslacher dies auch getan.

Von diesen aufgestiftet, beriefen sich die Buren klüglich auf die Urheber ihrer Weigerung. Auf den 26. Oktober 1719 hatte man alle Buren vor den Obervogt nach Hasle gerufen.

Man drohte ihnen mit je 106 Reichstalern Strafe, wenn sie auf ihrer Weigerung beharrten. Umsonst. Die Bauern der Dörfer am rechten Kinzigufer kamen in Steinach beim »unteren Wirt« zusammen und beschlossen, nicht eher nachzugeben, als bis die Haslacher sich auch gefügt hätten.

Ihre Anführer, Komplottisten nennt sie der Obervogt, waren meist die Vögte und Stabhalter selber. Der Mathis Gihr und der Urban Schwendemann von Steine, der Mathis Kienast von Bollenbach, der Michel Fentsch von Schnellingen, der Michel Krieger und der Michel Kraemer von Weiler waren die tapferen Burenführer.

Sie wurden ihrer Ämter entsetzt und in Hasle eingetürmt. Scharen von Buren kamen täglich ins Städtle, um deren Entlassung zu verlangen. Die Eingesperrten wollten aber gar nicht frei werden gegen das Versprechen, ihren Buren ein Nachgeben zu empfehlen. Man würde sie totschlagen, sagten die Braven, wenn sie mit solch einer Empfehlung in ihre Dörfer zurückkämen.

Die Haslacher hatten während dieser Revolution ihr Stammquartier im Ochsen am Marktplatz. Der Ochsenwirt Hans Meier war in der Stadt der Hauptredner, während in der Vorstadt der Weber Hansjakob seine revolutionären Sprüche tat. Der wackere Schultheiß konnte nicht so agitieren, wie er es gerne gewollt hätte. Seine amtliche Stellung hinderte ihn.

Aber der Briemel hatte keine Rücksicht auf seinen Beruf als Weber und Krempler zu nehmen. Er konnte nichts riskieren als seine persönliche Freiheit.

Er besaß nur ein halbes Haus, und das war derart defekt, daß bei der letzten Schätzung, wo jede Hütte auf sechs Kreuzer städtischer Umlage taxiert wurde, der Brabanter es beim Rat durchsetzte, daß nach genommenem Augenschein sein Palais nur mit drei Kreuzern Steuer belegt wurde.

Seine Schnitz- und Bohnentröge, sein Eier- und Butter-Vorrat und sein Webstuhl repräsentierten ebenfalls kein Kapital.

Drum waren seine Schulden zweifellos nicht groß, weil ihm niemand auf seine Habe etwas geliehen hätte. Aber es empörte sein Brabanter Freiheitsgefühl, daß die Herrschaft verlangte, jeder Untertan solle sein finanzielles Gewissen erforschen und ihr melden, ob er viel oder wenig Schulden habe.

Mitten im Tumult starb ihm 1720 sein erstes Weib, die Margareth Joos, von einigen Kindern weg. Aber was schert ihn Weib, was schert ihn Kind, wenn die Freiheit gefährdet ist. Er predigt unentwegt gegen die Angabe der Schulden.

Mein Vater, sein Urenkel, hat mir oft gesagt, sein Urgroßvater, der Weber Johann Georg Hansjakob, habe einmal die ganze Vorstadt in Revolte versetzt.

Diese Revolte war die Auflehnung gegen das Schuldenkataster.

Der Freiheitsruf von Hasle drang in die ganze Herrschaft Kinzigtal. Die Städtchen Wolfe und Husen und die Buren vom Schippenwald unterhalb Hasle bis hinauf zum Kniebis wollten ebenfalls ihre Schulden nicht angeben.

Gute, alte Zeit! Die Menschen schämten sich damals ihrer Schulden und wollten nicht, daß die Welt wisse, daß und wie viel sie schuldig wären.

Heutzutag machen Staaten, Städte, Bürger und Bauern Schulden auf Schulden. Es fällt aber niemanden ein, sich ihrer zu schämen. Ja die Menschen unserer Tage geben dem Staat viel lieber ihre Schulden, als ihr Vermögen an.

Die fürstenbergische Landesregierung wagte angesichts des allgemeinen Widerspruchs keine energischen Schritte. Ihre Obervögte versuchten mit Belehrung und Unterhandlung zum Ziele zu kommen.

Endlich im Mai 1721 bringen sie die zwei Amtsburgermeister von Hasle zum Nachgeben. Der Schultheiß Engler ist krank und sein Freund und Gesinnungsgenosse, der Ratsherr und Gerber Andreas Kleyle, eben gestorben.

War ein kreuzbraver Familienvater gewesen, dieser Kleyle. Er hat ins Ratsprotokollbuch noch kurz vor dem Tod sein Testament eintragen lassen. Darin vermachte er seiner Frau zum voraus »die beste Kuh samt einem Kalbele, weil sie allzeit mit Mühe und Fleiß viel Vieh aufgezogen während der Ehe«.

Seine Kinder bittet er, »im Frieden zu teilen und nicht zu vergessen, Gott den Allmächtigen um das Heil seiner Seele anzurufen – und den Vater zu entschuldigen, daß er nicht mehr hinterlassen habe wegen der Kriegsjahre.«

Dieser brave Mann fehlt samt dem Schultheißen im Rat. Der Stadtschreiber und Apotheker Schönbein »laicht« mit der gnädigsten Herrschaft und überredet auch die zwei Amtsburgermeister, den Bäcker Johannes Bohl und den Hutmacher Jakob Frey, dem Spatzenvogt die Bereitwilligkeit der Stadt in Sachen der Schulden kund zu geben.

Der Bäcker Bohl ist ein alter, gewandter Fuchs, der überall in Feld und Wald seinen Vorteil sucht. Er war darum auch imstande, umzufallen und den Meister Filz mit sich zu ziehen.

Kaum wird diese Verräterei ruchbar, als der kranke Schultheiß nächtlicherweile sein Krankenlager verläßt und die ärmeren Burger in den hinteren Gassen und der Vorstadt aufsucht und aufruft zum sofortigen Tumult. Die zwei Burgermeister werden überfallen und mißhandelt. Sie flüchten, ihres Lebens nicht mehr sicher, zum Obervogt.

Unter den Anführern aus der Vorstadt steht im Vordergrund der Brabanter Weber. Er meint sogar, man solle die zwei Verräter samt dem Stadtschreiber aufhängen.

Der Schultheiß wird suspendiert, der Apotheker Schönbein bekommt den Stab und wird Stabhalter; aber die zwei Burgermeister behalten ihre Prügel und die gnädigste Landesregierung läßt klugerweise ihre Forderung fallen. Die Revolution hatte, was ja leider selten der Fall ist bei Volkserhebungen, gesiegt. Der Brabanter frohlockte.

Es gelüstet die Regierung später aber doch noch, die Stimmung der Haslacher Burger zu erfahren, und sie beruft am 31. Januar 1722 sämtliche auf die Kanzlei des Obervogts, wo ein jeder ein separates, doppeltes Votum abgeben sollte, einmal, ob er, nachdem die Herrschaft zur Zeit auf eine Angabe der Schulden verzichte, geneigt wäre, eine zukünftige diesbezügliche Anfrage zu beantworten, und zweitens, ob er keine Klage habe über den Schultheißen Engler.

Ich habe das Protokoll selbst gelesen.

Die allermeisten Spießbürger, glücklich über die Nachgiebigkeit der Regierung, bejahen die erste Frage und »schicken sich in Zukunft zu allem Gehorsam« oder »wollen sich gnädigster Herrschaft allzeit gehorsam erweisen«.

Zu den sehr wenigen, die mannhaft sich auch für die Zukunft weigerten, ihre Schulden anzugeben, gehörte der Weber Hansjakob. Er erklärte: »Ich bin weder jetzt, noch in Zukunft gesinnt, auf herrschaftlichen Befehl meine Schulden anzugeben.« Und den Schultheißen betreffend, meinte der Brabanter, »es sei noch nie ein bräverer Mann an dieser Stelle gewesen.«

Die sechs oder acht Burger, welche sich allzeit weigern wollten, die Herrschaft in ihren Vermögensstand schauen zu lassen, gingen aber noch weiter. Unter Anführung des Ochsenwirts Meier begaben sie sich am andern Tage zum Obervogt in seine Privatwohnung und verlangten ihn zu sprechen.

Sein Sohn meldete, der Vater liege im Bett. Mit Ungestüm verlangen die Bürger, er solle aufstehen. Und er stand auf, der Spatzenvogt, und erschien vor den Männern von Hasle, die ihm unter dräuenden Worten sagten, er sei schuld an dem ganzen Spektakel, der seit Jahren Stadt und Land in Unruhe halte.

Der Obervogt mußte – nach seinem eigenen Geständnis – den Bürgern die besten Worte geben, um nicht mißhandelt zu werden. Nachdem diese ihrem Unmut Luft gemacht, zogen sie ab. Der Beamte schrieb den Vorgang alsbald seiner Herrschaft nach Donaueschingen, wo aber alle Wälder schwiegen.

In unsern Tagen würden solche Burger wegen Hausfriedensbruch und wegen Beamtenbeleidigung erster Klasse aufs schwerste bestraft. In der guten, alten Zeit durfte ein Burgersmann den Herren gegenüber sein Maul viel ungestrafter gebrauchen als heutzutage, wo Ehrenkränkungen und Beamtenbeleidigungen bei unserer blasierten Kulturgesellschaft zu den Todsünden gehören.

Beleidigungen *der* Art wurden in jenen Tagen viel poesievoller gesühnt. Ich habe oben erzählt, wie Schultheiß und Rat von Hasle an dem Zimmermann Patrul ihre Ehre rächten. Solcher Racheakte weiß ich noch mehr aus jener guten, alten Zeit. Sie wurden alle in meines Urgroßvaters Backstube erzählt.

Der schon genannte Burgermeister und Bäcker Bohl wurde von dem Burger und Glaser Hansmann beschimpft, indem dieser ihm sagte, »er, der Bohl, sei keinen Batzen wert.« Der Schimpf wird ruchbar bei seinen Ratskollegen. In der nächsten Sitzung erklärten sie, »so lange nicht zur Beratung mit ihm sich niedersetzen zu wollen, bis der Ratsfreund Bohl sich von dem Schimpf rein gewaschen habe.«

Worin bestand aber diese Reinwaschung? Der beleidigte Burgermeister soll dem gesamten Rat eine Ohm Wein bezahlen – was auch geschieht.

Der Fuhrmann Valentin Ruf hat den Ratsherrn Battier einen liederlichen Mann und Spitzbuben geheißen, ihn an den Haaren gerissen und mit einem Prügel verfolgt, so daß er in die »Mühlenkapelle« flüchten mußte.

Der Rat läßt den Beschimpften nicht mehr an seinen Sitzungen teilnehmen, bis die Sache von ihm gerichtet ist. Der Fuhrmann wird bei diesem Gericht zu einem Dukaten Strafe verurteilt und »muß den Ratsherren den Tisch decken«, wobei der Frevler natürlich auch mitaß und mittrank.

Der Ratsherr und Apotheker Schönbein hat schon 1710 einmal den Schultheißen Engler in der Sonne einen Dieb genannt, weil er in die Ratsbüchse gelangt habe.

Der gesamte Rat erklärt in der Sitzung vom 1. Oktober, sich nicht zu setzen, ehe der Frevel gesühnt sei. Der Schönbein muß abbitten und abends 7 Uhr den Tisch decken nach Belieben des Rates.

Der Ratsfreund Philipp Mehl will vom Engelwirt beschimpft worden sein. Der Engelwirt beweist, daß dies nicht der Fall gewesen sei, der Ratsherr vielmehr »einen starken Rausch« gehabt habe.

Zur Strafe muß deshalb der Kollege Mehl dem Rat den Tisch decken.

Aber auch die Beleidigungen anderer Sterblichen als ihresgleichen benützen die Ratsherren zu ihrem eigenen Vergnügen. Der Bauer Franz Klausmann von Fischerbach hat im Rausch zwei Wirte von Hasle, den Sonnenwirt und den Rappenwirt, beschimpft. Urteil: »Von Stadt wegen wird erkannt, daß der Bur dem Rat zur Satisfaktion den Tisch decke, d. h. zur Straf ihm eine Mahlzeit geben soll.«

Sind die Parteien arm, so geht es gnädiger her. Der Ehefrau des Burgers Philipp Kleyle ist eine Henne verlaufen. Ihre Nachbarin, des Hans Michel Rüttenauers Weib, hat die Henne an sich genommen. Die Kleylin entdeckt und holt sie. Die Rüttenauerin will Futtergeld; jene verweigert es. Da nennt sie der Hans Michel »den lebendigen Totentanz« und »eine Garoni«. Sie klagt. Der Rüttenauer wird vorgerufen und erklärt, die Kleylin habe »auch seinem Weib schändlich zugeredet und gesagt, er, der Hans Michel Rüttenauer, und sein Weib seien nicht wert, den Sonnenschein zu genießen.«

Der Rat beschließt: »Alle drei sollen Ruhstand halten und ansehnlich der gegenwärtigen Allerseelenzeit Frieden machen.« Sie folgen dem Urteil, geben sich die Hand und bekennen, in Zukunft »nur Ehr, Liebs und Guts von einander zu sagen«, und damit solle alles »tot und ab sein«.

So einfach lösten sich die Beleidigungen in früheren Zeiten. Während die Leute heutzutag sich schlagen und schießen, um ihre Ehre wieder herzustellen, oder in grimmiger Feindschaft vor den Schöffengerichten erscheinen, saßen damals Richter, Ankläger und Verurteilte friedlich am gleichen Tisch und aßen und tranken auf Kosten der letzteren. Oder die Feinde gaben sich die Hand, und einer versprach dem andern nichts als »Ehr, Liebs und Guts«. – Waren diese Menschen nicht vernünftiger!?

Noch ehe die Haslacher in ihrer Mehrheit erklärten, in Zukunft der gnädigsten Herrschaft gehorsam zu sein, hatten sich auch die Bauern eines andern belehren lassen und glaubten an die landesväterliche Liebe, die in der Forderung, die Schulden zu offenbaren, sich kund geben wollte. Die ehedem mit Turm bestraften und ohne Versprechen wieder frei gegebenen Vögte und Stabhalter gaben später im Namen aller ihrer Mitburen eine Erklärung ab, worin sie bedauerten, diese landesväterliche Liebe so lange verkannt zu haben.

Kindlich liebenswürdig geben dabei die braven Bauern als Grund ihrer Weigerung das folgende an: »Weil Krieg, Brand und Plünderung sie ruiniert und in große Schulden gestürzt, hätten bei Offenbarung derselben ihre lieben Kinderlein die Unkraft ihrer Eltern mit betrübten Augen ansehen und beweinen müssen.«

Kann man poesievoller und reizender und herzlicher sich entschuldigen, als es hier geschah? Wahrlich, ein Volk, das so dachte und schrieb, muß ein gutes in alleweg gewesen sein!

Ohne ihre Schuld, lediglich durch die Herrschsucht und Brutalität einzelner Fürstenhäuser, die sich im orleanischen und im spanischen Erbfolgekrieg darum stritten, wer die betreffenden Untertanen beherrschen und aussaugen dürfe, waren die guten Buren im Kinzigtal um Hab und Gut gekommen. Trotzdem schämen sie sich ihrer »Unkraft« vor ihren Kindern und möchten diesen Betrübnis und Tränen sparen. Es liegt in diesen rührenden Worten eines schuldlos beraubten Volkes eine furchtbare Anklage gegen die Fürsten und Gewalthaber jener Tage.

Die Revolte wegen der Schulden war die einzige, die meinem Ur-Urgroßvater, dem Weber in der Vorstadt, mitzumachen vergönnt war. Er starb zwanzig Jahre vor der nächsten Revolution. Aber vor Rat und Gericht stand er noch mehr denn einmal in seinem kurzen Leben.

Zunächst zitierte ihn sein eigener Bruder, der Schwarzfärber, vor den Rat, weil er ihm die Reben, so er von ihm gekauft, nicht bezahlt. Ein andermal hatte er seine Schafe in des Nachbars Baumgärtele weiden lassen und wird mit einem halben Pfund Heller gebüßt.

Zum dritten hat sein Backofen solche Löcher, daß er feuersgefährlich ist. Der Brabanter soll ihn machen lassen, oder er wird ihm eingeschlagen. In der gleichen Ratssitzung wird seinem Bruder, dem Färber, befohlen, seine Küche »besetzen« zu lassen.

Beide müssen demnach schöne Päläste bewohnt haben!

Der Hansjörg ist aber dem Ratsbefehl gegenüber standhaft; er läßt den Ofen nicht machen, und nach Jahr und Tag wird derselbe von Rats wegen niedergerissen.

Zu guterletzt wird der freiheitliche Weber noch gestraft, weil er seinen »selbstgezügelten« Wein ausschenkt ohne Erlaubnis des Rats.

Das war seine letzte Strafe. Bald hernach verließ er diese schöne Welt, in der arme Leute um der Schulden willen geplagt und ihnen die Backöfen der Löcher wegen niedergerissen werden.

Daß aber dem armen Weber und Krempler ein mächtiger Drang nach Unabhängigkeit und Freiheit innegewohnt, darob bewahre ich ihm ein dankbares Andenken. Denn ich meine, daß von diesem Drang nach Unabhängigkeit auch etwas auf seinen direkten Sprossen in der vierten Generation, auf mich, gekommen sei. Leider wird mir diese Unabhängigkeit ebenso wenig zuteil wie meinem Urahnen, dem Brabanter, weil auch ein Teil seiner Armut sich auf mich vererbt hat und arme Leute nie unabhängig werden können.

Ein abhängiger Mann aber ist und bleibt ein armer Teufel, selbst wenn er Tausende von Mark an Besoldung hätte.

Doch schon das Gefühl, frei sein zu wollen und kein Knecht zu sein, ist viel wert. Drum danke ich nicht bloß dem Schriner-Mathis von Gengenbach, sondern auch seinem Enkel, dem Weber in der Vorstadt zu Hasle, für dieses ihr Erbteil.

Der tapfere Schultheiß Engler kam nicht mehr ans Ruder, aber an seiner Statt doch wieder einer seines Namens und Stammes und zwar sein eigener Sohn, Franz Engler der jüngere. Er bekommt von der Herrschaft die Weisung, »der Burgerschaft das Tumultuieren und schändliche Geschrei auf dem Rathaus zu verbieten.«

Die siegreiche Revolution hatte die Männer von Hasle zuchtlos gemacht.

Aber der neue Schultheiß ist ebenso demokratisch wie sein Vater und wird darum 1734 abgesetzt. Sein Nachfolger ist der Posthalter Jakob Steller. Er erhielt eine Mahnung, die von allen Regierungen nach Revolten gerne gegeben wird, »sich allvorderst eines gottesfürchtigen, tugendhaften, nüchternen, untadelhaften und gottgefälligen Lebenswandels zu befleißen und so der Burgerschaft mit gutem Beispiel voranzugehen. Auch soll er den Obst-, Holz- und Feldfrevlern und den nächtlicher Gassentretern ›auf die Socken gehen‹.«

»Die Verabsäumung des sonntäglichen Gottesdienstes und das Sitzen in den Wirtshäusern sei ebenfalls zu verbieten und zu strafen.«

»Auch soll der neue Schultheiß eine bessere Schule einführen, weil in der Stadt sehr wenige, auf dem Lande aber unter Hunderten kaum einer des Lesens und Schreibens kundig sei.«

6.

An einem schönen Septemberabend des Jahres 1752 bot der Stadtknecht Josef Leist dreizehn Burgern zum Frondienste an einem Wegbau beim »geschwigen Loch«. Die »Gebotenen« sollten am kommenden Morgen, wenn das Glöcklein auf dem Rathaus das Zeichen gebe, daselbst antreten mit Schaufeln, Picken und Karren, um dann den Bauern von Mühlenbach, Eschach und Weiler an der neuen Straße nach Hausach weiter bauen zu helfen.

So hatte der Obervogt Hornstein kommandiert und der Schultheiß Schönbein, ehedem Ratschreiber, das Kommando durch den Stadtknecht weitergegeben.

Die also Kommandierten liefen aber sofort aus ihren Häusern zusammen und sprachen: »Was, wir ehrsame, freie Burger von Hasle sollen mit Buren und leibeigenen Leuten fronen und außerhalb unseres Stadtbannes Herrendienste leisten? Seit alten Zeiten haben die von Hasle nur innerhalb ihres Bannes gefront und weder je Buren auf ihrem Gebiet arbeiten sehen, noch viel weniger selbst außerhalb desselben am Wasser oder an Straßen öffentliche Arbeiten verrichtet!«

»Wir bleiben bei unsern alten Freiheiten und Rechten, und die Rathausglocke mag morgen läuten so lang und so früh sie will, wir fronen nicht!«

Wie ein Lauffeuer ging die Kunde von dem Attentat auf die bürgerliche Freiheit und von dem mannhaften Beschluß der Gebotenen am Abend noch durchs ganze Städtle.

In der Weinstube auf dem Rathaus, im Rappen und im Ochsen ging's am gleichen Abend lebhaft zu. Diese drei Wirte, voran der

Stubenwirt Dirhold, lärmten am schärfsten mit, trotzdem der Rappenwirt Kleyle Amtsburgermeister und einer der ersten im Ratskollegium war.

»Das kommt wieder von dem Pascha im Schloß her«, meinte der Rappenwirt, »und unser Schultheiß, der Herrenwedler, hat den Mut nicht gehabt, ihm gleich den Fronzettel zurückzuschicken und zu erklären: ›Die Haslacher fronen nicht mit den Buren und leisten keine Fronen außerhalb ihres Bannes.‹«

Beim Stubenwirt saß auch der alte Schultheiß Jakob Stelker, sein Schwiegervater, und erklärte: »Ich war fast zwanzig Jahre Schultheiß, aber so war’ mir kein Obervogt gekommen mit solchen Fuchsereien. Das kann sich die Burgerschaft nicht gefallen lassen!«

Damit war der Krieg definitiv erklärt, und als am andern Morgen um sieben Uhr das Glöcklein rief, kamen allerlei neugierige Leute vor das Rathaus, aber keine Froner.

Bestürzt eilte der Schultheiß, ein alter Herrenknecht, zum Obervogt und meldete, was in der Burgerschaft vorgegangen und warum sich die Froner weigerten.

»Die Flausen wollen wir ihnen aus dem Kopf bringen«, meinte der Obervogt. »Die Haslacher krakeelen gern von ihren alten Rechten, aber wenn’s ans Strafen geht, werden sie zahm. Ihr, Schultheiß, laßt ihnen heute in meinem Namen nochmals bieten bei einem Reichstaler Strafe: sie kommen dann sicher!«

Der Schultheiß ging, und der Stadtknecht kam bald darauf mit dem neuen Befehl zu den Burgern. Der Stubenwirt Dirhold berät sich mit seinem Schwiegervater, dem alten Schulzen, und gibt am Abend noch die Parole aus, wie morgen gehandelt werden sollte.

Abermals ruft am andern Morgen das Rathausglöcklein. Die Froner brechen auf, aber nicht dem Rathaus zu, sondern hinauf zum geschwigen Loch, Hinter ihnen drein zieht eine Schar Burger, mehr als doppelt so groß denn die Zahl der Froner. An Ort und Stelle angekommen, erklären sie dem herrschaftlichen »Fourier« Bauer, der die Arbeiten leitet: »So lange ein Bur auf städtischem Bann sei, würden sie nicht fronen. Bürger von Hasle lüden keine Burenkarren. Sie würden sich auch wegen Beeinträchtigung alten Herkommens an den Fürsten wenden.« Nach dieser Erklärung zogen sie ab, unter ihnen abermals einer vom Stamme Hansjakob, der Färber Tobias, der Neffe des Webers in der letzten »Revolution«.

Der Obervogt berichtet an die Landesregierung nach Donaueschingen, und die Burger machen eine Bittschrift an den Fürsten Josef Wilhelm Ernst.

Fast drei Wochen vergehen; dann lädt am 11. Oktober 1752 der Obervogt die gesamte Burgerschaft auf das Rathaus und publiziert ihnen den Bescheid der gnädigsten Herrschaft. Darnach wurde den Haslachern befohlen, bei Strafe von fünfzehn Reichstalern für jeden widerspenstigen Froner mit den Bauern an der Straße beim geschwigen Loch zu arbeiten.

Kaum hat der Obervogt geendet, so tritt der Metzger Philipp Armbruster vor, der Großvater des Nagler-Wendel in meinen »Wilden Kirschen«, und erklärt feierlich: »Des nemme mir (wir) Burger nit a; wir appellieren nochmals an den Fürsten!«

»Es sei strikter Befehl der gnädigsten Herrschaft«, erwidert der Beamte, »dagegen gebe es keine Appellation. Morgen erwarte er zwanzig Burger beim Fronen, und damit basta!«

Der Metzger verlangt Abstimmung der Burgerschaft, und siehe da, alle bis auf drei erklären, nicht gehorsamen zu wollen. Empört und mit Drohungen verläßt der Obervogt den Schauplatz seiner Niederlage.

Die drei Willfährigen sind der Chirurg und Barbier Battier, der Ochsenwirt und Metzger Sartori und der Bäcker Bosch. Der erstere, von einem Savoyarden stammend, der zu Anfang des 18. Jahrhunderts nach langem Versagen endlich als Burger aufgenommen worden war, hieß nur der »wälsch Rasierer«. Der Ochsenwirt war eben erst aus Herbolzheim im Breisgau eingewandert und hatte bereits den Spitznamen »der Brisgäuer«. Daß ein Wälscher und ein Fremder, also zwei »Hergelaufene«, sie verraten, bringt die Haslacher weniger auf als der Abfall eines Sippen aus einer alten Burgersfamilie, des Bäckers Michel Bosch.

Alle drei wurden alsbald mit »Hundeseelen« und »Lumpenkerle« tituliert. Der Metzger-Philipp meinte, sie sollten »ab dem Rathaus« geworfen, während der Färber Tobias Hansjakob beantragte, sie müßten gesteinigt werden. Und wer weiß, was geschehen wäre, wenn der Schultheiß nicht mit der, »starken Strafe des Landfriedensbruches« gedroht hätte.

Die drei Verräter gaben schleunigst Fersengeld. Die Burger aber beschlossen, sie zu boykottieren. Kein ehrlicher Burger läßt sich mehr vom Wälschen barbieren, keiner trinkt mehr einen Schoppen bei dem

»falschen Brisgäuer«, und keine ehrliche Burgersfrau holt mehr Brot, Mehl oder Gries beim Becke-Michel.

Ein rechter Haslacher ist Sanguiniker. Drum, als der Sturm vom Morgen sich gelegt hatte, dachten die Verschworenen an die fünfzehn Reichstaler Strafe, und ihr Blut wurde ruhiger.

Der alte Schultheiß Stelker wurde abermals zu Rat gezogen. Infolgedessen gehen in der Nacht noch drei Burger, der Kreuzwirt Fischer, der Gassenwirt Kaspar Sandhas und der Schuster Haser, mit einer Schrift ab an den Fürsten nach Schloß Heiligenberg im Linzgau; ein weiter Weg, der aber dem Freiheitsdurst nicht zu weit ist.

Am andern Morgen treten die zwanzig Froner beim geschwigen Loch an, doch mit eigenen Karren, weil Haslacher Burger keine Burenkarren laden. Sie arbeiten auch nicht neben den fronenden Bauern und Leibeigenen, sondern gesondert für sich.

Das leidet aber der Fourier nicht, und alsbald ziehen die Mannen von Hasle, schimpfend und von alten Freiheiten redend, ab. Schon am Mittag werden sie vor den Obervogt geladen, jeder zu fünfzehn Reichstalern verurteilt und bis zu deren Zahlung im »Schloß«, wo auch der Obervogt residiert, eingetürmt. Doch die Tapfern sind nicht hilflos: eine große Schar Burger, unter ihnen der Färber Toweis, drängt sich ins Schloß und verlangt, weil gleicher Gesinnung mit den Verurteilten, mit ihnen die »Beturmung« zu teilen.

Unter diesen Burgern ist auch eine Heldin, die Witwe des Metzgers Michel Köbele, Luitgard Fischinger. Sie ist am meisten empört über die Antastung burgerlicher Freiheit und hetzt und schimpft, was Zeug hält.

Der Obervogt hat kaum Platz für die widerspenstigen Froner in seinem Turm; er muß von ihnen noch einige in dem fürstlichen »Haberkasten« unterbringen. Der Wunsch ihrer Gesinnungsgenossen, ebenfalls eingesperrt zu werden, bleibt also unerfüllt.

Der Schneider Jakob Hils »im Winkel«, dessen Enkel mein Nachbar war in meiner Knabenzeit und der einst in Paris gearbeitet hatte, war auch unter denen, die eingesperrt werden wollten, aber nicht konnten. Er gab beim Abzug aus dem Schloß der braven Metzgerin aus der Vorstadt den Titel »Jungfrau von Orleans«, weil sie als einzige unter den Wibern sich auf seiten der Männer gestellt in Tagen, da die Freiheit in Gefahr war.

Die Heldin treibt das Geschäft ihres Mannes und hat eine der acht Metzgerbänke. Sie wohnt in der Vorstadt, wo auch in dieser Revolte die feurigsten Volksredner leben, der Färber Tobias Hansjakob und der Metzger Philipp Armbruster.

Die acht Metzger mußten jedes halbe Jahr losen, welche von ihnen Rindfleisch und welche »Bratis« verkaufen durften. Zur Zeit der Revolte war die Jungfrau von Orleans am Bratis, und sie versprach jedem Burger der Vorstadt, wenn er feststünde, einen Gratisbraten.

Nach acht Tagen kamen die drei Deputierten mit wundgelaufenen Füßen von Heiligenberg zurück. Sie hatten die Petition dem Fürsten überreicht und erhielten den Hoftrost, die Antwort werde nachkommen.

Sie kam und zeigte, wie sehr der fürstliche Absolutismus gewachsen war in den dreißig Jahren, die seit der letzten Haslacher Revolte verflossen. Sie lautete schauerlich für die Abgesandten und für alles Volk von Hasle. Die drei braven Männer, so sich die Füße wund gelaufen, sollten eingetürmt werden, weil sie dem Fürsten eine Gegenschrift abzugeben gewagt hätten!

Alle sonstigen Rädelsführer sollten ebenfalls eingesperrt und die andern »*manu militari*«, d. i. mit militärischer Gewalt zum Arbeiten angehalten werden.

Die ganze Friedensarmee des Fürsten, eine Kompagnie Grenadiere unter einem Oberleutnant von Solati, rückte alsbald in Hasle ein.

Jetzt fiel der ganze Stadtrat, der Burgermeister Kleyle ausgenommen, von der Sache der Burger ab und der gnädigsten Herrschaft zu Füßen. Unter den abgefallenen Ratsfreunden war auch der Schwarzfärber Johannes Hansjakob, der Bruder des Tobias, was diesen und die andern so aufbrachte, daß sie ihn alsbald zu den drei Verrätern, dem wälschen Rasierer, dem Brisgäuer und dem Becke-Michel, warfen.

Daß ein Vorstädtler der Volkssache untreu wurde, war noch nie dagewesen und der Schwarzfärber der erste, der dieser Schandtat sich schuldig gemacht.

Der Obervogt Harnstein hatte Kirchweih, nachdem die Grenadiere eingerückt, und kommandierte am gleichen Nachmittag noch zwanzig Froner. Und siehe da! Sie kommen und arbeiten, wie Lämmer, worauf die drei Sendboten nach Heiligenberg aus dem Gefängnis entlassen werden.

Alles wankt und schwankt im Mute, nur die Jungfrau von Orleans nicht. Wenn die Männer zu Schneidersgesellen werden, kommt der Heldensinn in die Weiber. Die Luitgard ruft aus ihrer Metzig dem Leutnant Solati, der mit einer Patrouille an ihrem Haus vorüberzieht, zu: »Die Kerle fürchten wir nicht!«

Sie predigt und agitiert, bis achtzehn Burger sich entschließen, nochmals den Fürsten aufzusuchen. Unter ihnen sind der Stubenwirt Dirhold, der Gerber Isenmann, die Metzger Decker und Geiger, der Färber Tobias Hansjakob, der Schuster Gotterbarm, der Schlosser Herrmann u. a.

Sie marschieren am Nachmittag des 25. Oktober ab. Der Schultheiß Schönbein eilt ihnen nach, trifft sie bei der Stadtmühle am Ende der Stadt und beschwört sie, zu bleiben: es nütze alles nichts. Aber die Jungfrau von Orleans ist auch da, und ihr Zureden gilt mehr als die Worte des alten Verräters und Schultheißen. Die achtzehn Tapferen ziehen talaufwärts, um den Fürsten zu suchen, wo immer er wäre.

Sie kommen am Abend noch bis »Krummen-Schiltach«, wo sie übernachten und lange beim Trunk und bei freiheitlichen Reden sitzen bleiben. Um Mitternacht hören sie einen Reiter vorbeisprengen und erkennen in ihm einen Kontingentsreiter des Obervogts, der ihnen in Donaueschingen zuvorkommen und vor ihnen warnen sollte.

Die zweimal neun Bürger brechen deshalb alsbald ungeschlafen auf, damit der Reiter nicht zu viel Vorsprung bekomme.

Beim »Brog« kommt ihnen der Fuhrmann Hans Michel Armbruster von Hasle nachgeritten. Die Frau des Stubenwirts hat ihn gesandt mit der Meldung, daß und warum der Kontingentsreiter abgegangen sei; die Mannen sollten nicht nach Donaueschingen gehen, sonst würden sie verhaftet.

In der gleichen Nacht noch läßt der Wächter von Villingen die Burger von Hasle in seine Stadt ein. Sie nehmen im »wilden Mann« Herberge, und der Stubenwirt und der Schlosser Herrmann suchen mit dem Färber Tobias Hansjakob einen »Studenten« auf, der ihnen das »Memorial« an den Fürsten aufsetzen soll.

Im Besitz dieses Schriftstückes setzen sie ihren Weg fort, umkreisen vorsichtig Donaueschingen und landen in Geisingen, wo sie erfahren, daß der Fürst im benachbarten Kirchtal jage.

Am andern Morgen geht die Fahrt weiter. Beim Dorfe Kirchen, wo ein Jagdschloß des Fürsten steht, treffen sie den gnädigsten Landesherrn Wilhelm Ernst, der alle fürstenbergischen Lande ererbt hatte und drum doppelt stolz geworden war. Sie werden vorgelassen, sinken auf die Kniee und übergeben fußfällig ihr Memorial, in welchem sie untertänigst bitten, die Burger von Hasle bei den alten Rechten und Freiheiten zu belassen.

Daß die braven Färber, Gerber, Schlosser, Schneider und Metzger von Hasle kniefällig, wie es höfische Sitte war in jener Zeit, ihre Bitte überreichen und auf den Knieen bleiben mußten, bis man sie aufstehen hieß, tut mir heute noch in der Seele weh für die achtzehn Tapfern.

Doch so wurden damals die deutschen Untertanen überall behandelt, und wenn die französische Revolution nicht gekommen wäre, müßten die ehrsamen Burger heute noch kniefällig bei fürstlichen Audienzen erscheinen.

Man hieß die Leute im Jagdschlosse bei Kirchen aufstehen und draußen auf Bescheid warten, den der Oberjägermeister von Laßberg gleich darauf mit den Worten brachte, »sie sollten sofort heimgehen und dem Befehl des Obervogts nachkommen, ansonst würden sie eingesperrt.«

Betrübten Herzens zogen die Armen ab, übernachteten abermals in Geisingen und kamen am andern Abend ingrimmsvoll heim. Sie hatten unterwegs schwere Beschlüsse gefaßt: »Rache an den vier Abtrünnigen, dem Wälschen, dem Brisgäuer, dem Becke-Michel und dem Schwarzfärber und Absetzung des gesamten Rats, weil er die Sache der Burger ebenfalls verraten.«

In der Nacht der Rückkehr wurden den Abtrünnigen die Fenster eingeworfen und dem Schwarzfärber noch außerdem ein Wackenstein ans Fensterkreuz geschleudert.

Im Verdacht der Täterschaft stehen der Rabenwirt, der Stubenwirt, der Metzger Geiger und der Schlosser Herrmann. Der letztere, von Offenburg eingewandert, hat den Freiheitsdrang der Haslacher in sich vertieft und ist der Wütigsten einer.

Er ist am Abend spät beim Stubenwirt gewesen und gleich nach der Tat auf der Gasse gesehen worden. Ihn holen am andern Tage die Häscher und Grenadiere Solatis, und sie patrouillieren fortan allnächtlich in den Gassen.

Da erhebt sich die Jungfrau von Orleans abermals und erscheint mit einer Rotte Vorstadtweiber, unter denen die Frau des Schusters

Melchior Näf am meisten räsoniert, im Rathaus, und alle erklären, sie wollten ihren Männern helfen, die Freiheit zu wahren.

Das Resultat war, daß die tapfere Metzgerin einstweilen »vier Tage lang beturmt« wird.

Indes fronen die Burger ruhig, und die Grenadiere ziehen wieder ab.

Im November werden nochmals alle Rädelsführer vom Obervogt verhört. Die Männer, unter ihnen der Färber Tobias, gestehen unumwunden alles, was sie gesagt und getan. Die Jungfrau von Orleans aber verlegt sich auf die Hauptwaffe der Wibervölker; sie leugnet und weiß von all ihren Reden und Taten nichts mehr, als daß sie über die Verräter geschimpft habe, wie andere auch. Im übrigen sei sie nur auf gesetzlichem Boden gestanden und habe die Burger an den Fürsten gewiesen.

Mit diesem Protokoll endigte die zweite Revolution in Hasle. Der verhaftete Schlosser wurde nach langer Beturmung entlassen, weil ihm nichts bewiesen werden konnte.

Diese zweite Revolte ist vor allem merkwürdig durch den zarten und empfindsamen Freiheitssinn der Bürger, die keine Knechtsdienste leisten wollten auf fremdem Boden und sich dagegen erhoben, daß andere auf ihrem Gebiet solche verrichten sollten.

Daß auch die Weiber von Hasle für die Freiheit ihrer Männer eintraten, ehrt sie; sie wollten keine Knechte zu Männern haben. Und daß eine alte Witwe, die keines Mannes Rechte zu wahren hatte, ihre Führerin war, macht der Jungfrau von Orleans in der Vorstadt zu Hasle doppelte Ehre. Daß sie zum Schluß ihren Hauptfeind, den Obervogt, angelogen hat, ist weiblich und menschlich, wenn auch nicht christlich.

Die heutigen Weiber in Stadt und Städtle sind in alleweg zahmer. Sie ahmen die Männer höchstens im Rauchen und im Trinken und in allerlei dummem Männersport nach. In Revolten machen sie nicht mit; sie sind zu kultiviert dazu. Mir ist es aber lieber, wenn die Weiber zu Hyänen werden als zu Universitätsprofessoren!

Ich frage zum Schluß: Was würden jene Männer und Frauen von Hasle erst erduldet und wie würden sie gekämpft haben, wenn höhere Güter auf dem Spiel gestanden und größere Freiheiten gefährdet gewesen wären, wenn sie schon über solche Lappalien rebellisch wurden?

Aber auch die fürstliche Regierung verdient Lob, denn sie nahm keine weitere Repressalien und begnügte sich mit dem einfachen Gehorsam.

Wer die Folgen am längsten spürte, das waren die drei ersten Verräter. Der wälsche Rasierer hatte Jahr und Tag nur noch Buren zum Balbieren, Schröpfen und Aderlassen, der Brisgäuer nur solche zum Schoppentrinken, und dem Becke-Michel blieb sein Brot noch lange Zeit liegen.

Doch einer dieser drei wurde im Laufe der Zeit trotzdem der erste in der Burgerschaft. Und das war der – Brisgäuer Sartori. Er trieb später einen schwunghaften Weinhandel, versorgte ganz Hasle und die Umgegend mit dem besten Wein, und 1760 wird er für ein Vierteljahrhundert herrschaftlicher Schultheiß von Hasle. Seine Tauglichkeit zu einem solchen hatte er in der zweiten Revolution erstmals gezeigt, und er bewährte das Vertrauen der gnädigsten Herrschaft in der dritten Revolte.

Er wurde durch seine Tochter Marianne einer meiner Urgroßväter, von dessen Knechtseligkeit ich aber nichts geerbt habe.

7.

Die dritte Revolte brach anno 1777 aus und verlief ebenso unblutig, wie ihre Vorgängerinnen. Der Toweis hat seinen Buben oft davon erzählt in der Backstube. Denn er hat sie selber mitgemacht als einfacher Burger, nachdem er kurz zuvor, weil er für die Freiheit eingetreten, seines Amtes als Ratsfreund und Senator von Hasle verlustig geworden war.

Wir wollen aber zuerst hören, auf welchen Stufen er zu diesen Würden gestiegen ist und wie er sie verlor.

Sein erstes öffentliches Amt bekam der Toweis schon anno 1757. Er wurde bei der Ämterbesetzung dieses Jahres zum Hirtenmeister ernannt.

Man nahm zu diesem Amt gerne Bäcker, die ihre Arbeit erst am Abend begannen und tagsüber noch Zeit fanden, den Hirten nachzugehen. Des Toweisen Sohn und mein Großvater, der Eselsbeck, bekleidete diesen Dienst später auch. Es war aber zu des Toweisen Zeit mühevoller, die Hirten zu inspizieren. Es gab damals nicht bloß Kuh-

und Schweinehirten; es existierte auch noch ein Roßhirt und ein Ochsenhirt und nach langer Pause wieder eine Geißenhirtin, deren Lohn die sämtlichen Böcklein waren, die von den ihrer Obhut anvertrauten Tieren geworfen wurden.

Diese Hirten waren meist blutarme Leute, die neben dem Hüten aus Not auch allerlei Feld- und Waldfrevel verübten. Als der Toweis Hirtenmeister wurde, waren im Hirtenamt vorzugsweise zwei Brüderpaare, Fuchs und Sundthofer. Sie hießen nach ihren Tieren der Kuh-Mathis, der Sau-Hans, der Roß-Michel und der Ochsen-Jörg.

Die zwei letzteren waren Sundthofer und gehörten zu den gefährlicheren Burgern. Sie verübten am meisten Feld- und Gartenfrevel. Doch wurden sie dafür zu hart bestraft.

So hat der Roß-Michel einmal dem Burgermeister und Weißgerber Sandhas einen Rosmarinstock aus dem Garten gestohlen. Der Burgermeister führte Klage vor dem Rat ob dieses »Frevels«, und der Rosmarin liebende Roßhirt wurde nicht nur seines Amtes entlassen, sondern auch noch einen vollen Tag »beturmt«.

Vor allem galt es beim Hirtenmeister, darüber zu wachen, daß die heiligen Eichenhaine von den Hirten nicht befahren wurden. Besonders der Sau-Hans zog gerne mit seinen Tieren in dies Eicheln-Paradies, wenn es unbeschrieen geschehen konnte.

Das ganze Städtle sprach davon, als einmal in jenen Tagen der Sauhändler Andreas Feder von Krumbach mit seinen Bayersäuen in einen Eichenhain gefahren war und darin hatte weiden lassen. Er wurde schwer bestraft, und wenn Hasle damals noch heidnisch gewesen wäre, hätte ihn sicher auch die Rache der Götter getroffen. Ein ganzes Jahrhundert später rief ich als Herold eines Nachfolgers des genannten Sauhändlers an den Straßenecken: »Wer will Bayersäu kaufen, der soll in Engel laufen. Borgs bis Martini!«

Die bayerischen Schweinehändler starben also nicht aus in Hasle trotz des Frevels des Krumbachers im heiligen Hain.

Der Toweis trug die Berichte über seine Gänge als Hirtenmeister vor dem hohen Rat so gut vor, daß sie ihm nach Jahr und Tag gleich zwei städtische Ämter übertrugen.

Er wurde 1764 Für- oder Vorsprech und zugleich Einzieher der Schatzung, d. i. der Grund- und Häusersteuer, also Stadtrechner.

Jetzt wurde es erst recht lebendig in seiner Wohn- und Backstube. Tagtäglich kamen Leute, die an des Bäckers Beredsamkeit beim Rat appellierten oder ihre Schätzung bezahlten und dazu über Geldmangel klagten und über die Herren auf dem Rathaus räsonierten.

Als Klienten kamen zum Toweis alsbald zwei im späteren Städteleben hervorragende junge Männer und baten ihn, bei den Zwölfern ihre Aufnahme in die Burgerschaft zu vertreten.

Der eine war der Chirurg Andreas Pfaff von Triberg, der die Tochter des Chirurgen Wüst heiraten und dessen Bader- und Balwiererei übernehmen wollte.

Der Bittsteller war »auf der hohen Schule« zu Freiburg gewesen und hatte »Vorlesungen genossen«. Er nannte und schrieb sich deshalb nicht anders als »Andreas Pfaffius, Chirurgus«, und wer ihm, nachdem er auf die Fürsprache des Toweis Burger geworden, nicht mit »Herr Doktor« oder »Herr Pfaffius« begegnete, dem war er feind.

Die Haslacher hatten von jenen Tagen an, da der Pfaffius auftrat, überhaupt feine Rasierer und Pflasterschmierer. Einer vom Patriziergeschlechte der Gebele von Waldstein war um diese Zeit ebenfalls in diese Zunft eingetreten, und der Pfaffius und er verdunkelten alle Vorgänger, vorab den Hans Michel Isemann.

Der Pfaffius war der würdige Großvater seines Enkels, des »Phrastes«, des berühmten Balwierers meiner Knabenzeit, von dem ich in den »Wilden Kirschen« erzählt.

Der zweite, den der Toweis bei seinem Amtsantritt als Vorsprech vor dem Rat vertrat, war der Schuhmacher Hans Wachtler von Kollnau im Elztal. Dieser Wachtler-Hans, von dem ich noch als Knabe erzählen hörte, brachte die ganze elegante Zunft der ehrbaren Schuster in Aufruhr.

Er war direkt aus Paris gekommen und machte die ersten Schuhe aus Saffianleder. Bald trugen alle Schuhknechte und Handwerksgesellen am Sonntag Saffianschuhe mit Silberschnallen, und die besseren Bürger und Bürgerinnen machten es nach. Und selbst der Toweis wäre beinahe seinem Freunde Schuh-Sepp untreu geworden und zum Wachtler-Hans in die Kundschaft gegangen.

Des Wachtler-Hansen Sohn, Wachtler-Hans II., ging auch nach Paris und brachte von dort um die Jahrhundertwende die Stiefel *à la Suworow*, welche Fasson die Franzosen bei den Niederlagen, die der russische General ihnen beigebracht, kennen gelernt hatten.

Jetzt begann ein Kampf der Suworowstiefel gegen die Schnallenschuhe, und die Jugend von Hasle wandte sich Wachtler-Hans II. zu.

Sein Sohn war der Wachtler-Xaveri, der erste Meister der Zunft in meiner Knabenzeit. Auch er hatte in Paris studiert, aber von dort außer der französischen Fasson des Schuhwerks noch einen großen Durst mitgebracht.

Der Xaveri zehrte zu meiner Zeit vom Ruhm seiner zwei Ahnen und saß mehr im Wirtshaus als auf seinem Schusterstuhl. Wenn er hoch hatte, sprach er französisch, und aus seinen schwarzen, stechenden Augen blitzte ein Jakobiner-Geist. Er hatte die Juli-Revolution miterlebt und wußte viel davon zu erzählen.

Auf dem Heimweg aus dem Wirtshaus fiel er dann bisweilen in den Stadtbach, und die Buben lachten darüber. Am andern Morgen wußte er es noch, kam in die Schule und verlangte die Bestrafung der Spötter.

Große Geschlechter leben nicht lange, darum ist das des Pfaffius und des Wachtler-Hans schon mit der zweiten Generation zu Grabe gegangen. Der »Phrastes« und der Wachtler-Xaveri meiner Knabenzeit waren die letzten ihres originellen Stammes.

Als der Toweis Fürsprech wurde, war er der jüngste unter den drei Volkstribunen. Dem jüngsten aber fiel nach altem Herkommen die Pflicht zu, dem Rat der Zwölfer bei Prozessionen, mit einem roten Mantel angetan, das Kreuz vorauszutragen.

Das erstemal, da der Toweis das Kreuz tragen mußte, geschah es bei einem merkwürdigen Akt. In Hasle befand sich von alters her ein Haus für die Leprosen (Aussätzigen), im Volke »Gottlüthus« genannt. Seit Jahren war aber kein Aussätziger mehr in Stadt und Land gewesen. Da stellte anno 1764 der Landphysikus Edel von Wolfach fest, daß der Weber Hans Georg Hansmann von Hofstetten mit dem »Aussatz behaftet« und in das Leprosenhaus zu verbringen sei.

Allgemeiner Schrecken und allgemeines Mitleid erfaßte die Bürgerschaft. Der Rat versammelte sich, und alle Anordnungen wurden getroffen zum Empfang des Unglücklichen.

Er wurde am Nachmittag des 12. März genannten Jahres auf einem Karren dahergeführt. Vor dem »untern Tor« wurde Halt gemacht. Jetzt fingen alle Glocken zu läuten an. Der Rat, die Schulkinder und viele Burgersleute versammelten sich am Tor. An Stelle des erkrankten alten Pfarrers Planer übernahm der Kapuziner-Pater Antonius die geistliche Begleitung.

Nun setzte sich die Prozession in Bewegung. Voraus der Karren mit dem Aussätzigen, dann in einiger Entfernung die Schulkinder, nach ihnen der Kapuziner, der Rat und die Burgersleute.

Alle sangen das »Magnificat« und riefen »den allmächtigen und barmherzigen Gott an, daß er Rat und Burgerschaft und alle Menschen bewahre vor solcher Krankheit.«

Bald darauf kam die gleiche Krankheit an den Maurer Pfundstein in Hasle. Er wurde »gutleutig«, d. h. aussätzig, und unter der gleichen Feierlichkeit ins Leprosenhaus gebracht, wo er »sein Leben beschließen und die göttliche Heimsuchung seiner unsterblichen Seele zu Nutzen machen soll.«

Der rote Rock, mit dem der Toweis als Kreuzträger des Rats geziert war, hatte es ihm angetan. Auch nachdem er nicht mehr jüngster Vorsprech war, trug er gegen alle Bäckerregel eine rote Weste. Mit dieser ließ er sich auch in seinen alten Tagen porträtieren.

Fast zu gleicher Zeit, da er zum Fürsprech ernannt worden, schied sein Vetter Johannes, der Färber, Wald- und Burgermeister, aus dem Leben.

Schon im August des Jahres 1763 war er vor dem Rat erschienen und hatte angegeben, »daß er aus unterschiedlichen Ursachen, besonders aber wegen seinem podagraischen und sehr schmerzhaften gliedersüchtigen Zustand seiner Burgermeisterei-Verrichtung nicht mehr vorstehen könne. Man möge ihn seines Amtes gänzlich befreien und hinfüro gleich einem andern ehrlichen Mann und Bürger halten.«

Der Rat beschließt, »obwaltender wahrer Umstände halber dem Ansuchen nicht nur zu willfahren, sondern auch, trotzdem er seit Weihnachten keinen Dienst als Burger- und Waldmeister getan, dem Scheidenden sein halbjähriges Gehalt mit 12 Gulden zu bezahlen und ihn, den Hansjakob, als einen Ehrenburger zu halten.«

So trat der Färber Johannes vom Schauplatz als ein armer, aber ehrlicher Mann, und am 7. Februar des folgenden Jahres nahm ihm der Tod auch sein armseliges, bresthaftes Leben ab.

Der Bäcker Toweis aber schritt auf dem Weg seiner burgerlichen Ämter rüstig weiter. Er wurde neben seinem Fürsprecher-Amt auch einer der vier Fleischbeschauer. Diese waren die städtischen Gesundheitsbeamten den Metzgern gegenüber. Ehe zwei von ihnen das Fleisch der geschlachteten Tiere beschaut hatten, durfte kein Metzger etwas davon verkaufen.

Es war dies ein undankbares und gefährliches Amt. Die Haslacher Metzger der Stämme Klöpple, Köbele, Armbruster und Franz waren keine Komplimentenmacher. Und wehe dem Fleischbeschauer, der etwas zu tadeln wagte an der Ware der Männer des Blutes!

Man nahm deshalb nur die tapfersten Bürger zu diesem Amt, und da der Toweis es jahrelang bekleidete, schließe ich daraus auf seine persönliche Tapferkeit.

Sein Freund, der Schuhmacher Heim, wurde zu gleicher Zeit Brotwäger, d. h. er gehörte zu den vier Männern, welche den Bäckern das Gewissen visitieren mußten. Da der Schuh-Sepp oft beim Toweis in der Backstube saß, mochten die Ratsherren glauben, er eigne sich gut zur Brotkontrolle.

Die Bäcker waren friedlichere Leute als die Metzger: drum ließen sie sich eine Ahndung ruhiger gefallen, und sie wurden zehn- und zwanzigmal bestraft, bis nur ein Metzger daran kam.

Nachdem der Toweis drei Jahre lang den Fürsprech gemacht, wurde er in die Reihe der Zwölfer, der eigentlichen Stadtherren, aufgenommen, deren amtlicher Titel »Herr« war. Die Zwölfer ergänzten sich in altaristokratischer Art selber, d. h. sie schlugen aus der Zahl der Burger dem fürstlichen Obervogt zwei oder vier Kandidaten vor, von denen er dann einen oder zwei auswählte und bestätigte. Der Schultheiß wurde aus der Zahl der Zwölfer von der Herrschaft ernannt.

Die Burger hatten nur das Recht, den Ausschuß oder die Vierundzwanziger zu wählen.

Jetzt bekam der Toweis statt des roten den schwarzen, feierlichen Rats- und Gerichtsmantel, und sein Amt als Vorsprech ging zu Ende. Aus dem Verteidiger wurde jetzt ein Richter.

Aber die guten Zeiten, in denen die Richter die Angeklagten verurteilten, ihnen in der Rathaus-Wirtschaft den Tisch zu decken, waren vorüber.

Sein Vetter, der Färber Johannes, hat in der Backstube manchmal erzählt von den guten Trünken, die sich die Ratsherren zu seiner Zeit verschafft hätten auf ihren Richterstühlen.

Seitdem die demokratischen Schultheißen aus dem Stamme Engler nicht mehr regierten, war die Poesie fortgegangen aus dem Rathaus.

Unter dem Schultheißen Stelker ging's noch; aber seine Nachfolger, der Stadtschreiber und Bureaukrat Schönbein und der Brisgäuer Sartori waren »Herrenwedler«. Sie ließen sich von den Obervögten sagen, die alte Mode sei unpassend und schuld an der Unbotmäßigkeit der Burger, weil sie ihre bösen Mäuler nicht mit Geld oder Turm büßen müßten, sondern mit Essen und Trinken abmachen könnten.

Einige Poesie in die neue Strenge brachte der Schreiner Thomas Knöpfler, der erste, der sich nicht mehr mit »dem Tischdecken« frei machen konnte. Er wurde wegen Beschimpfung des Rats in offener Wirtsstube mit drei Stunden Veturmung angesehen. Da weist er die Blicke der Stadtväter hinüber auf das Bildnis des hl. Sebastian, das so ziemlich verwahrlost auf dem Brunnen vor dem Rathaus stand, und sprach: »Ihr Herren, ich will den heiligen Sebastian neu und sauber fassen lassen, wenn Ihr mir die Beturmung schenkt.« Und Beifall nickten die beleidigten Stadt-Väter.

Auch sonst wurde die »Sittenpolizei« unnötigerweise strenger geübt unter den bureaukratischen, von der Obervogtei beeinflußten Schultheißen. Die »Morgensuppen« bei den Hochzeiten wurden abgeschafft, weil einzelne sich bisweilen zu viel taten, »ehe der göttliche Segen in der Kirche erfleht war«.

Und mit den Kindstaufen durften bei Strafe von 24 Kreuzern pro Person nicht mehr als sechs Weiber gehen, weil sie beim Taufschmaus dem Kindsvater zu große Kosten machten und lärmten und krakelten.

In den Bäckerstuben wurde viel geschimpft über diese Plackereien, und die Morgensuppe blieb nicht lange außer Übung.

Die Ratsherren als Richter waren ziemlich praktisch. Sie alle hörten die Straffälle an, Red' und Gegenred', Anklage und Verteidigung; aber das Urteil sprach der Reihe nach, vom ältesten Burgermeister angefangen, jedesmal ein anderer.

Der Schultheiß spielte den Unparteiischen, d. h. er wollte absichtlich außerhalb der Schußweite der Verurteilten bleiben.

Der Toweis war ein milder Richter; er sprach in Erwartung zukünftiger Besserung gerne frei. Die meisten Fälle hätte auch ich so behandelt; denn Buben, die Nüsse und Äpfel rätseln, Birnen auflesen oder eine alte Tanne stümmeln, und alte Weiber, die das neue Gewächs, die Erdäpfel, auch einmal versuchen wollen und bisweilen einen Stock »lupfen«, sind keine Verbrecher, die Strafe verdienen. Beleidigungen eines Ratsmitglieds wurden gegen früher schon strenger gefaßt. Der Sohn des Burgermeisters und Hufschmieds Sandhas hat dem Weib des Schneiders Künstle zwei Hennen, die in seines Vaters Garten

»schädlich erfunden worden«, erschossen. Der Burgermeister bezahlt die Tiere und will sie der Schneiderin schenken. Diese aber meint: »Er soll sie in des Teufels Namen selber fressen.«

Diesen Frevel muß die schlagfertige Dame mit einem Tag »Häusle« und einer Abbitte büßen.

Die Damen und die Buben hatten in Hasle das Vorrecht, nicht in den Turm, sondern in das Spritzenhäusle am unteren Tor, zu meiner Zeit auch Narrenhäusle genannt, verbracht zu werden.

Vor diesem »Häusle« hatten die Wibervölker jener Tage einen Mordsrespekt.

Eines Tages beschwerte sich der Demokrat und Stubenwirt Dirhold über die Mägde einzelner Bäcker, die unter dem Rathaus jeden Morgen Brot feil hielten. Sie hatten zwei Bauernweibern, welche durch die Hallen gezogen und beim Stubenwirt als Gäste gewesen waren, der einen, der Vögtin von Bollenbach, ein »Geißen-Wedelin« an den Rock gehängt, der andern ein »Weiden-Kränzlin«.

Die Mägde werden vor den hohen Rat gezogen und leugnen nach Weiberart standhaft. Ein Lehrbub des uns bekannten Michel Bosch, der auch Brot feil hielt, gesteht, das Weiden-Kränzlin gemacht zu haben; doch angehängt worden sei es und das Geißen-Wedelin von der Magd des Bäckers Fischinger.

Diese fehlt. Der Stadtknecht soll sie holen. Sie ist aber schon in der gleichen Stunde, da sie hörte, die Sache sei beim Rat anhängig, mit Sack und Pack flüchtig gegangen hinüber über den »Schwabenberg« in ihre Heimat Schweighusen.

Dieses Dorf lag in einem anderen Territorium, in dem des Abtes von Ettenheimmünster, der Verbrecher nicht auslieferte, die Bauern-weibern ein Geißen-Wedelin und ein Weiden-Kränzlin angehängt hatten.

Der Wahrspruch des Rats von Hasle aber lautete über die Frevler, so vor Gericht erschienen waren: »Weil überhaupt viel Bosheit und Geschrei in der Laube des Rathauses verübt würde von den Becken-buben und Beckenmaidlen, so sollten die drei an jenem Kränzlin- und Wedelin-Tag anwesenden Mägde von abends 5 Uhr bis morgens 6 Uhr ins Häusle gesperrt, der Kränzlin-Fabrikant aber andern Tags von morgens 6 Uhr bis nachmittags 4 Uhr ebendahin befohlen wer-den.«

Salomon, der Weise, würde sich im Grab umgedreht haben über diesen Urteilsspruch der Haslacher Stadtrichter.

Den Toweis erwarteten als Ratsfreund noch andere Ämter, die für seine Vielseitigkeit sprechen. Er wurde Baumeister der Stadt und Weinanschneider. Der letztere öffentliche Dienst war fast ebenso gefährlich als der bei den Metzgern. Die zwei Weinanschneider sollten es übernehmen, daß die Wirte den Maßpfennig nicht defraudierten. Es sollte deshalb kein Wirt ein Faß anschneiden, d. i. anstechen, ohne daß die Weinanschneider dabei gewesen wären und sich über die Zahlung des Maßpfennigs vergewissert hätten.

Für einen Bäcker, dessen beste Kunden die Wirte waren, taugte dies Amt nicht; darum bekleidete es der Toweis auch nur ein Jahr und ließ sich dann von seinen Ratskollegen desselben wieder entbinden.

Die Wirte in den fürstenbergischen Landen waren ohnedies etwas kurz gehalten. Sie mußten der gnädigsten Herrschaft ihren Zehnt-, Trott- und Eigenwein um bestimmten Preis abkaufen und durften, so lange Wein im eigenen Lande feil war, keinen fremden holen. Auch die Untertanen mußten fürstenbergisches Gewächs trinken, und nur Fremde hatten Anspruch an allenfallsigen auswärtigen Wein.

Der Backmuldenmann war, wie wir sehen, reich mit Ämtern gesegnet, da die Zeit kam, wo er all seiner Dienste mit einem Federstrich entsetzt wurde. Das geschah aber also: Die Stadtväter hatten im Herbst 1775 beschlossen, ein neues Spital zu bauen, draußen vor dem »neuen Tor«. Zu diesem Neubau wollten sie von dem Leprosenfond einen Beitrag von 800 Gulden. Hiezu war die Genehmigung des Fürsten erforderlich.

Eine Deputation des Rats, bestehend aus dem Schultheißen Sartori, den Burgermeistern Battier und Klausmann und dem Ratsfreund Tobias Hansjakob, begab sich hinüber ins Schloß zum Obervogt Schurer und erbat dessen Mitwirkung. Der verlangt zuerst Einsicht in die Rechnungen des Leprosenfonds.

Sartori, der Brisgäuer, und Battier, der Wälsche, alte Herrenwedler, sagten sofort zu. Toweis, der Bäcker, aber meinte, die Stiftung sei eine städtische, ihre Abhör habe von jeher lediglich der Senat der Stadt besorgt, und die Bürger, so Schulden hätten beim Leprosenfond, würden es sicher nicht gerne haben, wenn unberufene Leute, wie der herrschaftliche Obervogt, solche erführen.

Wir sehen, der Toweis war erblich belastet von seinem Vater, dem Hansjörg, her, der auch tapfer dagegen kämpfte, als die Herrschaft die Schulden der Untertanen wissen wollte. Der Bürgermeister Klausmann schloß sich der Meinung des Toweis an, worauf der Obervogt die Herren ungnädig entließ und die »respektswidrige« Äußerung des Bäckers alsbald dem Fürsten vermeldete, da »ja undisputierlich die *suprema inspectio* (oberste Aufsicht) aller Verwaltungen und Stiftungen seiner hochfürstlichen Durchlaucht zustehe.«

Nichts ertrugen die Fürsten jener Tage weniger als einen Angriff auf ihre Oberhoheit, auch wenn dieser nur von einem Bäcker ausging.

Umgehend kam deshalb aus der Residenz der Befehl, daß die beiden Attentäter sofort all ihrer Ämter zu entsetzen seien.

Jetzt fiel dem Krämer und Bürgermeister Klausmann das Herz in die Hosen. Er setzte sich sofort hin und schrieb an die reichsfürstliche Durchlaucht eine demütige Abbitte und wie schädlich es ihm wäre in seiner Krämerei, wenn bekannt würde, daß er in die allerhöchste Ungnade gefallen sei. Er wedelte deshalb untertänigst, ihm die Strafe der Amtsentsetzung allergnädigst zu erlassen.

Der Stadtrat bittet und wedelt ebenfalls mit und für den unglücklichen Krämer, und die Durchlaucht Josef Wenzel, von Gottes Gnaden Fürst zu Fürstenberg, erhört die Flehenden. Der Krämer soll Ratsherr bleiben, jedoch auf ein halbes Jahr vom Amte als Bürgermeister suspendiert sein.

Der Toweis aber litt für seine Überzeugung, daß die Stiftungen und die Schulden Sache der Stadt und ihrer Burger seien, den Tod seiner sämtlichen Ämter, ohne um Gnade und Wiedereinsetzung zu bitten. Er meinte, sein Brot und seinen Schnaps bringe er auch an den Mann ohne die allerhöchste Gnade.

Ihm genügte die Krone, die ihm, wo er sich blicken ließ, die verschuldeten Mitburger aufsetzten; vorab aber flocht ihm Lorbeeren der Rechner des Leprosenfonds, Herr Andreas Pfaffius, Chirurgus, der in dem Ansinnen des Obervogts ein Attentat auf seine Rechnertreue erblickt hatte.

Wo und wann immer er in jenen Tagen einen Burger rasierte oder einen Bauersmann schröpfte, sang er das Lob des Becke-Toweis als eines Mannes, der für die Freiheit und für die Schulden der Bürger zu reden und zu leiden wisse.

Und die Backstube wimmelte im Winter 1775 von Gleichgesinnten, die nächtlicherweile zum Bäcker kamen, ihn priesen und mit ihm schimpften über die großen und kleinen Herren.

Was den Freiheitssinn des Toweis in noch höherem Lichte zeigt, war der Umstand, daß er zur Zeit seines Widerstandes schon sechzehn Jahre lang fürstlich fürstenbergischer Beamter war.

Sein Schwiegervater, der alte Bäcker und Vorsprech Lienhard, war lange Zeit fürstlicher Kastenknecht oder Kastenvogt gewesen, d. h. er hatte die Zehntfrüchte zu sammeln, auf den fürstlichen »Kästen« zu versorgen und zu verkaufen. Ebenso hatte er den Zehntwein und den Wein aus den fürstlichen Weinbergen im unteren Kinzigtale beizuführen und einzukellern.

Als der alte Lienhard 1759 starb, wurde der Toweis sein Nachfolger. Aber auch diese Kastenknechtschaft, die mit jährlichen 45 Gulden bezahlt war und noch Diäten trug, hatte der Toweis in die Schanze geschlagen, als er für die Schulden der Bürger eintrat.

Sein Vetter, der Freiheitsmann aus der Zeit der Straßenbau-Revolte, Tobias, der Färber, erlebte das Helden- und Märtyrertum des Bäckers nimmer. Er hätte sich sonst sicher gefreut, daß der Bäcker-Vetter nicht aus der Art geschlagen. Schon 1771 war dieser dem alten Färber zum Vormunde gesetzt worden, weil »sein Verstand allbereits völlig entwichen war«. Ein Jahr darauf entwich auch sein Geist dieser dunklen Erde.

Den Krämer Klausmann überkam aber der Geist des Widerspruchs nie mehr. Er wußte die Gnade seines Fürsten so zu schätzen, daß in der bald darauf folgenden, nun zu besprechenden dritten Haslacher Revolution er und der Brisgäuer die einzigen vom Rat waren, die nicht mitmachten.

Im September des Jahres 1777 schrieb der Fürst Wenzel, ein Mann, der höchst vergnüglich lebte und viel Geld brauchte, eine neue Steuer aus auf Karten und Papier.

Da die Haslacher allzeit, weil meist mit Schulden beladen, Feinde vom Zahlen waren, so kam ihnen diese neue Steuer ganz überzwerch. Sie widersprach aber auch schnurstracks dem Freiheitsbrief, den ihnen die ersten Fürstenberger schon vor bald einem halben Jahrtausend ausgestellt.

Darin hieß es, die Stadt Hasela sollte jährlich ihrem Grafen zahlen »zehn Mark lotigen Silbers[2] und nit mehr, weder Übersteuern noch Bürgschaften«. Nun kommt der Fürst Wenzel mit einer Übersteuer. Das spricht gegen den alten Brief. Rat und Bürgerschaft versammeln sich. Mit Ausnahme des Brisgäuers und des begnadigten Krämers sind alle einhellig gegen die Steuer. Gut und Blut wollten sie einsetzen, ehe sie sich diesen Bruch ihres alten Freiheitsbriefes gefallen ließen.

Sie kennen die Geschichte ihrer Verfassung und ihrer Herrschaft gut, die alten Haslacher. Sie wissen, daß ihr eigentlicher Oberlehensherr der Bischof von Straßburg und nicht der Fürst von Fürstenberg ist.

Sie wissen, und selbst in der Backstube wurde es oft erzählt, daß, als der letzte Graf von Fürstenberg-Haslach in der Schlacht bei Sempach gefallen war, die Herrschaft Hasela dem Reiche heimfiel.

Des Reiches und Böhmens König, der faule Wenzel, verlieh die Herrschaft seinem Kammerherrn, dem Baron Benesch von Chaustnik. Dieser trat sie 1388 gegen gutes Geld dem Bischof von Straßburg ab, welcher sie der alten Linie der Fürstenberger als Unterlehen gab.

Das wissen die von Hasle noch vier Jahrhunderte später; drum beantragen in einer Versammlung die Bürger Pfaffius und Toweis, eine Deputation an den bischöflichen Lehenshof nach Zabern zu schicken, den Angriff auf den Freiheitsbrief dort zu vermelden und den Oberlehensherrn zum Einschreiten gegen den Afterlehensmann, den Fürsten Josef Wenzel von Fürstenberg, zu veranlassen.

Unter stürmischem Beifall ward diese Deputation alsbald beschlossen und der Toweis und der Pfaffius nebst zwei Ratsherren dazu erwählt.

Vergebens warnte der schlaue, fürstenbergisch gesinnte Ratschreiber Fernbach vor diesem Schritte, weil er in Donaueschingen sicher das böseste Blut machen würde.

»Das wollen wir!« riefen die Burger. »Die Fürstenberger sollen sehen, daß sie nicht unsere obersten Herren sind, sondern daß der Bischof von Strasburg über ihnen steht. Sie sind nur Lehensleute und nicht unsere Herren von Reichs wegen.«

Jetzt verlangte der Mephisto Ratschreiber, die Bürger sollten diesen Beschluß zu Protokoll geben. Sie hießen ihn denselben niederschreiben,

2   Nach heutigem Gelde etwa tausend Mark.

und er schrieb alles, auch die bissigen Redensarten hinein und ließ die Rebellen alle unterzeichnen. Sie taten dies, ohne den Uriasbrief zu lesen, und die Deputation reiste ab.

Der Brisgäuer und Schultheiß Sartori und der Ratschreiber aber haben nichts Eiligeres zu tun, als mit dem Protokoll auf die Obervogtei zu gehen und es dem Amtsverweser Merlet zu übergeben. Der schickt's alsbald dem Fürsten zu, den die Anrufung des Bischofs von Straßburg ins Innerste seiner souveränen Seele trifft.

Dreißig Mann des stehenden Heeres unter dem Leutnant Baron von Freyberg werden alsbald nach Hasle beordert. Mehr Mannschaft hält wohl der Kammerdirektor Schurer, vor kurzem noch Obervogt in dem revolutionären Städtle, nicht für nötig. Er kennt die Haslacher und weiß, daß sie lieber in Worten als in Taten Revolution machen.

Das Militär rückt ein. Der Stadtrat wird abgesetzt, mit Ausnahme des Brisgäuers, des Ratschreibers und des begnadigten Krämers Klausmann.

Die andern Ratsfreunde, unter ihnen der Färber Schättgen, der Metzger Armbruster und diesmal ausnahmsweise auch der Burgermeister Battier, werden gefangen genommen, gefesselt, nach Donaueschingen geführt und daselbst zum Holzsägen verurteilt.

Die Burger, die kurz vorher auf dem Rathaus und in den Wirtshäusern krakeelt und erklärt hatten, Gut und Blut an die Sache zu setzen und sich mit Weib und Kindern abführen zu lassen, wurden jetzt sehr kleinlaut. Es war kein Winkelried und keine Jungfrau von Orleans unter ihnen, die sie angefeuert hätten zum Sturm gegen die dreißig Soldaten. Lautlos sahen die Tapfern zu, wie die Stadtväter fortgeschleppt wurden zu schmählichem Holzsägen.

Die Soldaten warteten nun noch auf die Deputation von Zabern. Und als diese mit dem Postwagen eingetroffen, wurden ihre sämtlichen Mitglieder, wie sie gingen und standen, in ihrer Dreispitz-Gala eingetürmt.

Und für alle diese Frevel der Soldaten mußten die guten Untertanen noch täglich dem Leutnant einen Gulden, dem Feldwebel 50 Kreuzer, dem Unteroffizier 40 und jedem gemeinen Grenadier 30 Kreuzer Extra-Douceur verabreichen, abgesehen davon, daß sie in den Wirtshäusern auf Stadtkosten kampierten.

Was wären die Fürsten alle ohne die Soldaten? Schwankende Rohre, die beim ersten Windstoß zerbrächen. Die Fälle in der Geschichte, in denen eine Revolution gelang gegen die Soldaten, sind nicht sehr häufig. Die Waffengewalt hat meistens obgesiegt. Das handwerksmäßige Volk in Waffen warf in der Regel das im Kriegshandwerk ungeschulte Volk nieder zugunsten der Fürsten.

In Hasle genügte das Erscheinen einer militärischen Miniaturmacht, um den Widerstand zu brechen und die Rädelsführer gefangen abzuführen.

Es ist schön, für die Freiheit zu reden, aber für sie zu leiden, dazu sind Spießbürger und kleinere Geister zu keiner Zeit veranlagt gewesen. Drum behagte den abgeführten Ratsfreunden das Holzsägen in der Residenz ebenso wenig lange, als den Deputierten das Eingesperrtsein.

Die letztern hatten zudem in Zabern schlechten Bescheid bekommen. Dort hatte man wohl längst vergessen, daß die Herrschaft Hasle vor bald vier Jahrhunderten als Unterlehen von dem Bischof Friedrich von Blankenheim dem Grafen Heinrich von Fürstenberg übertragen worden war, und kümmerte sich um die Bedrängnis der Bürger von Hasle blutwenig. Alte Freiheitsbriefe und ewige Friedensschlüsse haben ja bei den gnädigsten Herrschaften aller Zeiten keine lange Geltung gehabt, während die Völker stets dumm und gutmütig genug waren, an eine solche zu glauben.

Von Kerkerbanden umgeben und den Schellenwerken in der Residenz abhold, brach der Widerstand der Haslacher Senatoren und Deputierten bald. Sie erklärten, mit sich reden lassen zu wollen in bezug auf die neue Steuer, und wurden daraufhin freigegeben.

Aber der ganze Groll der Bürgerschaft ging jetzt auf den Ratschreiber über; denn es kam nach und nach heraus, daß er das Protokoll »verbösert« hatte. Er soll nun auch nicht geschont werden, und alsbald geht ein Schreiben an den Fürsten ab. Rat und Burgerschaft öffnen darin dem Fürsten ihr »wehmutsvolles Herz, weil gegen beide so streng eingeschritten worden sei und man sie mit dem entehrenden Namen Rebellen belegt habe.«

»Es war«, so heißt es weiter, »allen ein schauervoller Anblick, als die Stadträte ihrer Ehrenstellen entsetzt und durch die entehrende Hand des Schergen in Fesseln gelegt und geschlossen auf öffentlichen Wagen fortgeführt wurden.« »Schuld an allem sei der Ratschreiber, der die schlimmen Stellen ins Protokoll geschrieben. Er sei aber auch sonst ein schlechter Mann und habe von der Totenkapelle-Pflegschaft auf den Namen eines anderen Geld aufgenommen und für sich verbraucht.«

»Der Fürst möge nun auch gegen diesen Frevler vorgehen«, so schloß der Rachebrief, dem eine Urkunde des Pfaffius beigelegt war, worin er als Rechner obiger Pflegschaft die Echtheit des Frevels bezeugte.

Jubel ging durch Trojas Hallen und auch durch des Toweisen Backstube, als der Brief fort war. Überall hörte man die Bürger sich zurufen: »Jetzt goht's dem Lump an Krage!« Aber gnädigste Herrschaften lassen bekanntlich gehorsame Diener und Kronzeugen nicht gern im Stich. Die Untersuchung gegen den Malefiz-Ratschreiber ging aus wie das Hornberger Schießen, und der Protokollführer blieb nach wie vor in seinem Amte als die rechte Hand des Brisgäuers und Schultheißen Sartori.

In jenen Tagen aber soll der Sohn des Toweis, Philipp Jakob, der spätere Eselsbeck von Hasle und mein Großvater, obwohl er erst fünfzehn Jahre alt war, geschworen haben, nie im Leben ein Freund der Herren zu werden. Und er hat, wir wissen es aus seiner Geschichte,[3] den Schwur treulich gehalten.

Die Revolution war zu Ende, aber Friede zwischen Herrschaft und Burgerschaft gab es noch lange nicht. In der Back- und Wohnstube des Toweis wurde noch recht oft und viel debattiert über die alten Freiheiten und ihre Unterdrückung. Am meisten räsonierte der Doktor Pfaffius, der seine Beturmung weniger verschmerzte als der Toweis, weil er sich für einen akademisch gebildeten Mann und darum für doppelt beschimpft hielt.

Das Ansehen des Toweis muß nicht gelitten haben durch seine Einkerkerung und die darauf erfolgte Nachgiebigkeit; denn die Burger wählten ihn bald hernach zu einem der drei Rottmeister.

Die Burgerschaft zerfiel in drei Rotten oder Kompagnien für die Feuerwehr und für die Landesverteidigung. Jede hatte eine Fahne, die eine weiß, die andere rot, die dritte gelb.

Die weiße Kompagnie bekam der Toweis, die rote der Hufschmied Jörg Mayer. Dieser hatte zwar kurz vor seiner Wahl im »lauschigen Zustand« im Engelwirtshause zum Wirt, der auch Ratsherr war, in Gegenwart von Burgern und Bergknappen geäußert: »Alle Ratsherren

3   Schneeballen zweite Reihe.

hätten krumme Finger vom falschen Schwören; es sei einer so liederlich als der andere.«

Daß er trotz dieser Frevelrede zum Rottmeister erkoren wurde, spricht dafür, daß die Burger den Mann ob seiner tapfern Rede ehren wollten wie den Tobias, der um ihrer Schulden willen abgesetzt worden war.

Der Rat konnte sich am Hufschmied nicht mehr selbst rächen, weil ihm nach der letzten Revolte auch die Kompetenz für Ehrenkränkungen genommen worden war. Aber dem Toweis widerfuhr später volle Gerechtigkeit. Die Senatoren wählten ihn 1780 wieder zum Ratsfreund, und der Obervogt bestätigte ihn. Er war nach fast fünfjähriger Amtsentsetzung wieder – ein Herr geworden.

Daß die Revolution in Hasle so leicht unterdrückt worden war, kam wohl auch daher, daß die Untertanen damals noch keine Muster hatten, wie man Revolutionen macht und sieghaft durchfühlt. Die große Revolution in Frankreich war ja noch nicht im Zuge, als die Haslacher zum drittenmal unterlagen.

Sie gaben aber trotzdem nicht nach, ihre alten Freiheiten zu verteidigen, und holten zu ihren Gunsten noch jahrelang nach der letzten Niederlage Rat bei Advokaten und Gutachten bei Universitätsprofessoren in Freiburg. Wie sehr sie an ihren Freiheiten hingen, das zeigt der folgende Vorgang, der sich nach dem 1783 erfolgten Tod des Fürsten Josef Wenzel abspielte:

Die »Empfindsamkeit« dieses Fürsten gegen die Wibervölker und sein sonstiges flottes Leben hatten seinem Sohn und Nachfolger, Maria Benedikt, eine starke Schuldenlast hinterlassen.

Heutzutag wenden sich die Fürsten, so die Schulden sie drücken, an das Haus Israel, das niemanden lieber Geld leiht, als hohen Herren. Es weiß, daß es sicher wieder zu Kapital und Zins kommt, wenn auch nicht immer beim Schuldner, so doch bei seinem Volke, wenn es mit diesem ungestört Geschäfte machen kann.

In der guten, alten Zeit wandte sich der Fürst an seine getreuen Untertanen. So nahm auch der junge Fürst Maria Benedikt, ein großer, fetter, eßlustiger, aber gutmütiger Herr, seine Zuflucht zu »Treue und Devotion seiner Burger und Bauern« und suchte in seiner »traurigen Lage, die mit dem gänzlichen Umsturz des hochfürstlichen Hauses drohte, Hilfe bei den denselben«, Er bittet um einen außerordentlichen Beitrag für 25 Jahre und verspricht, dessen Zusage »mit wahrer landesväterlicher Huld bei allen Anlässen huldreichst zu vergelten und aus dieser ungezwungenen Beisteuer keinen Mißbrauch und keine Schuldigkeit zu machen.«

In Hasle trug diese Bitte der Geheime Rat von Lentz zunächst dem Schultheißen und allen Vögten der Dorfgemeinden vor und zwar »unter Tränen«, worauf auch der Brisgäuer Sartori und sein Ratschreiber Fernbach »zu Tänen gerührt wurden«, wie der letztere selbst erzählt in seinem Protokollbuch.

Im Städtle war es alsbald ruchbar geworden, was der Geheime Rat des Fürsten wolle, und in der Backstube des Toweis versammelten sich einzelne tonangebende Burger, wie der Dr. Pfaffius, der Metzger Köbele, der Schuster Heim, einige vom Stamme Sandhas u. a., und besprachen die Lage, Und als der Stadtrat die Burger aufs Rathaus lud zur Entscheidung, war ihr Beschluß schon gefaßt.

Der Fernbach las die Bitte des Fürsten vor, und dann traten die Burger ab zur Beratung. Bald erschien eine Deputation derselben vor dem Rat und erklärte durch den Mund des Pfaffius, »die traurige Lage des Landesherrn habe ihre, der Burger Seele, durchdrungen und sie seien bereit, mit Aufopferung des Ihrigen dem Landesvater zu helfen. Sie wollten den Betreff für Hasle, der in 25 Jahren 2.483 Gulden 20 Kreuzer ausmache, in sechs Jahren bezahlen. Doch müsse der gnädigste Landesvater geruhen, vorher alle Freiheitsbriefe gnädigst zu bestätigen und zu ratifizieren und alle bisher zur Drückung der Burger eingeführten Neuerungen (Stempelsteuer) gnädigst abzutun. Dadurch würde ihnen die vorige Liebe zu ihrem huldreichsten Landesvater wieder eingeflößt.«

Wir sehen, die Männer in der Backstube hatten die Revolte von anno 77 noch nicht vergessen. Sie suchten sich jetzt zu rächen, und die Burger zeigten, daß ihnen die Freiheit lieber sei als Geld. Das ehrt die Männer von Hasle, die sonst allzeit bereit waren, ihren Grafen und Fürsten eine Freude zu machen.

Wie naiv und familiär Untertanen und Herrschaft hundert Jahre zuvor mit einander gelebt hatten, zeigt das Präsent der Landschaft Haslach an die Landgräfin Anna Magdalena von Bernhausen, des regierenden Grafen Maximilian Franz Gemahlin, bei ihrer ersten Niederkunft in Stühlingen.

Die braven Untertanen gratulierten der Gräfin also: »Nachdem der allmächtig Gott Eure landgräfliche Gnaden kurz verwichener Zeit

Ihrer erst getragenen Leibesbürdin durch fröhliche geburt glücklich entbunden, mit einer Fröulin väterlich gesegnet und begabt, wünschen Euere Unterthanen Euer landgräflichen Gnaden, dero heizliebstem Gemahl und dem jungen Fröule viel glück, gesundheit, langes Leben und zur Bezeigung ihres unterthänigen Gemüts und empfangener untertäniger Fröuden überschicken sie Euer landgräflichen Gnaden und dem jungen Fröule gegenwärtiges Geschürrle und Schüssele, unterthänig bittend, bei dieser ihrer jetzigen Beschaffenheit ein gnädiges Gefallen darob zu tragen und dabei ihre gnädige Landgräfin zu verbleiben.«

Der Graf bedankte sich schön dafür. Später wurden aber die Untertanen auch angegangen, zum Reisegeld für die jungen Grafen und Gräfinnen beizusteuern.

Der Fürst Josef Maria Benedikt bekam die gewünschte Beisteuer, aber mit ihren Wünschen wurden die Haslacher hingehalten und auf später vertröstet. Erst anno 1792, als die französische Revolution ihre Lichter auch über den Rhein herüberwarf, vier Jahre vor dem Tode des Fürsten, kam es zu einer Vereinbarung zwischen denen von Hasle und ihrer Herrschaft.

Unter dem Protokoll, das den Frieden mit der gnädigsten Herrschaft enthält, steht als einer der Bevollmächtigten der Bürgerschaft auch der Toweis, und er setzt kühn neben seinen Namen sein – Siegel.

Im Wappenbild dieses Siegels befinden sich eine Brezel und zwei Wecken, von einer Krone überschattet und von einem Lorbeerzweig umrahmt.

Wer auf sein armseliges Handwerk so stolz ist, daß er dessen Sinnbilder mit Lorbeer bekränzt und krönt, vor dem muß man Respekt haben!

Die alten Handwerksmeister führten zu meiner Knabenzeit noch alle ihr Petschaft mit den Emblemen des Handwerks. Jetzt hat der fade Blaustempel all das verdrängt, aber auch der Stolz auf das ehrsame Handwerk ist längst fort.

In obigem, dem letzten Friedensschluß, den die Haslacher mit dem Hause Fürstenberg abschlossen und der anhielt bis zum Aufhören der fürstenbergischen Souveränität – sorgte jeder Teil möglichst für seine Interessen; jeder verliert und jeder gewinnt dabei.

Der Fürst verspricht, keine Bannmühle zu errichten und der Stadtmühle von Hasle das »Monopolium« zu überlassen.

Die Haslacher Bürger, welche Lachse stechen in der Kinzig, dürfen die eine Hälfte behalten, die andere gehört dem Fürsten.

Die Stadt verzichtet auf das Asylrecht. Dieser Punkt mag dem Toweis, wie wir bald sehen werden, um seiner Kunden willen schwer gefallen sein.

Die Stadt behält, wie von alters her, die niedere Gerichtsbarkeit.

Sie nimmt den Karten- und Papierstempel an.[4] Dagegen zahlt die Herrschaft von ihren Häusern und Gütern die Schätzung und Grundsteuer an die Stadt; was sie seit mehr als einem halben Jahrhundert nicht mehr getan.

Sie verspricht endlich zugunsten der Handwerker im Städtle möglichst wenige Handwerker auf dem Land zu dulden; denn nichts empörte die Gevattern vom Handwerk mehr, als wenn sie hörten, es wolle sich da oder dort in einem Dorfe ein Bäcker oder ein Schmied niederlassen.

Nachdem dieser Friedensschluß ratifiziert war, schwur die ganze Bürgerschaft dem Fürsten aufs neue, schwur beim – Stabe.

Wie heute noch beim englischen Parlament der Stock mit der Krone auf dem Tisch des Sprechers das Zeichen der königlichen Majestät ist und lächerlicherweise die »freiheitlichen« Engländer keine Sitzung beginnen, ehe der Stock erscheint und auf dem Tische liegt, so galt auch in den alten Bauern- und Burgergemeinden der Stab als das Sinnbild der Herrschergewalt. Wer den Stab bekam und hatte, war der Vertreter des Fürsten, und der Stabhalter amtete in dessen Namen.

Also beim Stab schwuren die Bürger von Hasle damals, »dem gnädigsten Fürsten und der Stadt Haslach getreu, hold, gehorsam und gewärtig zu sein als ehrliche Burger; die heilige katholische Religion bis an ihr Ende zu handhaben und sich solcher gemäß allzeit zu verhalten; stets mit Schieß- und Seitengewehr und einem Feuereimer versehen zu sein und auf Lochen und Marksteine fleißig acht zu haben.«

---

4 Wer die erste Strafe mit zehn Gulden bezahlen sollte für ungestempelte Karten, das war meine Urgroßmutter väterlicherseits, die Kreuzwirtin Luitgarde Zachmann. Sie wandte sich an den Fürsten und wurde begnadigt.

Bald nach diesem Friedensschluß drang die Kunde von den Taten der französischen Revolution ins Kinzigtal und nach Hasle. Jede Woche kamen Burger und Bürgerinnen nach Straßburg, wo sie kauften und verkauften, und jedesmal brachten sie staunenswerte Neuigkeiten mit heim.

In der Backstube des Toweis wurde nächtlicherweile vom Schuster Heim, vom Glaser-Hans, von dem Weißgerber Balthasar Sandhas und vom Dr. Pfaffius stark in Freiheit, Gleichheit und Brüderlichkeit gemacht.

Am meisten radikal war der Glaser-Hans; denn ihm hatte der Rat, im Widerspruch mit dem Ratsfreund Tobias Hansjakob, seinen Vermögensstand untersuchen lassen und ihn wegen einer Überschuldung von 24 Gulden und 18 Kreuzern für bankerott und mundtot erklärt.

Die Schmach ihrer frühern Niederlagen erwachte immer wieder aufs neue bei den Burgern von Hasle, so oft sie von einem neuen Sieg der französischen Revolutionäre hörten!.

Sicher hätten sie dem Fürsten den Gehorsam aufgesagt und um einen Freiheitsbaum getanzt, wenn nicht stets österreichische Heere talauf und talab gezogen wären und wenn die Mannen nicht erfahren hätten, daß der damalige Fürst Karl Joachim selbst ein guter Freund der Revolution sei.

8.

Nachdem der Toweis das erstemal Ratsherr geworden war, bekam er mit Leichtigkeit von der gnädigsten Herrschaft die Erlaubnis, in seiner Bäckerstube auch Schnaps ausschenken zu dürfen. Von da an hatte er an Sonn- und Montagen Bauersleute genug in seiner Stube, und wenn diese voll war, auch in seiner Werkstätte, in der die Mulde stand.

Die Wibervölker vom Land aßen ihre Milchsuppe, und die Knechte, Taglöhner (Söldner) und Bauern tranken ihren Schnaps, wenn sie am Sonntag in Hasle die Kirche und am Montag den Markt besuchten.

Der Toweis hatte als Zwölfer und Ratsherr noch ein ganz besonderes Privilegium, das seinen Gästen nicht unangenehm war. Das Haus eines jeden Zwölfers war ein Zufluchtsort für alle, die gegen Gesetz und

Sitte sich verfehlt, ausgenommen Diebe, Mörder, Straßenräuber, Verräter, Ketzer, Kirchenbrecher und Meineidige.

Wer aber sonst was pecciert hatte und in das Haus eines Zwölfers floh, den durfte man, so lange er darin war, nicht greifen.

Die Ortspolizei, d. i. der Schultheiß, konnte zwar den Verbrecher im Hause belagern oder, wie der Ausdruck lautete, abhüten lassen, wozu die andern Burger ihm helfen mußten; aber gar oft gelang es dem Delinquenten doch, unbeschrieen aus dem Hause und aus der Stadt zu entkommen.

Dies Ehrenrecht der Zwölfer hatte noch 1496 der Oberlehensherr der Herrschaft Hasle, der Bischof Albrecht von Straßburg, Pfalzgraf bei Rhein und Herzog zu Bayern, den Burgern aufs neue bestätigt. Drum waren die Buren in des Toweisen Haus auch gesprächiger, als in einer Wirtsstube, die kein Asylrecht besaß. Und da zudem der Toweis nicht aus der Art seiner Ahnen schlug und auch kein Blatt vor den Mund nahm, wurde in seiner Stube von der Leber weg geredet.

Die Dorfvögte holten sich bei der Gelegenheit auch Rat beim Toweis, und die Buren und Taglöhner und Knechte besprachen ihre Lage und ihre Sorgen.

Was die Buren und Burger jener Tage am meisten drückte, waren die immer wiederkehrenden Viehseuchen, die den Bestand des Rindviehs in der Herrschaft oft dezimierten.

Die alten Buren erzählten noch von der Seuche des Jahres 1715, infolge deren selbst die Tiere des Waldes wütend wurden. Im März dieses Jahres kamen »wütige« Füchse, Luchse, Wölfe und wilde Katzen in Dörfer und Städtchen und packten die Leute an. Selbst durch die Fenster einsamer Höfe drangen sie ein.

Man schrieb diese allgemeine Wut dem Umstände zu, daß die Tiere das verendete Rindvieh ausgescharrt und verzehrt hatten.

Bald war es die Milz-, bald die Lungensucht, bald die Blatternkrankheit, welche das Rindvieh wegraffte.

Wunderdoktoren wurden gerufen, Prozessionen gehalten und Gelübde gemacht und die Viehmärkte in Hasle verboten.

Die Haslacher holten einmal den Weber und Volksarzt Hilberer von Huse und legten ihn wochenlang um schweres Geld ins Städtle, ohne daß er der Seuche Herr wurde. Ein andermal sollte der Sohn des Scharfrichters von Griesheim bei Offenburg helfen.

Ein drittesmal schickte der Fürst seinen eigenen Leibarzt nach Hasle. Dieser empfahl, den Stadtphysikus Beck vom nahen Gengenbach kommen zu lassen, und verwarf alle Naturdökter, weil sie nichts von Physiologie verstünden. Die Regierung sandte auch Rezepte an alle Schultheißen und Vögte. Der alte Vogt Jörg Gißler von Hofstetten las einmal den beim Toweis versammelten Buren eines derselben vor. Der Obervogt hatte es ihm eben eingehändigt.

Dasselbe ist interessant genug, um hier einen Platz zu finden. Es ist gegen die Milzkrankheit gerichtet und lautet:

»Es wird ein Mäßle Hammerschlag mit frischem Wasser angerührt und zwölf Stunden stehen gelassen. Dann werden Knoblauch und Wacholderbeeren verstoßen und mit obigem Wasser angemacht und dem Ganzen ein Vierling Schießpulver beigegeben.

Von diesem Trank wird jedem kranken Tier des Tags dreimal eingeschüttet, nachdem ihm zuvor noch ein Löffel voll Steinöl, drei Löffel Leinöl, ein Löffel Honig und ein nußgroßes Stück Speck beigebracht worden ist.«

Die Buren sperrten Mund und Nase auf, als sie dies vielversprechende Regierungsrezept gehört.

Der Toweis aber bemerkte dazu: »Wenn unsere Kühe und Ochsen diese Kur aushalten, so überstehen sie auch die Milzsucht.«

»Wenn's aber von der gnädigsten Herrschaft kommt, wird man's doch probieren sollen«, meinte der Vogt von Hofstetten.

Bei diesen Worten öffnete sich die Stubentüre, und herein trat der Herr Pfaffius, um den Toweis zu rasieren.

»Da kommt der rechte Mann«, rief der Bäcker, »der kann euch Buren das gnädigste Rezept erklären.«

Der Pfaffius las dasselbe und verkündete alsdann: »Dieses Rezept ist probatum. Mein Kollege, der Herr Arbogast von Gebele, und ich haben schon mehr als eines der gefallenen Tiere seziert, und der chirurgisch-anatomische Befund war, daß der böse Geist der Krankheit in der Milz stecke. Von da muß er vertrieben werden durch Knoblauch, Wacholder und Schießpulver. Ich bin bereit, jedem von euch das ganze Kurmittel herzustellen, auch das Stein- und Leinöl zu liefern für einen Gulden und vierundzwanzig Kreuzer.«

Jetzt bestellten die Buren beim Pfaffius, denn jeder sah ein, daß der das Rezept besser machen könnte als sie, und eine Apotheke gab es damals noch keine in Hasle.

Der alte Ratschreiber Schönbein war der erste Apotheker gewesen; aber da jeder Chirurg und Rasierer eine Hausapotheke hatte und die durchziehenden Soldaten ihm seine Medizinalwaren gestohlen hatten, so ward er bankerott und wurde Ratschreiber.

Heilmittel und Heilkunst, auch die Geburtshilfe, lagen in den Händen der Balwierer, die eine geschlossene Zunft bildeten und gegen jeden, der in dieselbe eindringen wollte oder irgendwie Konkurrenz machte, direkt beim Fürsten Sturm liefen.

Die Kreuzwirtin hatte ein vortreffliches Pflaster gegen Rheumatismus von einem Fremden erhalten und, weil es ihr von langertragenen Leiden geholfen, das Gelübde gemacht, jedem, der das gleiche Leiden habe, unentgeltlich zu helfen. Die Rasierer Gebele, Pfaffius und Battier wenden sich dagegen an den Fürsten: die Frau wird gestraft und ihr verboten, sich fernerhin mit Heilkunst zu befassen, weil diese nur den »chirurgisch geprüften Subjekten« gestattet sei.

In der Stube des Toweis klagten die Buren auch über die Lasten, welche die Herrschaft ihnen neben Steuern und andern Abgaben auferlegte, besonders über die Fronen, welche sie in und außerhalb ihres Dorfes verrichten mußten. Ja selbst nach Donaueschingen hinauf hatten sie Frondienste zu leisten, wenn der Fürst ein öffentliches Gebäude oder auch nur einen Reitstall anlegen lassen wollte.

Sie mußten ferner Äcker und Wiesen, welche die Herrschaft selbst im Betrieb hatte, pflügen, säen, mähen und ernten. Auch Jagdfronen gab es. Wenn der Fürst zur Jagd erschien in den Wäldern der Herrschaft, hatten die Dörfer fronweise die Treiber zu stellen und die Buren auf ihren Karren das Wild abzuführen.

Doch wurden für einen Handfroner zwei Kreuzer und für einen Karren, der einen Hirsch transportierte, vier Kreuzer vergütet.

Ja noch mehr, die Burger und Buren mußten auch das erlegte Wild kaufen um bestimmten Preis. Sie machten aber dabei die praktische Bedingung, daß Hirsche und Rehe mit den Geweihen und mit den Rückenstücken verabfolgt würden.

In Hasle gab es, besonders unter dem jagdfreundlichen Fürsten Wenzel (1762–83), oft Hirsch- und Rehfleisch im Überfluß zu essen um billigen Preis.

Was aber den Untertanen oft noch widerwärtiger war als die Fronen, das waren die fürstlich privilegierten Salpetersucher und -sieder.

Diese hatten das Recht, in Stadt und Land den Boden der Viehställe aufzureißen und nach Salpeter zu graben. Irgend ein Kaufmann hatte die Salpetergewinnung von der Herrschaft um billiges Geld gepachtet und sandte dann seine Sucher in jedes Haus und in jede Hütte in der Stadt und auf dem Land.

Vergeblich schimpften die Buren, und umsonst krakeelten die Haslacher gegen diesen Eingriff in ihren Hausfrieden und in ihre alten Gerechtsame. Die gnädigste Herrschaft sah den Salpeter und die Lumpen und die Asche als ihr Monopol und ihr Regal an. An niemand durften Lumpen und Asche verkauft werden außer an die fürstlich privilegierten Sammler.

Die Papierer von Zell und Waldkirch bekamen abwechselnd das Recht des Lumpensammelns in der »Herrschaft Haslach« gegen eine jährliche Gebühr von 30 bis 40 Gulden, mußten aber dazu noch das Kanzleipapier um billigen Preis an die Obervogtei liefern. – Noch klagten die Buren über die Haslacher Stadtherren, weil sie so streng mit Strafen vorgingen, wenn die Hirten der an das Stadtgebiet angrenzenden Buren und Taglöhner im Stadtbann weideten, was sehr oft vorkam.

Wie zart aber die Empfindungsweise der Ratsherren von Hasle war bei diesen Strafen, die an jedem Gerichtstag vielfach ausgesprochen wurden, zeigt die Tatsache, daß der Stadtschreiber die Worte Schweine, Kühe, Ochsen nie schrieb, ohne ein *s.v. (salva venia*, d. i. mit Erlaubnis) vor diese Namen zu sehen.

Diese Zartheit muß auch bei den Buren jener Tage sich eingebürgert haben, denn noch zu meiner Knabenzeit hörte ich alte Landleute im Gespräch das Wort gebrauchen – »mit Salvenie«.

Das waren so die Klagen und Beschwerden der Buren im 18. Jahrhundert zu Hasle, wenn sie bei Schnaps und Brezeln beim Toweis saßen.

Und ich muß auch diesen Klagen gegenüber sagen: »Gute, alte Zeit!« Man frage unsere heutigen Bauern, ob sie nicht größere Klagen haben und ob nicht Militarismus, Industrie und Steuerschraube schwerer auf ihnen lasten, als auf den Buren des 18. Jahrhunderts der Zehnten, die Fronen, die Salpetersieder und die Lumpensammler!

Aber – so sagt man – jene Buren waren vielfach leibeigene Leute, während unser Bauer ein freier Mann ist! Ich antworte: Wer den echten Bauer kennt, weiß, daß er auf diese persönliche Freiheit pfeift, wenn ihn neben ihr der Schuh viel härter drückt als seine leibeigenen Ahnen.

Freiheit und Wahrheit im höhern, idealen Sinn sind keine Genien, für die der gemeine Mann schwärmt; er versteht sie nicht in ihrem höheren Fluge und braucht sie auch nicht. Er weiß mit ihnen so wenig anzufangen, als mit einer Einladung, auf dem hohen Seil eines Akrobaten spazieren zu gehen. Wo der Bauer schöne Äcker und Matten hat, wo er seine Frucht und sein Vieh um gut Geld verkaufen kann, wo er nicht zu viel bares Geld auslegen muß für öffentliche Zwecke und wo seine Buben nicht zu lange Soldat sein müssen, da ist das Land seiner Freiheit.

Und für all die Ehrenämter eines Schöffen und eines Geschworenen, die der Bauer im modernen Staat ausüben darf und die als freiheitliche Errungenschaften gelten, gibt ein rechter Bauer keinen Pfifferling. Im Gegenteil, je weniger er mit den »Herren« (Beamten) zu tun hat, um so lieber ist es ihm.

Eines hat der heutige Bürger und Bauer vor jenen vergangenen Tagen voraus: er hat mehr persönliches Recht und ist nicht der Willkür eines Fürsten oder seiner Beamten überantwortet.

Dieses Recht und diese persönliche Freiheit verdanken wir aber lediglich der französischen Revolution.

Doch die Bauern des 18. Jahrhunderts waren trotzdem keine Hasenfüße und keine Byzantiner. Hier nur *ein* Beispiel aus den Tagen des Toweis. Wenn die Beamten des Fürsten ein auswärtiges Geschäft, eine Teilung oder einen Kauf in einem Dorf urkundlich festzustellen hatten, so bestimmten sie dazu ein Wirtshaus, in welches die Bauern vorgeladen wurden. Die Herren wählten dazu, wie heute noch, das beste im Dorf.

Das ließen sich aber die Mühlenbacher Bauern, die Nachbarn der Haslacher, nicht gefallen. Sie meinten, sie zahlten die Zeche und die Diäten der Herren, und sie hätten darum das Recht, das Wirtshaus zu bestimmen. So trugen sie es dem Fürsten vor, und sie bekamen Recht.

Heute hätten in einem ähnlichen Falle die Bauern und selbst die Bürger der Städte nicht mehr so vielen Mut.

Die Fronen jener Tage hatten auch ihre Annehmlichkeiten. Bei den Jagdfronen bekamen die Bauern und Taglöhner um billiges Geld Wildhäute und Reh- und Hirschfleisch, das sie in den Dorfschenken gemeinsam verzehrten, wobei ihnen die Wirte die Geweihe gut bezahlten. Noch in meiner Knabenzeit hingen in jedem Dorfwirtshause mächtige Hirschgeweihe. Und die hirschledernen Hosen, die Fuchspelzkappen, die »Schlupfer« der Bäuerinnen, die man in meiner Jugendzeit noch allgemein sah, stammten aus den Tagen der Jagdfronen.

Heute bringt es keine Bäuerin mehr zu einem Pelzschlupfer, und statt der hirschledernen Hosen, die drei Generationen dienten, tragen die Bauern jetzt solche von billigem Lumpenzeug, das kein Jahr aushält.

Auf dem Landtag des Jahres 1777 ließ der Fürst Wenzel, sonst ein Haupt-Nimrod, den versammelten Vögten der Herrschaft Hasle eröffnen, daß er allen Gemeinden gegen eine jährliche, von diesen zu bestimmende Summe die hohe und die niedere Jagd freigebe. Die Hochjagd sollte von Schützen nach Weidmanns Art ausgeübt, die niedere Jagd aber im Felde jedem Burger und Bauer erlaubt sein. Auch die fürstliche Wildbretmetzig in ihrem Städtle überließ der Landesherr den Haslachern, die jetzt lebten wie die Vögel im Hanfsamen; denn das Pfund Reh- und Hirschfleisch kostete nur zwei bis drei Kreuzer.

Das war ein Streich von einem absoluten Fürsten, wie er in unseren freiheitlichen Tagen undenkbar wäre!

Aber auch sonst waren die Bauern jener Tage andere »Kerle«, als die vom modernen Staat besteuerten und von der Kultur angehauchten Landwirte unserer Zeit.

Ich hab's schwarz auf weiß gelesen, daß noch nach den französischen Durchzügen der neunziger Jahre der Ketterer-Bur im Runzengraben 200, der Schloßbur auf der Heidburg 100 und der Witte-Jörg in Hofstetten 80 Ohm Wein im Keller liegen hatte.

Heute haben alle Buren der ehemaligen fürstenbergischen Herrschaft Hasle zusammen nicht so viel Wein im Haus, wie jene drei – Leibeigenen.

Schwerer und noch viel berechtigter waren in den Tagen des Toweis die Klagen der Armen, der Knechte und der Mägde. Ihnen war vor allem das Heiraten fast unmöglich gemacht. Wer nicht »eigen Feuer und eigenen Rauch« besaß, durfte nicht heiraten. Dispens – und diesen nicht immer – gab es nur, wenn ein Bauer oder Burger versprach, dem jungen Paar die nächsten zehn Jahre Herberge zu stellen.

Heiratete aber eine arme Magd oder ein Knecht in ein anderes Dorf oder ins Städtle Hasle, so mußten sie den fünften Teil ihres meist nur 50 bis 100 Gulden betragenden Vermögens der gnädigsten Herrschaft als Abzugssteuer entrichten.

Verfehlte sich ein armes Liebespaar gegen die Sitte, so wurden beide an den Schandpfahl gestellt, bekamen aber gleichwohl keine Heiratserlaubnis. Ließen sie sich dennoch außerhalb der Herrschaft trauen, so wurden sie des Landes verwiesen, und gar kläglich bitten sie dann aus der Fremde, wieder heim zu dürfen; sie wollten ja arbeiten und niemanden zur Last fallen.

Es ist rührend zu lesen, wie diese armen Leute oft ihr Heimweh schildern und um die Erlaubnis zur Heimkehr flehen – ohne erhört zu werden.

In den sechziger, siebziger und achtziger Jahren des 18. Jahrhunderts schien den Knechten und Mägden ein Hoffnungsstern zu leuchten. Ein österreichischer Agent in Freiburg warb Auswanderer auf kaiserliche Domänengüter in Ungarn, im Bazer Komitat. Es wurde ihnen schenkweise Feld angeboten und Geld zum Bauen eines Hauses vorgestreckt.

Aus allen Teilen des Fürstentums meldeten sich viele arme und heiratslustige Leute, nachdem die österreichische Regierung die Versprechungen amtlich beglaubigt hatte. Handwerker, die nicht in die Zunft als Meister zugelassen wurden, weil das Handwerk übersetzt war, Knechte und Mägde oder, wie es damals hieß, Dirnen und Kerle – brotlose Meister und vergantete Buren mit ihren Familien zogen damals nach Ungarn.

Von ihrer geringen Habe aber mußten alle der Herrschaft zehn Prozent für den »Abzug« hinterlassen.

Bis Ulm ihre Habe auf Karren ziehend, fuhren sie von da auf der Donau dem gelobten Lande zu. Die wenigsten ließen mehr etwas von sich hören. Meine eigene Großmutter zählte einen Bruder unter diesen Verschollenen.

Bald aber grollten die Bauern. Die Vögte Schwendemann von Steinach und Lorenz Burkert von Hofstetten verkündeten beim Toweis eines Sonntag Morgens: »Das Auswandern müßte aufhören, die Bauern hätten sonst bald keine Knechte und keine Mägde mehr!«

Das Wort des Vogts von Steinach galt was beim Fürsten, denn der Schwendemann war ein Held. Bei der letzten Überschwemmung durch die Kinzig war die Familie des Jakob Herr samt dem Haus fortgeschwemmt worden und hatte sich mitten in den Wassern auf einen Nußbaum gerettet. Der Pfarrer gab ihnen von weitem die Absolution, aber rat- und hilflos stand alles vor dem tosenden Wasser.

Da bestieg der Vogt einen Kahn, wagte sich in die Fluten und rettete in mehrmaliger lebensgefährlicher Fahrt die ganze Familie. Da es keine fürstenbergischen Orden gab, so erhielt der Tapfere vom Fürsten als »Douceur« zwei Karolin.

Die Vögte protestierten also gegen die Auswanderung der Bauernkerle und ihrer Dirnen, und die gnädigste Herrschaft verbot sie.

Es war am Weihnachtsmarkt des Jahres 1770. Beim Toweis saßen einige Knechte und spielten, wie üblich an diesem Tag, um »Neujahrs-Brezeln«.

»Das nächste Jahr spielen wir in Ungarn«, meinte der Knecht des Vogts von Hofstetten. »Wir kommen doch fort, wenn's die Buren und unsere Herren in Donaueschingen auch nicht erlauben.«

Am gleichen Abend versammelten sich zwölf Bauernsöhne und Knechte auf der Matte bei der Linde zu Hofstetten und beschlossen, eine Deputation an die österreichische Regierung zu senden, um ihre Unterstützung beim Fürsten zu erbitten, auswandern zu dürfen, weil sie arm seien und in der Heimat weder zu einem Haus, noch zu einem Weib kommen könnten. Der Beschluß wurde ausgeführt, kam den armen Kerlen aber teuer zu stehen. Weil sie es gewagt hatten, eine andere Regierung anzurufen, wurden zur Strafe die Tauglichen in das fürstenbergische Militär gesteckt, die andern in das Zuchthaus zu Hüfingen eingesperrt.

So war's damals mit der Freizügigkeit und mit der Humanität bestellt, heute haben wir beide im Übermaß und dazu die wildeste Heiratsfreiheit und die Landflucht und die Roheit und das Proletariat nehmen mehr und mehr überhand. Ich weiß also trotzdem an der neuen Zeit selbst in *der* Richtung nicht viel zu loben.

Aber auch andere Gäste als die Buren und ihre Knechte hatte der Toweis am Sonntagmorgen in seiner Stube; das waren die Bergknappen, die Dorfschulmeister und in der Woche gar oft die Juden jener Tage. Auch von ihnen weiß die Backmulde mir zu erzählen.

9.

In den Tagen des Toweis wachte die Lust am Bergbau wieder neu auf, nachdem die langen Kriegsjahre des 17. Jahrhunderts denselben brach gelegt hatten. In all den vielen Gruben des Kinzigtales wurde wieder im »alten Mann« gemutet, d. i. in den alten Erzgängen aufs neue gegraben und nach neuen Lagerstätten geschürft.

Die Bergleute waren meist Tiroler, und der Unternehmer und Sucher nach Silber und Gold in der Umgegend von Hasle war kein anderer als der tatkräftige und findige Brisgäuer, der Metzger, Weinhändler, Ochsenwirt und Schultheiß Franz Anton Sartori von Hasle. In alten und neuen Gängen rings um das Städtle, im »Segen Gottes«, im »heilig Grab«, in der »Dreifaltigkeit« zu Schnellingen, in »St. Anton« und »St. Anna am Herrenberg, in »St. Ursula« in Welschensteinach, im »Prinz Karl« in Sarach – überall ließ der tätige Mann graben und schürfen.

Er versprach, »Witwen und Waisen« zu unterstützen, wenn er Glück habe, und bat namentlich auch die Kapuziner um ihr Gebet. Diese konnten es ihm um so weniger versagen, als er längst – ihr »geistlicher Vater« war, d. h. all' ihre irdischen Geschäfte außerhalb des Klosters besorgte.

Warum diese Leute bei den Kapuzinern geistliche Väter heißen, während sie weltliche genannt werden sollten, hab' ich nie begriffen.

Viel leichter begreife ich, warum die Haslacher Kapuziner den Brisgäuer zu ihrem weltlichen Vater und irdischen Vertreter ernannten. Ein Mann, der für sich selbst so gut wußte, wo die Hasen liefen, konnte sicher den armen Kapuzinern kein schlechter Berater sein.

Aber nicht bloß fromme Gelübde machte der Franze-Toni, und nicht nur die Kapuziner ließ er beten für seinen Bergbau, er ging auch mit der Wünschelrute in unbeschrieenen Stunden über die Erzgänge.

Das hatte ihn sein Obersteiger, der Tiroler Matthäus Haselberger, gelehrt, und selbst die fürstlich fürstenbergischen Bergmeister jener Tage verschmähten die Haselrute nicht.

Das Rezept, eine solche Rute, an die auch in unsern Tagen wieder aufs neue geglaubt wird, zu gewinnen, verdient es, hier wiederzugeben zu werden:

»Geh' an einem Sonntag oder Montag des Neumonds zu einer Haselstaude, ehe daß die Sonne aufgeht, schaue um ein Jahrsgewächs und sprich: ›Im Namen Gott des Vaters, da such' ich dich; im Namen Gott des Sohnes, da find' ich dich; im Namen Gott des hl. Geistes, da schneid' ich dich.‹ Und wenn du das Holz abgeschnitten, so vergrab' das Messer, daß es an das Taglicht nicht mehr kommt; dann bete drei Vater unser, drei Ave Maria und den Glauben. Darnach lege die Rute vor dir nieder und sprich darüber die Beschwörung:

›O Herr, allmächtiger Gott, vor deinem Auge sind alle Dinge bloß und offen. Du hast uns armen Menschen erzeigt deine Hilfe und deinen Trost. Du hast uns gesandt deinen lieben Sohn Christum Jesum. Dieser nämlich gesegne dich Ruten, auf daß du mir könnest zeigen alle sämtliche Ding, es sei Silber, Gold oder ander Gut ohne alle Anfechtung und Betrug.‹

›Ich beschwöre dich Ruten bei der hl. Ruten Aarons, die immer grünet und Frucht bringet.‹

›Ich gebiete dir Ruten wohl bei der Ruten, womit berufen ward der Ursprung des heilsamen Wassers, so aus einem Felsen durch die Ruten Moses getrieben worden.‹

›Ich beschwöre dich Ruten wohl bei derselbigen Ruten, mit welcher Moses, der israelitische Heerführer, das rote Meer zerteilet hat, daß es gestanden hat wie eine Mauer vor dem Volk des Königs Pharaonis.‹

›Ich beschwöre dich Ruten wohl bei der hl. Ruten, mit welcher Josua den Jordan beschwur, und ging dadurch mit trucksamem Fuß samt den Kindern Israels, da er sie aus Ägypten führte.‹

›Ich beschwöre dich Ruten, auf daß du die Kraft habest, warum ich dich fragen werde, daß du mir die ganze Wahrheit anzeigest ohne alle Falschheit und Betrug.‹ ›Ich gebiete dir Ruten wohl bei dem hl. Holz und Stamme des hl. Kreuzes und bei dem blutigen Speer, so Christo an dem hl. Kreuz sein hl. Herz und Seiten eröffnet.‹

›Ich beschwöre dich Ruten, daß du mir wundersame Kraft und Wirkung erzeigest. Amen.‹«

Der Obersteiger Matthä und seine Genossen, die an Sonntagen oft beim Toweis ihren Schnaps tranken, haben mehr als einmal mit Andacht vom »Christoffeln« und von der »heiligen Rute« gesprochen und von den »Berggeistern«, denen sie unter der Erde begegnet.

Sie kamen, obwohl im Dienste des Ochsenwirts, oft zum Toweis; denn der war nicht bloß ein heiterer, unterhaltender Mann, sondern auch ihr Brot- und Schnapslieferant.

Täglich erschien die Schaffnerin der verschiedenen Gruben, das »Erzknappen-Kätherle«, ein älteres Wibervolk im Städtle, und holte für die Knappen die Lebens- und Genußmittel.

Die wenigsten Bergleute wohnten im Städtle, die meisten bei den Bauern auf einsamen Gehöften. Das Kätherle brachte nun allerlei Mundvorrat zu den Gruben und hatte deshalb den obigen Namen erhalten.

Es klagte oft beim Toweis, daß die Leute es für eine Hexe verzollten und die Kinder ihm den Spottnamen »Hexe-Kätherle« nachriefen. Aber dagegen konnte dem armen Maidle nicht einmal der Ratsfreund Toweis helfen; denn nicht bloß der ganze Stadtrat, auch die Obervögte jener Tage glaubten noch an Hexenkünste.

Dem Erzknappen-Kätherle sagte man gar nach, es könne Mäuse und Nebel machen. Hundert Jahre früher wäre es zweifellos als Hexe verbrannt worden, obwohl es das Mäuse-Machen und das Nebel-Fabrizieren so wenig verstand als der Stadtrat von Hasle oder selbst ein fürstlicher Obervogt. In seinen jungen Jahren hatte das Kätherle sicher manch einen Bergknappen verhext, aber jetzt war es so unschuldig, wie das Brot, das es vom Toweis aus dem Städtle trug.

Gleichwohl duldete der hohe Rat weder das Erzknappen-, noch seine Freundin, das »Katzen-Kätherle« als Schirmgenossinnen in Hasle. So oft er hörte, daß eine oder die andere dieser Hexen bei einem Burger Unterschlauf habe, so wurde dieser aufs Rathaus gerufen und ihm bei Strafe geboten, alsbald die Unholdin aus dem Hause zu weisen.

Das alles verursachte der Nebel in den Köpfen der damaligen bessern Burger und Ratsherren. Aber auch von der gnädigsten Herrschaft wurde damals noch nach Zauberei und Magie scharf gefahndet und wurden all die vielen Bücher mit den Beschwörungen konfisziert.

Trotzdem gingen der Schultheiß von Hasle und die fürstlichen Bergräte mit der beschworenen Haselstaude über die Berge und suchten Schätze. Nur die Hagel-, Nebel-, Mäuse- und Raupen-Fabrikation alter Weiber war verboten.

Wenn die Erzknappen des Sartori an Sonntagen in den Wirtshäusern oder beim Toweis saßen, wurden sie von den Burgern fleißig ausgefragt, ob sie viel Blei und Silber und rotgültiges Erz für ihren Schultheißen fänden.

Gerne hörten die Haslacher, daß der Segen nicht besonders sei; denn sie gönnten dem Brisgäuer es nicht, daß er, der *über* der Erde so eifrig Schätze sammelte, auch *unter* derselben noch welche fände.

Als er eine Grube am Herrenberg seinem Namenspatron zu Ehren »St. Anton« taufte, sie aber, weil unergiebig, wieder ins Freie fallen lassen mußte, meinten die Burger, selbst der heilige Antonius habe keine Freude am geistlichen Vater der Kapuziner und an ihrem Schultheißen.

Daß das rotgültige Erz, d. i. das edelste aller Silbererze, sich nicht so oft zeigte, als der dicke Schultheiß wünschte, daran waren viel die Haslacher selbst schuld.

Sie hatten durch die Bergknappen und ihr Kätherle längst erfahren, daß der Franze-Toni mit der Wünschelrute über seine Gruben gehe, um die Adern edler Erze zu »verspüren«.

Dies mußte aber »unbeschrieen« geschehen, d. h. es durfte der Mann mit der Wünschelrute von niemanden angesprochen werden auf seinem Gang zu den verborgenen Schätzen.

Die Mannen ins Toweisen Backstube, vorab der Dr. Pfaffius und der Vetter des Bäckers, der Färber-Toni, der Sohn des Färbers Tobias, ein ernster und trockener Satiriker, sorgten nun dafür, daß der unbeliebte Schultheiß und Herrenwedler beschrieen wurde, so oft er abends bei Mondlicht oder morgens in aller Frühe zu einem der drei Stadttore hinausging.

Bald war es ein früharbeitender Handwerker, bald ein spätheimkehrender Metzger, bald einer der Torwächter, die dem Franze-Toni neben dem üblichen Gruße zuriefen: »Ihr werdet gewiß ins Bergwerk wollen?« – womit dann das Beschreien schon geschehen und die Kraft der Rute, die der Schultheiß unter seinem langen Rock trug, gebrochen war.

Wütend kehrte der Beschrieene jeweils heim. Wenn er ungestört sein wollte, mußte er draußen in den Bergen bei einem Bauer nächtigen und von dort aus seine Rute wirken lassen.

Das gehört zur Lichtseite der Naturwissenschaften, daß man in unsern Tagen nicht mehr an Wünschelruten glaubt und keine alten Wibervölker mehr im Verdacht hat, Maikäfer, Mäuse, Raupen, Nebel und Hagel machen zu können.

Sicher ist aber trotzdem, daß Damen, wie das Katzen-Kätherle und das Erzknappen-Kätherle, selbst wenn sie Mäuse und Nebel hätten fabrizieren können, der menschlichen Gesellschaft weniger geschadet hätten, als unsere emanzipierten, radfahrenden, zigarrenrauchenden und studierenden Wibervölker.

Daß der Schultheiß mit der Wünschelrute geistlicher Vater der Kapuziner war, schadete diesen bei den Ratsherren, welche dem Oberhaupt so wenig hold waren als die gemeinen Burger, mehr, als es ihnen nützte.

Als der geistliche Vater in einem strengen Winter in der Ratssitzung im Namen der Kapuziner »bei der unerhörten Kälte« um ein Holzalmosen nachsuchte, wurde dieses noch »nie geschehene Gesuch des breitern überlegt und dann resolviert, den Kapuzinern drei Klafter Eichenholz als Almosen zukommen zu lassen. Sie sollen aber dies Almosen auf ihre Kosten aus dem Wald führen und in Hinkunft mit derlei Gesuchen abgewiesen werden.«

Der Franze-Toni war tief beleidigt und sann auf Rache. In der nächsten Sitzung erklärte er, »der Pater Guardian habe das Holzalmosen nicht angenommen, sondern wolle sich hiefür demütigt bedanken haben.«

Der Rat nahm den Hieb gleichmütigen Sinnes entgegen, und der geistliche Vater stellte das Holz wahrscheinlich aus seinen Bergwerksrenten.

Zu den regelmäßigen Kunden einzelner Bäcker gehörten noch in meiner Knabenzeit die Juden. Ein sparsames Volk, war es ihnen in den Wirtshäusern zu teuer; drum schlugen sie ihr Quartier in den Bäckerstuben auf, wo sie Wärme hatten und Brot und Milch und später, als er seinen Weg auch an die Kinzig gefunden, auch Kaffee um billigen Preis bekamen.

Zu den Zeiten des Toweis, d. i. in der ganzen zweiten Hälfte des 18. Jahrhunderts hatten viele Juden ihre Einkehr bei ihm.

Sie durchzogen handelnd und schmusend das ganze Fürstentum von Hasle bis Stühlingen und von da bis Meßkirch und Heiligenberg.

Die »berühmtesten« Firmen waren die Gebrüder David und Emanuel Kusel von Mühringen im heutigen Württemberg und die Jüdin Kaula von Hechingen. Die »Knechte« dieser Häuser, lauter Juden, zogen von Stadt zu Stadt, von Dorf zu Dorf. Sie handelten vorzugsweise mit Barchent, Kattun, Kölsch und Federn. Ein Jakob Weil von

Worblingen betrieb aber schon 1770 mit zwei Knechten die Einfuhr und den Verschleiß von Zucker und Kaffee in der Baar und im Kinzigtal.

Des Toweisen Gäste waren vorab die Leder- und Viehjuden, die aus dem Breisgau auf die Märkte nach Hasle kamen. An ihrer Spitze standen der Lazarus Weil von Kippenheim und der Moses Levi von Ettenheim. Der letztere und sein Knecht Simon Bertus versahen die Schuster und Gerber in Hasle und Umgegend mit Leder.

In der Hauptstadt des Landes aber, in Donaueschingen, saß von lange her eine ganze Kolonie der Kinder Israels; selbst eine Synagoge war dort.

Und als daselbst einst ein Jude mit seiner Familie sich taufen ließ, war große Freude am Hof. Prinzen, Prinzessinnen und Fürstäbte waren Paten, und der getaufte Vater wurde in die Zahl der fürstlichen Beamten aufgenommen. Als ich anno 1864 in Donaueschingen Lehramtspraktikant war, lebten noch christliche Nachkommen dieses Juden.

Aber auch die Antisemiten wuchsen wie Pilze in Stadt und Land. Die Krämer, die Kaufleute, die Gerber, soweit sie nicht Schuldner der Juden waren, liefen Sturm gegen Israel. Und als gar die Firma Kusel um 1770 auf zehn Jahre hinaus das Monopol des Hausierhandels in den fürstenbergischen Landen erhielt gegen 100 Gulden jährlicher Rekognition, und als so alle christlichen »Buckel- und Heckenkrämer« brach gelegt waren, ging ein Sturm der Entrüstung vorab durchs Kinzigtal.

Selbst in der Backstube des Toweis wurde für und gegen die Juden Stellung genommen. Der Freund Schuh-Sepp und der Saffian-Wachtler waren Kunden des Levi, der ihnen borgte und besseres Leder lieferte als die Haslacher Gerber. Nur der Levi konnte dem Wachtler-Hans Saffian besorgen. Die beiden Schuster zählten darum zu den seltenen Judenfreunden.

Ein Hauptantisemit war der Färber-Toni, der an Winterabenden sich oft in der Backstube seines Vetters wärmte. Ihn schädigten die Juden durch den Verkauf bereits gefärbter Zeuge, und er rief deshalb Feuer und Schwefel gegen sie vom Himmel.

Der Bäcker Toweis nahm sich seiner Gäste, vorab der Viehjuden und der Schmuser, an; dies waren allermeist ärmere, bescheidene Leute. Er tadelte aber die Zucker-, Kaffee- und Kleiderjuden, weil die erstern die Burgersfrauen zum Kaffeetrinken, die letztern alle Wiber-völker in Stadt und Land zum Luxus verführten.

Aber außerhalb der Backstube des Toweis gab es wenig Freunde der Israeliten. Die Firma Kusel machte deshalb mit ihrem Monopol so schlechte Geschäfte, daß sie im Kinzigtal den Handel ganz aufgab.

Aus allen Teilen seines Landes wird der Fürst bestürmt und im Namen der »Bauern, Taglöhner, Hintersaßen, Witwen und Waisen gebeten, die Juden auszusperren, weil sie Land und Leute verdürben, Krankheiten einschleppten, namentlich das »Hauptweh«, an dem schon viele gestorben seien.«

Die Burger der Residenz Donaueschingen beschweren sich, daß der Juden »zu viel im Ort seien; Burgerskinder bekämen keine Herberge mehr; die Juden machten die Leute irre, indem sie sagten, der wahre Messias käme noch; auch gäben sie den Christenkindern am Freitag Fleisch zu essen.« Der Fürst Maria Benedikt befiehlt 1783 »aus wahrer, landesväterlicher Liebe zu seinen gehorsamsten Untertanen die Ausrottung und Abschaffung der Juden in den hochfürstlichen Landen«.

Sie bekommen eine halbjährige Frist zur Eintreibung ihrer Forderungen.

Alle zehn Jahre seit einem Jahrhundert hatten die Burger und Bauern im Fürstenbergischen petitioniert um Abschaffung und Vertreibung der Juden. Diese wurden dann im Handel beschränkt, mit hohen Zöllen beschwert, auch für kürzere oder längere Zeit ganz ausgesperrt. Aber immer kamen sie wieder. Sie hatten eben unter ihren Kunden den Hof selbst und unter ihren Schuldnern viele höhere Beamte. Die Gebrüder Kusel und die Dame Kaula waren Hoflieferanten.

Jubel herrschte unter Burgern und Bauern, als in den fünfziger Jahren der Markgraf Karl Friedrich von Baden-Durlach seine Verordnung gegen die Juden herausgab und dieselbe der fürstenbergischen Regierung zur Nachahmung mitteilte.

Die fürstenbergischen Untertanen freuten sich über dieses Edikt des Markgrafen; es zog aber in Donaueschingen nicht.

Der Markgraf verbot allen fremden Juden den Handel in seiner Markgrafschaft; den einheimischen Säßjuden aber untersagte er jedes Geschäft an Sonn- und Feiertagen.

Kein Jude sollte mehr als sechs Prozent Zins nehmen dürfen, kein Schuldschein eines Christen an einen Juden Gültigkeit haben, wenn nicht das geliehene Geld vor dem Schultheißen bezw. Vogt des Ortes ausbezahlt worden war.

Handel mit Vieh und Pferden durfte von einem Israeliten mit einem Christen nur abgeschlossen werden in Gegenwart des Schultheißen und zweier Zeugen.

Den Jüdinnen war verboten, in Seide und Samt, in Spitzenkleidern und in Reifröcken aufzumarschieren. Übertretungen wurden mit Landesverweisung bestraft.

Man kann angesichts dieser Bestimmungen über Handel und Wandel und über die Kleidertracht auch wieder von der guten, praktischen alten Zeit reden.

Alle diese Verordnungen wären auch in unsern Tagen mehr denn je am Platz; aber es herrscht ja bei uns schrankenlose Freiheit, sich von andern betrügen zu lassen, und jede Magd darf sich tragen wie ihre Herrin.

Das praktische Mittelalter kannte die übertriebene Putzsucht der Wibervölker; darum machte es von Zeit zu Zeit eine Kleiderordnung für Edelfrauen, für Bürgerinnen, Bäuerinnen und Mägde, damit keine mehr ausgeben konnte, als ihrem Stand und Einkommen gemäß war.

> Schöne Kleider und spitzige Schuh'
> Kommen keiner Stallmagd zu

heißt es in einem alten Volkslied.

Man sucht in unsern Tagen im deutschen Reich nach neuen Steuern. An eine Kleider- und Luxussteuer denkt man aber nicht. Man besteure die Dienstmädchen, Kellnerinnen, Buffetdamen und Ladennamsellen und alle bürgerlichen Weibsleute, die sich wie Baroninnen kleiden, und lege ebenso eine Taxe auf die schönen Zylinder, auf die gelben Glacés und auf die Lackstiefel und aufgestellten Schnurrbärte unserer Gigerl – und es wird Geld im Überfluß geben. Diese Leutchen sparen ja alle doch nichts, und darum sollten sie auch etwas ans Vaterland wegwerfen müssen.

Allgemein beliebt und ungestört waren im Kinzigtal zur Zeit des Toweis nur zwei Juden, ein Lazarus Mayer von Friesenheim, der mit eisernen Kochhäfen handelte, und ein Auerbach von Nordstetten, der alte Kleider kaufte.

1783 wurden die Juden, wie schon erwähnt, aus den fürstenbergischen Landen vertrieben. Wer aber blieb und, wie die Leute sagten und schrieben, aufs neue »das Monopolium des Wuchers« bekam mit dem Sitz in Donaueschingen, war der David Kusel von Mühringen. Seine Knechte durchstreiften abermals das ganze Land.

Doch als die Landschaft Baar 1792 schwer klagte gegen den David, der jetzt zudem noch kaiserlicher Militärlieferant geworden war, wurde auch er endlich ausgewiesen. Was tut der schlaue Mann? Er verklagt den Fürsten wegen dieser Ausweisung beim Reichskammergericht in Wetzlar, bei dem selten jemand den Ausgang eines Prozesses erlebte.

Vor diesem David muß man eigentlich Respekt haben. Er war ein Mann, der die Welt kannte und wußte, wo die Hasen liefen.

Er war 1771 der erste Jude gewesen, der nach der Aussperrung seines Volkes anno 1743 wieder in die fürstenbergischen Lande kam. Kaum war er da, so folgte ihm »eine ganze Synagoge nach«, und als diese in den achtziger Jahren vertrieben wurde, wußte er's zu machen, daß er allein bleiben durfte. Und da man endlich gegen ihn vorging, drehte er den Spieß um und ging gegen den Fürsten vor.

Indes kam der große Kladderadatsch vom Rhein herüber. Es folgten lange Kriegsjahre, in denen Israel allzeit die besten Geschäfte gemacht hat und in denen der Hoflieferant Kusel sicher nicht zugrunde ging, wohl aber die Souveränität des Fürsten von Fürstenberg.

Man muß die Tapferkeit der fürstenbergischen Vögte, Schultheißen und Obervögte bewundern, die in jenen Zeiten des Absolutismus vom Fürsten immer wieder einstimmig die Aussperrung der Juden verlangten, trotzdem diese, wie fast allezeit, in den oberen Regionen Lieb-Kind waren.

Heutzutag wäre eine solche amtliche Übereinstimmung nicht mehr möglich; drum sind die schon so oft und so hart verfolgten Söhne und Töchter Israels auch so wohlgemut in unseren Tagen, und sie können, weil sie oben und unten gute Freunde haben, ebenso wohlgemut in die gefahrdrohende Zukunft schauen.

Beim Toweis hatten auch einzelne Dorfschulmeister jener Tage ihre ständige Einkehr, vorab der Schneider Denzlinger von Hofstetten und die zwei Weber, Wölfle von Weiler und Volk von Vollenbach, die alle drei die Elemente des Wissens in ihren Gemeinden lehrten.

Den Enkel des Wölfle, der auch Mathis hieß, wie sein Großvater, aber nur noch Weber war, habe ich wohl gekannt. Er trank an Sonn- und Montagen seinen Schnaps bei meinem Bäckervater, wie ihn einst sein Großvater bei meinem Urgroßvater Toweis genossen hatte.

Wölfle-Mathis, der jüngere, hat mir, dem Knaben, in schnapsseligen Augenblicken oft gesagt: »Büebli, mi Familie un dia Hansjakobisch sinn scho bald hundert Johr mit enander bikannt. Mi Großvater, der Lährer, isch scho bim Großvater von dim Vater us- un igange.«

Die zwei lehrenden Weber woben auch ihr meistes Tuch für die Haslacher Wibervölker. Im Winter, von November bis April, hielten sie Schule, und im Sommer, wo keine Schule war, saßen sie in ihren »Kellern« und schlugen den Weberbaum.

Aber so oft sie dies taten, wurden sie von den andern armen Dorfwebern durchgehechelt, weil sie ihnen Konkurrenz machten. Sie suchten deshalb gerne Arbeit auswärts, und die Toweisin in Hasle ließ das, was sie und ihre Töchter spannen, bald beim Wölfle-Mathis, bald beim Lehrer Volk weben.

Der älteste der Dorfschulmeister war der Mathis; er lehrte schon, als die Schulmeister noch von den Bauern »umgeäzt« wurden und die zwölf Kreuzer jährliches Schulgeld pro Kopf selber einziehen mußten. Erst der Fürst Josef Wilhelm hob dies auf und entbot anno 1746 »allen Räten, Beamten, Schultheißen, Burgermeistern, Vögten und allen Untertanen und Inwohnern Gruß und Gnad und tat ihnen zu wissen«, daß das Schulgeld in die »Gemeindelade« zu zahlen sei und für arme Väter aus dieser genommen werde. Falls aber ein solcher Vater am Sonntag ins Wirtshaus gehe und zeche, müsse er das Schulgeld der Gemeindelade wieder ersetzen.

Trotzdem traf es dem Wölfle-Mathis und dem Weber in Bollenbach nur 40 Gulden jährliches Gehalt, dem Schneider in Hofstetten sogar nur 26. Außerdem erhielt noch jeder alljährlich von jedem Bauer zwei Laibe Brot, einen auf Weihnachten, den andern auf Sommer-Johanni.

Dazu kamen noch die winzigen Einkünfte als Organisten, die meist auch aus Brot bestanden, so für das Singen bei einer Kindsleich einen Laib, bei Beerdigung einer erwachsenen Person mit nachherigem Or- gelschlagen drei Laibe.

Am täglichen Brot im buchstäblichen Sinn fehlte es demnach den Schulmeistern nicht.

Der König derselben saß damals im Städtle Husen und hieß Bredelin. Er war ein »verstickter Student« und somit der einzige studierte
Lehrer der Herrschaft. Drum ernannte ihn die Regierung zum Prüfungskommissär aller Dorfschulen, und er machte auf das Geburtsfest
des Fürsten schwungvolle Verse.

Mit wahrem Respekt erzählten die eben genannten Handwerker
und Schulmeister von seiner Weisheit. Ich habe von seinen Prüfungs-
bescheiden gelesen. Die würden heute noch jedem Kreisschulrat Ehre
machen.

Der Meister Bredelin war schon so modern, daß er gar zu viel auf
gutes Deutschsprechen hielt und gegen den Dialekt zu Felde zog.

Und der Dorfweber und Lehrer in Bollenbach schwang sich unter
seinem Szepter so weit hinauf, daß er – was heute noch nicht erreicht
ist – anno 1786 den Prüfungskommissär und die Ortsvorgesetzten
von einem Schüler im Namen aller Schulkinder also anreden ließ:
»Dem wohlgelehrten, uns von Seite hoher Stelle verordneten Visitator
Bredelin, dem hochgelehrten Herrn Pfarrer, den ortsvorgesetzten
Vögten entbieten wir, unseres besten Fürsten Kinder, den Willkomm-
gruß. Wir schmeicheln uns zwar nicht, in allem Genugtuung zu leisten,
bitten aber zum voraus um Vergebung und versprechen künftighin
uns zu bessern.«

Wer diese kurze Rede nicht, wie ich, der Schreiber dieses Büchleins,
selbst gelesen, würde kaum glauben, daß ein Dorfweber des 18. Jahrhunderts diese klassisch kurze und doch alles besagende Rede gemacht
und ein Bauernbüblein von Bollenbach an der Kinzig, Lorenz Neumaier benamset, sie gesprochen habe.

Es ist eben die alte Geschichte, daß die Menschen früher im Ver-
hältnis zum Grad ihrer Bildung viel vernünftiger waren als heutzutag,
wo die Überkultur den gesunden Menschenverstand vielfach unterdrückt.

Die Lorbeeren, welche der Schulmeister von Husen errang, ließen
die Haslacher Senatoren nicht schlafen. Ich glaub', wenn der Bredelin
angewiesen worden wäre, auch in Hasle zu prüfen, es hätte eine neue
Revolte abgesetzt.

Den alten Franz Antoni Bechtiger, der die ganze Generation erzo-
gen, wollten sie nicht absetzen, um einen Rivalen Bredelins zu bekommen. Aber ein »studierter« städtischer Provisor (Unterlehrer) sollte
ihm an die Seite gegeben werden. Es war kurze Zeit vor seiner eigenen

Absetzung, da der Toweis den obgenannten Dorfschulmeistern den Beschluß des Rates, dem Bredelin Konkurrenz zu machen, mitteilte.

Direkt von der hohen Schule in Freiburg, wo eben für die königlich kaiserlichen Normalschulen Studenten als Lehrer herangezogen wurden, sollte ein Provisor bestellt werden. Ein gewisser Rieger von dort ist bereit, als solcher nach Hasle zu kommen; aber er verlangt 300 Gulden Gehalt, also nicht viel weniger, als ein Obervogt hat.

An dieser Riesensumme verschlägt sich seine Berufung.

Ein Jakob Bruder von Löffingen meldet sich an seiner Statt um billigeres Geld und verspricht, »auch im Singen, Orgelschlagen und Geigen Satisfaktion zu geben«. Aber der Senat traut seiner Wissenschaft nicht, und auch der Jakob Bruder wird nicht Provisor.

Da empfiehlt der Erzpriester Schmauz in Hofweier seinen Unterlehrer Nikolaus Blum aus Oberschwarzach im Würzburgischen. Der will dem Bredelin die Wage halten um 190 Gulden Jahreslohn und schickt als Schrift- und Wissensprobe eine Abhandlung über den Römer Fabius Flaccus.

Das imponiert den Haslacher Ratsherren mit Macht, und sie erhoffen sich von diesem Römerbeschreiber den Sieg über den Meister Bredelin von Husen.

Er wird (1775) als Provisor angestellt, heiratet ein Jahr später des alten Bechtigers Tochter und wird dessen Nachfolger als Oberlehrer, muß aber dem Schwiegervater Kost und Wohnung geben für jährliche 85 Gulden und dessen Sohn als Provisor annehmen.

So will und genehmigt es der Senat, obwohl der Nikolaus kein fürstenbergischer Untertan ist und die gnädigste Herrschaft deshalb Einsprache erhebt. Die Senatoren sagen dagegen, die Stadt hätte das Recht, Hirten und Hirtenmeister für ihre Kühe und Schweine zu ernennen und alle ihre Diener, also auch den Hirten ihrer Kinder.

Der alte Franz Antoni Bechtiger war, abgesehen von seiner zunehmenden Körper- und Geistesschwäche, den Ratsherren, die vielfach noch seine Schüler gewesen, unliebsam geworden, weil er einen ihrer Beschlüsse mißachtet hatte, was seine Pensionierung beschleunigte.

Er hatte einen Taubenschlag, dessen Ausflug in die Kirchgasse hinabschaute. Die Tauben beschmutzten drum bisweilen irgend ein Wibervolk, das zur Kirche ging oder aus derselben kam. Es wurde dies den Vätern der Stadt geklagt und daraufhin dem Schulmeister der Taubenschlag auf dieser Seite seines Schulhauses abdekretiert.

Der Alte achtete des Verbotes nicht. Da kommt ein zweiter Ukas, der ihn zu 1 Gulden 36 Kreuzer Strafe verurteilt, und wenn er bis morgen früh den Ausflug seiner Tauben nicht aus der Kirchgasse weg getan, hat er für je 24 Stunden der Verzögerung die gleiche Strafe zu erlegen.

Den Franz Antoni ficht das abermals nicht an, und jetzt läßt der Senat, empört über eines Schulmeisters Frevel, von Stadt wegen den Ausflug wegnehmen: dem Frevler aber wird sein Dienst entzogen, doch in obiger milder Weise.

Das geschah anno 1776. Nur zwei Jahre überlebte der Franz Antoni seine Zurücksetzung. Oft aber kam er in seinen letzten Tagen dann zum Toweis, der noch zu ihm in die Sonntagsschule gegangen war, trank bei ihm einen Frei-Schnaps und schimpfte mit ihm über die Herren.

Sein Schwiegersohn Nikolaus aber, dessen Sohn noch mein Lehrer war, trat vollauf in Konkurrenz mit dem Bredelin. Er teilte sich bald mit ihm in die Prüfung der Dorfschulen und nahm mit demselben dem Sohn des Wölfle-Mathis, der auch Weber war, das Staatsexamen ab, damit er Nachfolger seines Vaters werden konnte.

Ja, als der Bredelin das Zeitliche gesegnet hatte, war der Nikolaus der einzige Kreisschulrat in der Herrschaft Hasle, und auf Befehl der Regierung mußten die Dorfschulmeister jede Woche einmal nach Hasle, um von ihm weiter ausgebildet zu werden.

Mit der wachsenden Bildung ging aber noch nicht auch Hand in Hand das Ansehen der Schulmeister und ihr Gehalt. Doch auch das sollte sich bessern. Durch die Schulordnung von 1790 wurde der »Schullohn« etwas erhöht, auch das Ansehen der Lehrer auf eine Höhe erhoben, die es seitdem nic mehr erreicht hat, noch je wieder erreichen wird.

Die Schulmeister in den Städten wurden zu geborenen Ehren-Mitgliedern des Rats und die auf den Dörfern zu solchen des Gerichts ernannt, sollten aber von den Sitzungen, wichtige Fälle ausgenommen, dispensiert sein.

So stand die Ehre nur auf dem Papier und blieb auch da stehen; denn im Ernstfalle hätten die Rats- und Gerichtsherren protestiert, und die von Hasle hätten darin wieder einen Eingriff in ihre Freiheiten gesehen und »revoltiert«.

Gleichwohl ist jene fürstenbergische Schulordnung das Muster einer solchen und zeugt von dem ernsten Bestreben, die Schule zu heben und vorab der Individualität der Schüler Rechnung zu tragen.

Sie enthält Detailvorschriften über die Behandlung »der guten Köpfe, der Mittelmäßigen, der Furchtsamen, der Trägen, der Schläfrigen, der Ungelehrigen und der Blödsinnigen.«

Ihre Strafen zeugen von einer Humanität und sittlichen Feinheit, wie sie unsere Überkultur noch nicht erreicht hat.

Die Strafen stiegen von den liebreichen Ermahnungen auf zu Verweisen, ernstlichen Warnungen, verschärften Drohungen bis zur Rutenstrafe auf die Hand. Soll aber ein Schüler auf der Rückseite gezüchtigt werden, so darf das nicht öffentlich geschehen, sondern nur an einem abgelegenen Ort, und soll die Prozedur nie vor den andern Kindern stattfinden, um das beiderseitige Schamgefühl nicht zu verletzen.

Schulversäumnisse wurden von 1790 an gestraft, und der Pfarrer des Orts soll alle 14 Tage, der Obervogt aber bei jeder Gelegenheit die Schule besuchen, um den Unterricht zu überwachen.

Zu tadeln habe ich an der Schulweisheit jener Tage, daß sie das »Gregorifest« abschaffte, jenes uralte Schulfest am Tage des Papstes Gregor des Großen, des Vaters der Schulen. Es war ein Kinderfest mit Prozession, Essen, Singen und Springen und dauerte oft drei Tage lang.

Doch ließen sich die Eltern und Kinder das Fest nicht lange verbieten: denn zu Anfang des 19. Jahrhunderts, da mein Vater in die Schule ging, war es wieder gerade so in Ehren, wie heute noch der Storchentag in Hasle, den man sich auch nicht hat nehmen lassen durch die Bureaukraten.

Die französische Revolution scheint dem Gregorifest in Hasle wieder Luft gemacht zu haben. Die neunziger Jahre waren dem Polizeistock allüberall nicht günstig. Auch die fürstenbergischen Obervögte konnten davon erzählen und an die hochfürstliche Regierung darüber berichten.

Der Schneider Denzlinger und seine zwei Kollegen, die Weber, blieben dem Toweis und seinem Schnaps treu, selbst nachdem sie Ehrenmitglieder des Dorfgerichts geworden und der Schullohn erhöht worden war.

In der Herbstzeit gab es zudem auch Wein beim Toweis. Aber da kamen dann die Burger von Hasle, und es ging hoch her; denn so oft es Neuen gab, war Hasle, wie der Obervogt Neuffer, der selbst gern »ins Glas guckte«, einmal schrieb, nur ein einziges Wirtshaus.

10.

Jeder bessere Bürger in Hasle hatte in den Tagen des Toweis ein eigenes Stück Reben, sei es am Herrenberg oder am Helgenberg oder auf dem Schänzle oder am Spitzenberg. Wer nun seinen Wein nicht gern allein trank, der durfte ihn gegen Erlegung des Maßpfennigs »vergässeln«, d. h. über die Gasse verkaufen oder in seiner Stube ausschenken.

Drum, wenn's einen guten Herbst gegeben, war, wie der Obervogt richtig meinte, Hasle nur ein Wirtshaus. Zudem waren Trinken und Spielen Lieblingsbeschäftigungen der Bürger und Bauern des 18. Jahrhunderts.

Auch der Toweis hatte Reben am Herrenberg, wo der beste Wein an der mittlern Kinzig wächst, und wenn er seinen Neuen ausschenkte, war außer der Wohnstube noch die Backstube oft voll von Burgern.

Da kamen dann selbst seine Nachbarn, die Wirte zum Rappen, zum Kreuz und zur Sonne.

Der erste unter ihnen war der Rappenwirt, in jenen Tagen ein Michel Kleyle. Noch in der ersten Hälfte des 17. Jahrhunderts war die »Ladstatt zum schwarzen Rappen« die einzige Herberge in Hasle. Und als nach und nach andere erstanden, behielt der Rappenwirt das Monopol, daß alle Karren und Wagen und Kutschen bei ihm einstellen mußten. Jeder andere Wirt, der solche aufnahm, so lange der zum Rappen nicht alles besetzt hatte, wurde gestraft, und für jeden Wagen, den der Rappenwirt einem andern überließ, hatte dieser jenem vier Kreuzer, für einen Karren zwei Kreuzer zu zahlen.

Ob der »Leutnant von Hasle«, welcher zur Zeit des dreißigjährigen Krieges Rappenwirt gewesen, dies Monopol durch seine Tapferkeit sich errungen, davon wußten die Haslacher, so beim Toweis saßen, nichts mehr zu erzählen. Aber noch zu ihrer Zeit mußten beim Rappenwirt alle Weinwagen halten; die andern Wagen hatte er durch einen Vertrag mit seinen Wirtskollegen freigegeben.

Die schwäbischen Weinfuhrleute, die von Freiburg und Offenburg her jahraus jahrein im Städtle Halt machten, waren ihm wohl lieber als die Straßburger, die in Kutschen ins Bad Rippoldsau fuhren, oder als die Bauern, die vom obern Tal mit ihren zweirädrigen Karren einzogen.

Die Kleyle waren die direkten Nachfolger des Leutnants und saßen schon über hundert Jahre auf der Ladstatt, als der Michel Kleyle beim Toweis seine Schoppen trank.

Dies tat in der Herbstzeit auch der frühere Stadtschultheiß, Posthalter und Postexpeditor Stelker. Er war in jeder Gesellschaft gerne gesehen, weil er alle Neuigkeiten zuerst erfuhr. Er hatte in seiner Wirtsstube zum »roten Adler« das Recht, den Fremden, die mit dem Postwagen ankamen, Speise und Trank zu reichen, und sie brachten ihm die ersten Neuigkeiten.

Öfters wußte er auch zu erzählen von räuberischen Überfällen, die der Postwagen oder die Ordinaripost erlitten. Dann mußten einige Zeit die zwei Kontingentsreiter, so vom schwäbischen Kreisregiment im Städtle lagen, die Postwagen und die Postreiter begleiten.

Einmal in der Woche zog der Postwagen landabwärts und ebenso oft landaufwärts; die Ordinär- oder Felleisenpost aber beförderte zweimal wöchentlich ein reitender Knecht.

Fast ein Vierteljahrhundert lang hatte der Posthalter Stelker die Postwagen um jährliche 520 Gulden und den reitenden Knecht um 173 Gulden nach Offenburg geschickt und Pferde und Leute auf dem sechsstündigen schlechten Weg ohne Umspannen geschunden zu Ehren und zum Gewinn des Reichspostinhabers, des Fürsten von Thurn und Taxis.

Er wußte viel zu erzählen, der alte Stelker, aus diesem langen, beschwerlichen Postdienst, der ihn nicht zum reichen Manne gemacht hatte.

Da saßen sie dann beim Toweis um ihn herum, die Bürger von Althasle, alle in kurzen Hosen mit Schnallenschuhen, ein gestricktes Wams an und die Zipfelkappe auf dem Haupt. Die Bäcker, Wirte, Metzger, Schneider, Schreiner und Sattler trugen weiße, die Meister mit rußigem und dunkelm Gewerbe, die Schmiede, Schlosser und Schuster, schwarze Zipfelkappen.

Auch die Chirurgen, der Arbogast von Gebele, der Battier und der Pfaffius, erschienen in der weißen Zipfelmütze.

Der greise Posthalter konnte noch von den Grafen und Landesherren des vergangenen Jahrhunderts erzählen, vom Grafen Maximilian Franz, der das Städtle Hasle besonders liebte und sogar vorhatte, ein neues Schloß allda zu bauen. Er war der Stifter der Loretto-Kapelle bei dem Kapuzinerkloster. Auf einer Reise mit seinem Hofmeister war er in Rom 1653 lebensgefährlich erkrankt und hatte die Kapelle gelobt. Er setzte sie neben das von seinem Vater Friedrich zu Hasle gestiftete Kloster.

Dieser Graf Maximilian war ein großer Liebhaber des Trompetenblasens und soll den Untertanen von Hasle vom Schloß aus oft eins geblasen haben.

Er endigte tragisch. Als Ludwig XIV. am 24. Oktober 1681 in das ihm von einem Fürstenberger der Heiligenberger Linie, dem Bischof Franz Egon, in die Hände gespielte Straßburg einzog, befand sich auch der Graf Maximilian in der Stadt. Im Begriffe, zum Empfang des neuen Herrschers seine Wohnung zu verlassen, verwickelte er sich in seine Sporen, fiel die Treppe hinunter und brach das Genick.

Seine Leiche brachten sie nach Hasle, wo die Burger den guten Herrn und Trompetenbläser in Trauer der Gruft in der Kapuzinerkirche übergaben.

Als sie 23 Jahre später seinen Sohn und Nachfolger, Prosper Ferdinand, ebenfalls als toten Mann nach Hasle brachten, sah der Posthalter als Knabe dem Leichenzug zu.

Prosper Ferdinand hatte keine Zeit zum Trompetenblasen; er spielte lieber mit und um Geld, als auf der Trompete. Auch liebte er das Städtle Wolfe mehr als Hasle. Seiner Frau, einer Gräfin von Königsegg, verschrieb er den Witwensitz im Schloß zu Wolfe.

Er diente unter den berühmten Heerführern Eugen von Savoyen und Ludwig von Baden und lebte in kriegsfreien Zeiten am liebsten in Wien.

Bei der zweiten Belagerung von Landau traf den schon verwundeten tapfern Mann am 21. November 1704 ein Vierundzwanzigpfünder und zerschmetterte ihm den Kopf. Sie begruben ihn, erst 42 Jahre alt, neben seinem Vater und Großvater, dem Stifter des Klosters, ebenfalls bei den Kapuzinern zu Hasle.

Schon fünfzehn Jahre vorher hatte sein älterer Bruder, Leopold Marquard, der als Adjutant des Herzogs Karl von Lothringen vor Mainz sein junges Leben im Kampfe gegen die Franzosen gelassen, seine Ruhestätte in Hasle gefunden.

Von ihm ging noch lange die Sage, er habe sich nach seinem Tode öfters bei den Soldaten erzeigt.

Die dem Landgrafen Prosper folgenden Landesherren fielen für das ganze 18. Jahrhundert in die Tage des Toweis, und er hat alle persönlich gekannt. Wenn sie auch nur selten einen oder den andern Tag in Kaste residierten, so kamen sie doch der Jagd halber öfters dahin. Von allen aber wurde viel geredet vor den Ohren der Backmulde.

Es war keine kleine Freude für die fürstenbergischen Untertanen, als der Kaiser 1716 den kaum siebzehnjährigen Sohn und Nachfolger Prosper Ferdinands, Josef Wilhelm Ernst, zum Reichsfürsten erhob. Mit Kirchgang und Tedeum feierten auch in Hasle der Rat und die Zünfte die Standeserhöhung ihres gnädigsten Herrn.

Und als bald darauf der junge Fürst von seinen Studien in Straßburg und Utrecht über Hasle in die Heimat zurückkehrte, jubelte ihm alles zu.

Der alte Posthalter wußte viel davon zu erzählen. Auch das trug er den staunenden Gevattern vom Handwerk vor, daß diesem gnädigsten Landesherrn der Franzosenkönig Ludwig XV. die erste Braut, so der junge Fürstenberger sich erkoren hatte, die Tochter des Polenkönigs Stanislaus Leszinsky, weggeschnappt habe.

Er machte aber doch noch eine Partie, die den Untertanen imponierte. Er bekam eine böhmische Gräfin aus dem Geschlechte des Generals Wallenstein, der vom dreißigjährigen Kriege her noch überall im Volksmund lebte.

Als das junge Paar am 31. Oktober 1723 in seine neue Residenz Donaueschingen,[5] die der Bräutigam nach dem Aussterben der Heiligenberger Linie kürzlich geerbt hatte, einzog, marschierten am Abend auch die Bergknappen aus dem Kinzigtal mit ihren Grubenlichtern huldigend am Schlosse vorüber.

Josef Wilhelm förderte in seinem eigenen Interesse den Bergbau im Kinzigtal und ließ nicht bloß auf Silber, sondern auch auf Kobalt bauen.

Er errichtete auch die herrschaftliche Brauerei in Donaueschingen, die seine Untertanen im Kinzigtal mit gutem Bier versorgte, bis 1770 der Küfer Neumayer den ersten Bierkessel in Hasle aufschlug. Vorher wurde das Bier aus Lahr und Straßburg importiert; ein Beweis, daß die alte Zeit selbst in diesem Artikel nicht hinter der neuesten zurückstand.

---

5   Die Residenz seiner unmittelbaren Ahnen war Stühlingen gewesen.

Fürst Josef Wilhelm lehrte seine Untertanen auch Nützliches. Einmal führte er das Torfstechen ein, und dann ließ er in allen größeren Orten seiner Herrschaft Spinnschulen einrichten, zu deren Besuch besonders die Armen angehalten wurden.

Überhaupt war er seinen Untertanen ein guter Fürst, obwohl er, durch Reichsdienst und Hofämter abgehalten, selten in seinen Stammlanden lebte.

Er hatte es von seinen Heiligenberger Vettern, den Bischöfen von Straßburg, wohl geerbt, den Mantel nach dem Wind zu hängen, weil jene dabei nicht schlecht gefahren waren. So fiel auch er vom Hause Habsburg ab, nachdem der Kurfürst von Bayern als Karl VII. Kaiser geworden, und wurde sein Oberhofmeister. Nach dessen Tode wurde er wieder gut österreichisch.

Es ist seinen heutigen Nachkommen auch das Los zugefallen, ihr Herz teilen zu müssen zwischen Preußen und Österreich, zwischen Hohenzollern und Habsburg.

Von einer Auerhahnenbalz aus Böhmen nach Wien zurückgekehrt, starb Josef Wilhelm am 23. April 1762, und sein Sohn und Nachfolger Josef Wenzel erhielt die Todesnachricht ebenfalls auf einer Auerhahnenbalz zu Friedenweiler im Schwarzwald.

Ein Jahr vor seinem Tode hatte Fürst Josef in zweiter Ehe eine bayerische Hofdame, von der Wahl, geheiratet und die Herrschaft Hasle ihm als Hochzeitsgeschenk tausend Gulden schenken müssen. Die Bürger schimpften im stillen darüber in des Toweisen Backstube. Damals *mußten* die Untertanen Hochzeitsgeschenke machen, heutzutag tun sie es freiwillig, was in meinen Augen die heutigen weniger ehrt als die alten.

Ich habe in meiner Knabenzeit die alten Leute von keinem der vergangenen Fürsten von Fürstenberg mehr reden hören, als vom Fürsten Wenzel. Wie mögen erst die Bürger beim Toweis von diesem Musterbild eines Herrschers *en miniature* aus der Zeit Ludwigs XV. und XVI. gesprochen haben!

Leben und leben lassen, war sein Wahlspruch. Er lebte wie ein kleiner Franzosenkönig herrlich und in Freuden, war dabei absolut und tyrannisch nur, wenn seine Einnahmen und seine Souveränität in Frage kamen. Ein leidenschaftlicher Freund der Jagd, ließ er, wie wir gesehen, auch seine Untertanen daran teilnehmen.

Dagegen bewahrte er sie klugerweise vor den Segnungen des Fabrikwesens, das durch Schweizer Kaufleute schon unter seinem Vater in die fürstenbergischen Lande seinen Einzug gehalten hatte. Fürst Wenzel wies alle neuen, fremden Unternehmer zurück und beschränkte selbst die Inländer in der Gründung von Fabriken, weil diese »für den wahren Wohlstand und für die Sittlichkeit des Volkes nachteilig seien.«

Dafür förderte er aber auf dem Schwarzwald und in der Baar die Hausindustrie, welche Uhren, Spielwerke und Strohflechtereien fabrizierte und herstellte, und schloß zugunsten jener, die diese Waren ins Ausland trugen, einen Vertrag mit Frankreich ab.

Auch die erste Feuerversicherung und die Gründung des Landesspitals in Geisingen verdankten ihm seine Untertanen.

Wir wollen aber gerecht sein und nicht vergessen, daß in der Regel das meiste Gute und ein gut Teil des Bösen, so von regierenden Fürsten kommt, von ihren Ratgebern ausgeht.

Die Segnungen unter dem Fürsten Wenzel sind deshalb ziemlich sicher der Einsicht seiner damaligen Hof- und Kammerräte zu verdanken.

Dieser Fürst war sonst ein leutseliger Herr und hatte, wie ein Zeitgenosse von ihm schrieb, »überhaupt gegen männiglich ein so gutes und empfindsames Herz, daß er keinen Menschen leiden sehen, keinem etwas abschlagen konnte.«

Daß er »gegen dem schönen Geschlecht sehr empfindsam war«, nahmen ihm seine Untertanen nicht übel. Und als einmal der Kapuziner-Pater Didacus vom Pfarrer Wüst zu Hasle denunziert worden war, er habe in der Pfarrkirche auf diesen Punkt angespielt, und der Fürst eine strenge Untersuchung anordnete, verneinten es alle Zuhörer und Zeugen und meinten: »Eher hätte sie der Schlag getroffen, als daß sie so was hätten anhören können.«

Des Fürsten Kammerpräsident und Pläsiermeister war ein Herr von Lassolaye, dessen Frau ebenso in Gunst stand wie ihr Mann. Über diesen wurden viele anonyme Briefe geschrieben, in denen »die schwärzesten und abscheulichsten Verleumdungen ausgesprochen waren, um seinen Kredit beim gnädigsten Landesherrn anzutasten.«

Was tut der Fürst? Er setzt einen Preis von 200 Dukaten aus für den, der die Pasquillanten kennen und nennen würde, und befiehlt, in all seinen Landen die Burger zu versammeln und ihnen zu sagen,

»die Verleumdungen hätten keinen Grund, und sie sollten sich vor solchen Bösewichtern hüten.«

In Hasle wurde am 19. September 1782 die ganze Bürgerschaft vorgerufen und ihr eröffnet, »vor den Häusern keinen Hanf zu knitschen, ohne Befehl des Stadtrats keine Feuerspritze aus dem Spritzenhaus zu holen und ja die durch sträfliche Verleumdungen gekränkte Ehre des hochfürstlichen Geheimen Rats von Lassolaye nicht weiter anzutasten.«

Die Backstubenmänner sprachen noch lange von dieser Burgerversammlung.

Fürst Wenzel war kaum 57 Jahre alt, da er 1783 in Donaueschingen diese Zeitlichkeit verlassen mußte. Sie begruben ihn aber nicht in Hasle, sondern in der Gruft zu Neidingen.

Sprachen die alten Haslacher oft von der Prachtliebe, von der Jagdleidenschaft, von der Leutseligkeit des Fürsten Wenzel, so lobten sie die übergroße Freigebigkeit seines Sohnes, des neuen Fürsten Josef Maria Benedikt, der 1783 sein Regiment antrat.

Wo immer er sich sehen ließ, teilte er mit vollen Händen Geschenke, mit Vorliebe Uhren, aus. Dies ging so weit, daß seine »Minister« und Hofräte jedem Untertanen bei Strafe verboten, vom Fürsten ein Geschenk anzunehmen. So was ist sicher noch nie dagewesen!

Der Toweis war diesem Fürsten holder als dessen Vater, unter dem er nicht nur für seine Gesandtschaft nach Zabern eingesperrt, sondern von dem er auch all seiner Ämter entsetzt worden war. Bei Maria Benedikt wurde des Toweisen Sohn Josef sogar Hofkaplan.

Von seinem Vater, der ein Meister auf dem Violoncell war, hatte der jetzige Fürst die Freude an der Musik geerbt, und er wurde der Gründer der einst berühmten Donaueschinger »Hofkapelle«. Dagegen war er sehr unempfindsam gegen das schöne Geschlecht. Seine erste Braut, eine Prinzessin von Thurn und Taxis, hatte ihm deshalb nach längerem Brautstande wieder abgesagt. Da sein Vater aber darauf drang, daß er heirate, so nahm er 1778 eine »wüste«, eine Prinzefsin Antonie von Hohenzollern-Hechingen. »Sie war klein von Person, übelgewachsen und, man darf keck sagen, bucklig oder einhüftig, und ihr Angesicht war kupferartig« – sagt einer, der sie gesehen.

Als der junge Fürst das erstemal in seine getreue Stadt Hasle einzog, staunte alles über die unschöne Fürstin, die aber ebenso menschenfreundlich und wohltätig war wie ihr Gemahl. Sie war dabei, wie die meisten häßlichen Damen, sehr gescheit, etwas blaustrümpfig und amazonenhaft.

Sie sang gerne, gab auf dem Theater die schwersten Gastrollen, ritt und ging auf die Jagd, der sie öfters auch in der wald- und wildreichen Herrschaft Kinzigtal oblag.

Wie die Untertanen ihren Namenstag feierten, das besagt der Sang eines damaligen Donaueschinger Gymnasiasten namens Bertsche, in dem es heißt:

> Durchglüht mit heiligem Entzücken,
> Jauchzt jede Brust bei treuem Untertan.
> Er schaut dem Tage zu mit Wonneblicken
> Und stimmet seine Lieder an.

> Im Gottestempel liegt er hingesunken
> Voll Andachtsglut und kostet Seraphslust.
> Das Kind, vom Vorgeschmack des künft'gen Glückes trunken,
> Hüpft schnell an seiner Eltern Brust.

Das Donaueschinger Wochenblatt aber dichtete auf das Paar, das sich nichts weniger als liebte, also:

> Gieß, Gott der Lieb', wie Meereswogen
> So stark auf Josefs Haupt den Gnadenstrom,
> Und auf Antonien so schön, wie Regenbogen,
> Schütt' ihn herab von deinem Thron!

Man sieht, der Byzantinismus jener Tage hält den Rekord aus mit dem heutigen. Er ist aber den Sterblichen vor der französischen Revolution viel leichter zu verzeihen als den heutigen Fürstenknechten.

Der Hofkaplan Josef Hansjakob, welcher oft zu seinem Vater heimkam, erzählte in vertrautem Kreise manches aus dem Hofleben und von der Disharmonie zwischen beiden Gatten.

So oft des Toweisen Sepp aber in Hasle erschien, hatte er Geld von der Fürstin bei sich für die Armen, und das Herz des städtischen Bettelvogts schwamm in Wonne.

Der Bettelvogt gehörte zu den poesievollsten Gestalten jener Tage. Er war städtischer Beamter, bekam in Hasle sechs Gulden Jahresgehalt, ein Paar neue Schuhe und ein Paar Sohlen und wurde alljährlich bei der Ämterbesetzung ernannt oder wieder bestätigt.

In den Tagen des Toweis amteten nach einander lange Jahre der schon genannte Ochsenhirt Jörg Sundthofer und der Jakob Stulz.

Der Jörg war zugleich viele Jahre hindurch Hochwächter auf dem Kirchturm. Er mußte nachts die Stunden mit dem Horn erst vom Turm herab »anrufen«, sodann herabsteigen und sich fleißig mit seinem Rufe hören lassen in Stadt und Vorstadt. Kam des Nachts ein Gewitter, so hatte er »ohne Saumsal« die Wetterglocke zu ziehen.

Tags über spielte dann der Jörg zweimal in der Woche, am Dienstag und Freitag, den Bettelvogt. Erst sammelte er die heimischen und fremden Bettler zu Hauf und zog mit ihnen zum oberen Tor hinaus zur Mühlenkapelle. Hier betete er mit seiner Kompagnie den Rosenkranz für die zu erhoffenden Guttäter; dann ging er mit den Leuten wieder dem Städtle zu und da von Haus zu Haus unter dem Bittrufe: »Gebt den Armen ein Almosen um Gottes willen!«

Vor das Haus eines Zwölfers durften sie nicht. Bei den Ratsherren holte der Bettelvogt jeden Monat eine Gabe für seine Schützlinge. Man sieht daraus, wie vornehm und feinfühlig die »Herren« von Hasle waren.

War das halbe Städtle – die andere Hälfte kam am zweiten Tag an die Reihe – abgefochten, so zogen die »Gottesleute«, von denen einige auserwählte Wiber die Beute an Brot und Eßwaren trugen, während der Vogt das bare Geld hatte, wieder der Kapelle zu und beteten abermals einen Rosenkranz für die »erwiesenen Wohltaten.«

Alsdann verteilte der Vogt die Almosen nach Recht und Gerechtigkeit. Wer aber nicht beidemal mit in der Kapelle gewesen war, bekam nichts.

Was für ein energischer und weiser Mann muß so ein Bettelvogt gewesen sein, dem solche Teilung gelang!

Nach diesem schwierigen Akt mußte er in den Gassen patrouillieren und etwaige fremde Bettler ausweisen. Diese hatten alle das von ihrer Gemeinde ihnen verliehene Bettlerzeichen zu tragen, wenn sie ein Recht auf Almosen haben wollten.

Auch die Stadt Hasle dekorierte ihre Armen, die auswärts fechten gingen, mit einem solchen Bettlerorden. Dieser wurde aber nur würdigen armen Leuten verliehen, während andere Orden nicht selten an unwürdige, wenn auch reiche Individuen vergeben werden.

Der Jörg Sundthofer hat seiner Vaterstadt als Hirte, Hochwächter und Bettelvogt sicher nützlichere Dienste geleistet als mancher Minister seinem Lande. Das hat aber auch der Rat von Hasle eingesehen.

Der Sundthofer hinterließ ein einziges Kind, die Juliana, die so arm war, als nur eines Bettelvogts Tochter sein kann.

Da erbietet sich der Jakob Schürer, ein armer Teufel und Schuhmacher aus dem Stamme, dem des Toweisen Mutter angehört hatte, die Juliana zu heiraten, wenn man ihm den Dienst als Hochwächter zukommen lasse. Der Rat willfahrt beiden.

Zur Zeit, als des Toweisen Sepp Hofkaplan geworden, war der Jakob Stulz Bettelvogt, der Vater des in meinen Jugenderinnerungen erwähnten »Stumperle«, des Vertreters der Polizeigewalt in meinen ersten Knabenjahren.

Der Bettelvogt fragte öfters, beim Toweis einen Schnaps trinkend, an, ob der »geistliche Herr Josef« auch bald wieder komme; denn dann hatte der Vogt mit seinen Bettlern Kirchweih.

Überhaupt hatten die von Hasle vor des Toweisen Josef, als dem Hofkaplan eines absoluten Fürsten des 18. Jahrhunderts, mehr Respekt, als die heutigen Haslacher einem Bürgerssohn, der Erzbischof von Paris geworden wäre, zuteil werden ließen.

Ich habe auch den alten Toweis stark im Verdacht, daß er angesichts der Hofstellung seines Sohnes seinem bisherigen demokratischen Wesen abgeschworen und seine Absetzung und Gefangennahme verschmerzt habe.

Vernünftiger war der Hofkaplan selbst; er behielt sein Amt nur so lange, bis es ihm, dem Fünfunddreißigjährigen, anno 1795 die schöne Pfarrei Ehingen im Hegau, im Angesicht des Hohentwiel, eintrug. In Hasle aber meinten sie, des Toweisen Josef sei abgesetzt worden, und die Bewunderung fiel.

Ein Jahr nach seinem Abgang von der Residenz trugen sie auch den Fürsten Maria Benedikt, kaum 38 Jahre alt, aus seinem Schloß und hinab in die Gruft zu Neidingen.

Mit Riesenschritten eilte die »Reichslinie« des alten Hauses Fürstenberg dem Grabe zu.

Doch der letzte dieser Linie, der Bruder des kinderlosen Maria Benedikt, Karl Joachim, war ein Mann nach dem Herzen eines echten Haslachers, obwohl er seine Knabenzeit in der allzeit aristokratischen Nachbarstadt Wolfe verbracht hatte.

Einsam verlebte der Prinz seine ersten Jugendjahre in dem düstern Wolfacher Schlosse und mit ihm sein Hofmeister und Kaplan Eckstein. Trotzdem er bei der damals allgemein üblichen Ausbildung durch Reisen nur Belgien, Holland und England kennen gelernt hatte, war er ein Freund der französischen Revolution.

Es ist dies um so unparteiischer, als an dem Tage, da er Fürst wurde, am 24. Juni 1796, die französischen Freiheitshorden ins Kinzigtal einfielen und er seine sieben Sachen einpacken und nach Heiligenberg flüchten mußte. Wiewohl er noch zweimal vor den Waffen der welschen Republikaner floh, zollte er ihren Leistungen und Eroberungen doch volle Bewunderung. Und auf dem Kongreß zu Rastatt näherte er sich der »großen Nation« so warm, daß er von ihr eine Vergrößerung seines Fürstentums erhoffte. Die Ermordung der französischen Gesandten machte den desfallsigen Verhandlungen ein Ende.

Hätte er länger gelebt, seine Liebe zu den Franzosen hätte ihm und seinem Hause sicher die Souveränität gerettet, und die Haslacher wären heute noch fürstenbergisch.

Eine von ihm unbezähmbare Leidenschaft zerrüttete aber sein Leben frühzeitig. Er starb schon 1804, erst 33 Jahre alt.

Wie sein Vater und sein Bruder war er ein leutseliger Herr und ein Kenner und Liebhaber der Musik gewesen.

Die Untertanen jammerten über seinen frühzeitigen Tod, und auch in der Backstube des Toweis ward sein Hingang und der alten Linie Aussterben beklagt.

Ein Bruder des Fürsten Wenzel, Karl Egon, hatte mit den Herrschaften seiner wallensteinischen Mutter die böhmische Linie gegründet, und sein gleichnamiger Enkel, kaum acht Jahre alt, war Karl Joachims Erbe. Als er aber seine Herrschaft selbständig antreten konnte, war das souveräne Fürstentum Fürstenberg nicht mehr und die Untertanen badisch geworden.

Sie hatten, den zeitgemäßen Absolutismus abgerechnet, im ganzen ziemlich patriarchalisch geherrscht, die Fürstenberger des 18. Jahrhunderts, und in der Backstube des Toweis klang weit mehr und weit öfter ihr Lob als der Tadel.

Der Fürst galt den alten Haslachern als der Vater aller seiner Untertanen. Alle Bittschriften und Gesuche wurden direkt an ihn adressiert. Aufgesetzt und geschrieben hat sie in jenen Tagen in der Herrschaft Hasle meist der Schulmeister Franz Antoni Bechtiger oder der Dr. Pfaffius. Beide verstanden es, in herzbewegenden Worten das Mitleid des gnädigsten Reichsfürsten anzurufen.

Wollte ein Geselle Meister werden und war noch nicht drei volle Jahre gewandert, so wandte er sich an den Fürsten; wollte ein Meister einen Lehrbuben aufnehmen, ehe die Zeit des Stillstands vorüber, so schrieb er dem Fürsten; konnte eine Mutter und Witwe von ihrem Sohn, dem sie Hab und Gut verkauft, den Zins nicht bekommen, so klagte sie es dem Landesvater; wollte eine Gemeinde einem Brautpaar Hindernisse machen, so flehte es den gnädigsten Landesfürsten um seine Hilfe an. Kurzum, in allen Lagen hatten die Untertanen das Ohr ihres Herrn, und sie trugen ihm ihre Nöten vor, wie die Kinder einem Vater.

Ja, wenn er die Bitte abschlug, so kamen sie nach wenig Wochen wieder mit dem gleichen Anliegen, und der Fürst wurde darob nie böse, höchst selten lautete der Bescheid: »Petent ist abermalen ab- und gänzlich zur Ruhe verwiesen.« Wenn aber einer trotzdem nochmals wiederkam, wurde er nicht gestraft.

Ein verheirateter Metzger, Andreas Geiger, ein Nachbar des Toweis, dem er seine Schweine schlachtete, hatte sich 1762 zweimal mit dem »Katzen-Kätherle« von Bollenbach vergangen. Er wird dafür neun Wochen in Hasle beturmt und dann noch zweiundvierzig Wochen in das Hüfinger Zuchthaus gesperrt und dort mit »harten Schlägen behandelt«, so daß er krank wurde.

Für die Prozeßkosten wird ihm sein Häusle versteigert und als Nachstrafe das Handwerk untersagt.

Er bittet von 1762–1780 jedes Jahr den Fürsten Wenzel, der »gegen die Frauenzimmer selbst sehr empfindlich war«, ihm doch, da er nicht stehlen dürfe und zu betteln sich schäme, zu erlauben, sein Handwerk wieder treiben und seinen unschuldigen Sohn in die Lehre nehmen zu können. So fleht er und mit ihm sein Weib achtzehn Jahre lang und wird allemal »in Gnaden abgewiesen«, weil Rat und Obervogt sein Bittgesuch nicht unterstützten. Er schimpfe und trinke, so hieß es; als ob dies dem Manne zu verübeln gewesen wäre!

Endlich erbarmt sich der selbst sehr durstige Obervogt Neuffer seiner. Er erklärt, der Geiger sei der beste Metzger in Hasle und ihm eine Begnadigung wohl zu gönnen. Jetzt endlich wird der arme Mann erhört.

So wie die Fürsten von Fürstenberg keine Tyrannen, so waren auch ihre Obervögte im allgemeinen keine Paschas. Auch von ihnen, wie von den Fürsten, wurde viel geredet und diskuriert im Hause des Toweis, sowohl in der Backstube, als beim Schnaps und beim Weine.

Die Obervögte verkehrten mit den bessern Bürgern wie mit ihresgleichen. Vor dem Schloß waren, wie vor jedem Burgershause jener Tage, Ruhebänke angebracht, auf denen der Obervogt mit Weib und Kindern und den nächsten Nachbarn an Sommer-Nachmittagen und -Abenden zusammensaß. Auch tranken die Obervögte und ihre Sekretäre und die Rentmeister ihre Schoppen mit den Burgersleuten mit Vorliebe bei dem allzeit getreuen Brisgäuer, Ochsenwirt und Schultheißen Sartori.

Die Obervögte waren meist ärmere Leute. Ihr Gehalt betrug um die Mitte des 18. Jahrhunderts 500 Gulden nebst freier Wohnung und Futter für ein Dienstpferd.

Ihre Witwen jammern dem Fürsten jeweils ihre trostlose Lage vor.

Als der wegen des Straßenbaukrawalls bei den Haslachern nicht beliebte Obervogt Kornstein 1755 im besten Mannesalter starb und sechs unmündige Kinder hinterließ, war das Bedauern im Städtle allgemein.

Drei seiner Söhne bringen es später doch zu Obervögten und einer zum Pfarrer.

Auch sein Nachfolger, Balthasar Neidinger, ein jovialer Mann, stirbt 1764 frühzeitig in Hasle, das damals von den Beamten als »notorie« ungesund verschrieen wurde und, wie mir scheint, nicht mit Unrecht; denn auch Neidingers Nachfolger Lamberger holt der Tod nach nur fünfjähriger Amtstätigkeit, Er war ein schneidiger Mann und vorher Regimentsauditeur beim schwäbischen Kreisregiment gewesen.

Der joviale Neidinger bekam eines Sonntag Nachmittags, da er mit dem Pfarrer Xaverius Gangolphus Wüst, mit dem Bürgermeister und Kaufmann Battier und mit seinen zwei Töchtern auf der Bank vor der Obervogtei saß – mit dem Pfarrer, einem jungen Hitzkopf, Streit. Daraufhin denunzierte ihn dieser beim Fürsten, er habe einmal im Wirtshaus über das Haus Fürstenberg geschimpft. Eine strenge Untersuchung kam über den braven Vogt, damit aber auch seine völlige Unschuld und des Pfarrers Bosheit zutage.

Alle Haslacher standen auf Seite des Obervogts, und der Pfarrer mußte, nachdem er den Balthasar noch über das Grab hinaus beschimpft hatte, die Pfarrei aufgeben.

Neidingers zweiter Nachfolger, Schorer, paßte gut zu den lustigen Haslachern. Er fürchtete die Schulden nicht und lebte leichten Sinnes. 1776 kam er, ein geistvoller Mensch, als Kammerdirektor in die Residenz. Er war als solcher ein großer Gönner Israels, da die Madame Kaula und der Hoflieferant Kusel bessere Gläubiger von ihm waren. Er stirbt als Gantmann.

Nach der verunglückten Stempelsteuerrevolte kam ein neuer, definitiver Obervogt in Gestalt des seitherigen Löffinger Satrapen Neuffer nach Hasle. Er brachte große Aufregung in die Burgerschaft, so beliebt er auch als fideler, »trinkbarer« Gesellschafter war. Die Regierung war mit seiner Amtsführung nicht besonders zufrieden, weil er »zu tief ins Glas guckte«.

Man dachte deshalb an nichts weniger als an die Aufhebung der Obervogtei Hasle und Vereinigung derselben mit der in Wolfe. Was achtzig Jahre später eintraf, drohte schon in den Tagen des Toweis den Haslachern.

Wäre es ausgeführt worden, so hätten die von Hasle nochmals revoltiert; denn sie waren ohnedies längst verletzt durch den Vorzug, den die gnädigste Herrschaft den Wolfachern angedeihen ließ.

Bei diesen wohnten die Landgrafen und Fürsten und solche, die es werden sollten, Jahre, Monate und Wochen lang. Ihr altes Schloß war Witwensitz von Fürstinnen. Ihr Obervogt hieß Geheimer Rat und Landvogt, und die Wolfacher ließen es denen von Hasle gerne fühlen, daß sie Fürstenberger zweiter Klasse seien.

So hatten die zwei Hafner- und die zwei Naglermeister in Hasle mit den Hafnern und Naglern von Wolfe eine gemeinsame Zunft, und der »Jahrtag« sollte abwechselnd in Hasle und in Wolfe sein.

Wenn nun die Reihe des Zunft-Festes das Städtle Hasle traf, kamen die Wolfacher nie herunter. Daß selbst die Hafner und Nagler in Wolfe sich höher dünkten als ihre Kollegen in Hasle, empörte diese und ihre Mitburger jeweils mächtig. In allen Kneipen wurde geschimpft über die »hochmütigen Wolfacher Daudel«.

Der Nagler Bührer und der Hafner Winterer klagten 1760 ihre Not selbst dem Fürsten und baten um Abhilfe, da sie sonst auch nicht mehr nach Wolfe gingen.

Der Fürst hatte ein Einsehen und befahl den Hafen- und Nagelfabrikanten der Residenz Wolfe mehr Kollegialität.

Als gar einmal ein Metzger von Wolfe, Melchior Decker, zum »Zollreiter«, d. i. zum berittenen Zollkontrolleur ernannt wurde, wollten die Haslacher nicht mehr aufhören mit Schimpfen.

Der Melchior hatte auf allen Straßen und an allen Zollstätten der Herrschaft Kinzigtal auf Zolldefraudanten zu fahnden. Er bekam ein Drittel von jeder Zollstrafe und jährlich einen Wagen Heu und ein Viertel Haber.

Wenn er hoch zu Roß zu den Toren von Hasle aus- und einritt, schauten ihm die Burger voll grimmigen Neides nach und spotteten über den Metzger.

Wo immer sie sich an den Wolfachern rächen konnten, die Haslacher, taten sie es. Besonders »verriefen« sie gerne ihre Jahrmärkte, wenn ein solcher von Wolfe in der Nähe war. Es war Sitte, wenn große Kälte oder Schnee oder schweres Regenwetter einfiel auf einen Jahrmarkt und derselbe schlecht besucht war, ihn zu »verrufen«, d. h. auf acht Tage später zu verlegen.

Fiel die Verlegung des Markts durch die Haslacher auf einen Tag, an dem auch die Wolfacher einen solchen abhalten wollten, so kamen zu dem letztern sehr wenig Leute, weil die Haslacher Märkte allzeit viel beliebter und besuchter waren.

Die Wolfacher klagten diese Malice ihrer von ihnen sonst verachteten Nachbarn dem Fürsten und nannten es richtig Gehässigkeit gegen sie.

Aber der Nachfolger des Neuffer, der Obervogt Merlet, dem die stolzen Wolfacher auch nicht sympathisch sein mochten, verteidigte seine Haslacher so tapfer, daß jene »in Gnaden abgewiesen und diesen auch fernerhin gestattet wurde, die Celebration ihrer Jahrmärkte beliebig zu verlegen.«

Noch in einem andern Punkte suchten die Fürstenberger zweiter Klasse den Residenzlern in Wolfe ihren Unwillen zu zeigen. Wenn es je nötig war, in eine Apotheke zu gehen, so zogen die Haslacher, so lange sie keine Apotheke hatten, lieber vier Stunden talabwärts nach Gengenbach, als zwei Stunden aufwärts nach Wolfe.

Wer gute Obervogt Neuffer, der die Haslacher in Gefahr brachte, gänzlich unter die Oberhoheit der Wolfacher zu kommen, bekam auf das Zeugnis des Rates Schlosser in Emmendingen, Goethes Schwager, und auf die Bitten des Haslacher Senats hin Ruhe, und die Aufhebung wurde zurückgenommen.

Der brave Mann traute aber dem Frieden und seinem Durst nicht recht. Er ließ sich darum 1784 pensionieren, zog hinab nach Offenburg, wo seine Frau, eine Tochter des Stättmeisters Witsch, daheim war, und starb daselbst wenige Jahre später.

An Neuffers Stelle kam der letzte fürstenbergische Obervogt, Mathias Merlet, ein Meersburger Kind. Er war den Haslachern nicht sehr vorteilhaft bekannt vom Revolutionsjahr 1777 her, wo er Amtsverweser gewesen.

Sonst paßte der »Vogts-Mathis«, wie die von Hasle ihn nannten, ganz gut zu revolutionären Leuten. Er war selbst eine sehr widerspenstige Natur.

Schon in jungen Jahren war er Hof- und Regierungsrat in Donaueschingen geworden, vertrug sich aber nicht mit den alten Bureaukraten und übernahm bald darauf die Obervogtei Hüfingen.

Auch hier folgt er nicht und bekommt einmal zwei Grenadiere als Exekution ins Haus gelegt, bis er die von der Oberbehörde verlangten Berichte einschickt.

Und als sie ihn 1783 ins Hohenzollernsche versetzen wollen, wo die Obervogtei Jungnau fürstenbergisch war, läßt er sich pensionieren und sitzt seinen guten Freunden in Donaueschingen vor die Nase.

Sein Weib ist bei alledem, wie es scheint, seine treibende und ihn schützende Kraft; denn sie stammt aus einer mächtigen Beamtenfamilie, aus der von Lassolaye.

Ein Lassolaye war, wie wir schon gehört, allmächtiger Kammerdirektor unter dem Fürsten Wenzel. Der Schwiegervater des widerhaarigen Mathis war baden-durlachischer Oberamtmann und sein Schwager seit 1780 gar Minister des Markgrafen. Als die Obervogtei Hasle frei wurde, verließ der Mathis seinen Pensionsstand und kam nach Hasle, wo er fast dreißig Jahre lang amtete und Leid und Freud mit den Haslachern teilte bei einem Gehalt von 630 Gulden, von denen er noch 150 Gulden dem Schreiber abgeben mußte.

Vom Hofrat Merlet, sonst von keinem Obervogt des 18. Jahrhunderts, hörte ich noch als Knabe die alten Haslacher reden. Und noch einen des 17. Säkulums hatten sie nicht vergessen, den Simon Fink, den Gründer des Armenfonds, der, so erzählten sie, ein ebenso frommer als mildtätiger Mann gewesen sei und täglich Almosen an seiner Türe ausgeteilt habe.

Der Mathis genügte dem badischen Regiment nicht mehr lange. Er galt, wie die Akten besagen, als »abgelebt und faul.« Er sollte zum Amtsrevisor erniedrigt werden, ging aber lieber in den Ruhestand und blieb in Hasle.

Am 13. März 1822 haben sie ihn begraben. Seine Witwe lebte noch bis 1835. Sie war eine Freundin meiner Großmutter, die oft noch von der Frau Hofrat sprach, mit der sie in einem Kaffee-Kartell stand.

Von keinem der in Hasle gestorbenen Obervögte des 18. Jahrhunderts meldet heute auch nur noch ein Grabstein.

Die Tage des letzten fürstenbergischen Obervogts verliefen nach innen friedlich, weil von außen Bedrängnisse genug kamen. Die Franzosen und die Österreicher zogen Jahrzehnte lang talauf und talab, und die Zipfelkappenmänner beim Toweis redeten, wie schon oben angedeutet wurde, bald von Freiheit, Gleichheit und Brüderlichkeit und schwärmten für Republik, bald schwiegen sie mäuschenstill über solche Dinge und lobten den Kaiser von Österreich – je nachdem Franzosen oder Kaiserliche im Städtle lagen. Von beiden Armeen waren in den neunziger Jahren häufig Kranke und Gefangene in Hasle. Viele Soldaten starben, und ein eigener Soldatenkirchhof, von dem heute niemand mehr weiß, wo er lag, wurde nötig.

Als einmal die Bäcker den gefangenen Soldaten Brot lieferten und die Brotwäger auch diese Massenlieferung untersuchten und zu leicht erfanden, wurden die Brotfabrikanten – auch der Ratsfreund Tobias Hansjakob – mit hohen Geldstrafen »punktiert«. Sie wandten sich an den gnädigsten Landesfürsten, und ein Drittel der Strafe wurde nachgelassen, weil die Frucht teuer sei und die Lieferung zu schnell habe erfolgen müssen.

11.

Die Männer in der Backstube und beim Herbstwein des Toweis erzählten und sprachen aber nicht bloß von den Fürsten und Obervögten ihrer Zeit, sondern auch von den Pfarrherren, welche in jenen Tagen in Hasle amteten.

Das ganze 18. Jahrhundert füllte eigentlich im Gespräche über die geistlichen Herren ein einziger Pfarrer aus, und das war der Dr. Planer a Plan, wahrscheinlich einem Süd-Tiroler Geschlecht entsprossen. Mehr als die Hälfte des Jahrhunderts, von 1701–1757, war er Pfarrer in Hasle, und nach seinem Tode erzählten bis zu einem neuen Jahrhundert die Haslacher gar oft von der »Excellenz«.

Planer wurde, was sicher noch nie einem Pfarrer passiert, offiziell vom Stadtrat und im Umgang mit der Burgerschaft stets Excellenz genannt. Ob dies geschah wegen seines Adels, oder weil er Doktor der Theologie, oder weil er ein excellenter Pfarrer war, das weiß die Backmulde nicht mehr. Die Excellenz war, wie eben gesagt, nicht mehr und nicht weniger als 56 Jahre aktiver Pfarrer in Hasle, und mehr als eine Generation war gekommen und gegangen während seiner langen Amtszeit.

Er hat die Zerstörung der Stadt und zwei Revolten in ihr erlebt und die Burger 56mal begleitet bei der alljährlichen Wallfahrt auf den Hörnleberg.

Diese Wallfahrt zu dem hochgelegenen, fünf Stunden von Hasle entfernten Marienkirchlein im Elztal war ein uraltes Herkommen, und der Tag ihrer Begehung wurde zur Sommerszeit jeweils in einer Ratssitzung bestimmt; denn der Schultheiß und der Rat zogen selbst an der Spitze der Waller den weiten Weg dahin. Im Hinweg wurde stramm gebetet und auf dem Rückweg ebenso stramm getrunken.

Fromm und gläubig waren in jenen Tagen alle Männer, vom Obervogt bis hinab zum Nachtwächter und Kuhhirten.

In schwierigen Zeiten machten alle fünf Pfarreien der Herrschaft Hasle gemeinsame Wallfahrten, sei es auf den Hörnleberg, sei es auf das Kreuzbergle bei Husen oder nach St. Roman oder St. Jakob bei Wolfe. Außerdem vereinigten sich alljährlich am Himmelfahrtstag die Gläubigen der fünf Gemeinden zu einer gemeinsamen Bittprozession in Hasle.

Muß ungemein malerisch ausgesehen haben diese Riesenprozession in all den Volkstrachten von Stadt und Land.

Aber es gab in früheren Zeiten oft Streitigleiten über die Reihenfolge im großen Wallfahrtszug.

Nach uralter Übung hatten ehedem die Buren von Steine, dem Dorf unterhalb Hasle, den Vortritt bei allen gemeinsamen Bittgängen, wohl deshalb, weil einst ihre Pfarrkirche die Mutterkirche der andern gewesen war.

Das kränkte und ärgerte schon die Haslacher des 17. Jahrhunderts, daß sie nicht bloß den Malefiz-Wolfachern, sondern auch noch den Buren und Taglöhnern von Steine nachstehen sollten. Ihre Fähndriche kämpften oft mit ihren heiligen Feldzeichen mit den Steinachern, ehe die Prozession sich in Hasle, dem Sammelpunkt, ordnete. Die Buren schlugen aber mit ihren Fahnen auch wacker drein und behaupteten ihr altes Vorrecht.

Mitten in den Greueln des dreißigjährigen Krieges wurde so gekämpft. Immer wieder wandten sich die Haslacher an den Landgrafen um Abhilfe – »sie seien Bürger einer alten Residenz, mit Freiheiten begabt, an die kein leibeigener Bauer schmecken dürfe; sie seien ehrsame Zunftmeister, mit Privilegien ausgestattet, hätten die Welt gesehen und sollten dem Bauernvolk nachstehen!«

Endlich erhörte Graf Friedrich Rudolf; der Gründer des Kapuzinerklosters, das Flehen seiner getreuen Haslacher und ordnete anno 1642 an, daß für alle Zukunft zuerst die Haslacher und nach ihnen die Steinacher marschieren sollten; dann hätten die von Mühlenbach, Weiler und Welschensteinach zu kommen und als Nachtrab die guten Hofstetter.

Wer sich dem nicht fügte, der wurde unnachsichtlich mit zehn Gulden Strafe in die Herrschaftskasse und mit zehn Pfund Wachs für die Kirche »angesehen und punktiert«.

Seitdem marschierten die Haslacher im Vordertreffen, wenn es galt, in gemeinsamem Gebet den Himmel zu stürmen, was, abgesehen vom Himmelfahrtstag, in der Regel nur in »betrübten und armseligen Zeiten« geschah.

Die alljährliche Spezial-Wallfahrt der Haslacher auf den Hörnleberg erforderte einen Marsch von zehn guten Stunden für hin und her; es gingen aber nur die eigentlichen Burger mit. Die Hintersaßen, Satz- und Schutzburger und die Weiber und Kinder waren ausgeschlossen, nicht weil es zu weit gewesen wäre, sondern weil der Heimweg viel Geld kostete.

Auf dem »Ladhof«, vor dem österreichischen Städtle Elze gelegen, wurde im Hin- und Herweg eingekehrt und namentlich auf dem letzteren standhaft gezecht und »geladen«.

Anno 1713, so wurde später noch oft erzählt, verkaufte der Bürgermeister Hils in Gegenwart des Schultheißen Franz Engler und des gesamten Rats in der Weinlaune im Ladhof sein Ehrenamt als Burgermeister dem Sonnenwirt Herb für eine Ohm Wein. Für diesen Frevel saß der Rat alsbald an Ort und Stelle zu Gericht und verurteilte beide Kontrahenten zur sofortigen Zahlung einer weitern Ohm Weines.

Vom Ladhof hatten die braven Männer noch drei gute Stunden über den Berg nach Mühlenbach, wo der Ochsen- und der Sonnenwirt die müden Wanderer und Waller nochmals labten.

Unter dem Geläute aller Glocken zogen die frommen Beter und die fröhlichen Zecher, oft wankend und schwankend, ins Städtle ein, wo im lauen Sommerabend die Wibervölker vor den Häusern saßen und ihrer Gatten harrten.

Bis in sein achtzigstes Lebensjahr ging die Excellenz Planer, ein weingrüner, gesunder Herr, zu Fuß mit auf den Hörnleberg. Von jetzt ab ritt er dem Zug voraus, verlangte aber statt der bisherigen Gebühr, welche ihm die Stadt für den Wallfahrtsgang mit einem Gulden und dreißig Kreuzern bezahlte, zwei Gulden.

Da er gerade am Fordern und ein geldnötiger Mann war, schlug er dem Rat auch gleich vor, ihm für den Wettersegen, den er zur Sommerszeit täglich in der Pfarrkirche gab, ein Douceur von drei Gulden zu genehmigen.

Schultheiß und Rat, meist Täuflinge von ihm, waren aber nicht sehr nobel gegen ihren Seelsorger. Sie schrieben ihm, »wenn Seine Excellenz Dr. Planer a Plan nicht mehr zu Fuß mit auf den Hörnleberg könne oder für das Reiten eine Aufbesserung verlange, so möge er daheimbleiben und seinen Vikarius mitgehen lassen. Und was den Wettersegen betreffe, so würden sich die Burger, wenn Seine Excellenz nicht so viel Seeleneifer habe, daß er diesen Segen umsonst spreche, mit dem allgemeinen Segen Gottes begnügen und auf den Wettersegen verzichten«.

Noch unhöflicher waren sie gegen den sonst beliebten Pastor in einem andern Fall. Die Stadt bezahlte von alters her den Meßwein, und der Mesner mußte ihn abwechselnd bei den Wirten holen. Die Excellenz, welche, in vernünftiger Besorgnis, dem Wein nicht immer trauen mochte, meinte nun eines Tages, der Mesner solle den Meßwein bei ihm holen und die Stadt den Pfarrer dafür bezahlen.

Die Zwölfer aber befahlen dem Mesner, der städtischer Beamter war und alljährlich vom hohen Rat, der ihm auch sein Brot gab, bestätigt werden mußte, den Wein wie seither bei den Wirten zu holen. Diese seien Burger und dürften in ihren Einnahmen nicht verkürzt und im Vertrauen der Burgerschaft nicht geschädigt werden.

Dagegen genehmigten die Senatoren jedes Jahr auf Ansuchen dem Vikar zehn Gulden zum Ankauf von »allerlei kleinen Waren, die er zur Reizung des Eifers an verdiente Schulkinder« austeilte.

Der abgewiesene Pfarrer aber nahm die Sache nie krumm: er nannte seine ehemaligen Schulbuben und dermaligen Ratsherren im Spaß höchstens einmal »Schlingel, die ihrem alten Pfarrer z'leid lebten.«

Als dieser anno 1751 das fünfzigjährige Dienstjubiläum zur allgemeinen Freude der Haslacher gefeiert hatte, kam eines Tages der Erzpriester (Dekan) des Landkapitels Lahr, Schmautz, zu der achtzigjährigen Excellenz und eröffnete ihr im Auftrag des bischöflichen Generalvikars in Straßburg, es sei Zeit, daß der Pfarrer Planer a Plan sich pensionieren lasse und mit einer Pension von 170 Gulden abziehe.

Da fuhr er auf, wie ein Löwe, der Alte, und sprach empörten Herzens: »Ist das der Dank der Straßburger Herren für einen Pfarrer, der ein halbes Jahrhundert gedient hat? Ich befehle Euch, Erzpriester, sofort mein Haus zu verlassen, oder ich lasse auf dem Kirchturm stürmen, die Burger zusammenrufen und Euch aus dem Städtle jagen!« Sprach's, und jähen Schrittes enteilte der Erzpriester der Höhle des Löwen und suchte Quartier beim Kreuzwirt.

Die Excellenz aber schrieb den Frevel sofort dem Vater des Vaterlandes und aller Bedrängten, dem Fürsten Wilhelm Ernst, und bat, ihn, »der seit fünfzig Jahren seine Pfarrei zum Trost und Vergnügen der Haslacher geführt«, zu schützen. Es geschah, und die Bureaukraten von Straßburg-Zabern ließen den alten Löwen in Ruhe.

Noch sechs Jahre amtete er und ritt mit der Prozession ins Elztal, bis ihm sein leutseliges und kurz entschlossenes Wesen einen Streich spielte, der ihm die Pfarrei kostete.

Eines Tages kam eine Vagabundin, die sich mit Betteln und Spinnen im nahen Fischerbachtale durchbrachte, mit ihrem Bräutigam, dem Ignazi Hintersäß von Mühlenbach, zur Excellenz, und beide baten, sie doch zu trauen, damit sie als Eheleute durch die Welt ziehen könnten.

Allzeit ein Freund der Armen, wollte der Pfarrer den Zweien eine Freude machen, proklamierte sie am folgenden Sonntag und ließ sie am Montag durch seinen Vikar Schmider »zusammengehen«.

Als das glückliche Paar aus der Kirche kommt, steht ein Hatschier des Obervogts da, reißt die holde Braut von der Seite ihres Ignazi und führt sie in den Turm. Der Obervogt Balthasar Neidinger hatte den Vorgang vernommen. Die herrschaftliche Heirats-Erlaubnis war nicht eingeholt worden, und dazu hieß es, die Marianne Zinsmayer sei schon einmal verheiratet gewesen und das Verbrechen der Doppelehe liege vor. Drum die rasche Justiz.

Im Verhör gesteht die Bettlerin, sie sei anno 1743 einem Marketender namens Benedetto im Lager der Österreicher bei Memmingen von einem Feldpater angetraut worden. Der Benedetto habe sie aber später verlassen und sei zu den Franzosen gegangen.

Von einem andern Marketender, der kürzlich mit seinem Weib durchs Kinzigtal gezogen sei, seiner Heimat Bayern zu, habe sie gehört, der Treulose sei an der Kolik gestorben. Es habe auch früher schon der Kaufmann Stelker von Hasle an einen Kaufmann Chamas in Paris geschrieben wegen des Lebens oder Todes des Benedetto, aber keine Nachricht erhalten. Es sei ihr, der Marianne, das Warten nun entleidet, und sie habe den Ignazi an den Altar geführt und die Excellenz beide »um Gottes willen zusammengegeben.«

Das alles berichtet der Balthasar seinem Fürsten. Der ist ergrimmt, daß man heiraten will ohne seine Erlaubnis, und befiehlt seinem Obervogt, den Planer a Plan dem Generalvikar in Straßburg zu »denunzieren«.

Daraufhin bricht das Unglück über die greise Excellenz herein. Die Straßburger Kurie erfährt aus Paris, daß der Benedetto dort nicht gestorben, sondern nach Ungarn verzogen und wahrscheinlich »ein Arabier« gewesen sei.

Zur Strafe dafür, daß er so frevelhaft eine Trauung vollzogen, wird dem Planer in der Person des Xaver Bilstein aus Zabern ein Pfarrverweser gesetzt, sein Vikar aber auf ein Jahr suspendiert und zu 14 Tagen geistlicher Übung bei den Kapuzinern in Offenburg verurteilt. Der Pfarrverweser kommt, aber der alte Löwe läßt ihn nicht ins Pfarrhaus. Der Rentmeister Straßer gibt ihm mit fürstlicher Erlaubnis Herberge bei sich, und die 150 Gulden Gehalt, welche die Excellenz ihrem Stellvertreter zu bezahlen sich weigert, werden ihr von der

Wein- und Frucht-Kompetenz, welche die Herrschaft leistet, abgezogen.

Zugleich soll der alte Pfarrer die Atzung für die vom Juni 1756 bis zum Februar 57 eingesperrte Vagabundin bezahlen. Erst lebte sie im Turm von ihrem eigenen Bettelvorrat: dann bettelte eine Schwester für sie und brachte ihr die Nahrung in den Kerker. Nachher sollte auf Befehl des Fürsten der Pfarrer, welcher ihr zum Ignazi hatte verhelfen wollen, für sie aufkommen.

Der Ignazi hatte schon längst den Staub des Kinzigtales von seinen Füßen geschüttelt und sich in das kaiserliche Regiment Battiany als Dragoner »einrollieren« lassen. Seine Mariann' aber wurde, nach langer Haft frei geworden, des Landes verwiesen.

Da der Excellenz so unverdient zugesetzt wurde, so entschloß sie sich, um den ihr mißliebigen Elsässer Pfarrverweser aus dem Städtle zu bringen, mit einem Haslacher Priester ein Abkommen zu treffen.

In der unsernen Talgemeinde Welschensteinach war ein junger Pfarrer, Xaverius Gangolphus Wüst, der Sohn des Chirurgen und Balwierers Wüst in Hasle.

Mit diesem trifft der alte Planer eine Vereinbarung, wonach der Gangolphus ihm vom Pfarreinkommen 308 Gulden gibt und das Pfarrhaus auf Lebenszeit gänzlich überläßt, während er, der Gangolphus, bei seinen Eltern wohnen will.

Fürst und Bischof genehmigen das Abkommen, und die Excellenz tritt in Ruhestand, den sie noch zwei Jahre durchlebt. Anno 1759 haben sie den Achtundachtzigjährigen vor dem Marienaltar in der Pfarrkirche der Erde übergeben und ihm eine kleine Gedenkplatte gesetzt, die heute noch existiert.

Bei seiner Beerdigung erschien kein Erzpriester; der Kapuziner-Pater Gebhard und der Gangolphus Wüst waren die einzigen Geistlichen dabei. Der alte Löwe war nicht beliebt gewesen bei seinen Amtsbrüdern, und die Erzpriester hatten ihn ob seiner Derbheit gefürchtet.

Aber ewige Schande bleibt es für alle Haslacher seiner Zeit, daß sie ihren Pfarrer, der sein Amt über ein halbes Jahrhundert »zu ihrem Trost und Vergnügen« unter ihnen ausgeübt, nach dem Tode noch verganten ließen.

Der brave Mann, der, wie wir aus der Affäre der Mariann' und des Ignazi gesehen, ein Freund der Armen war und schwere Kriegszeiten erlebt hatte, hinterließ 324 Gulden 52 Kreuzer Vermögen und 1182 Gulden 52 Kreuzer Schulden. Selbst der Amtsbote und Schuster Hammerstiel, der die Marianne im Turm auf Rechnung des Pfarrers gefüttert hatte, bekam nichts.

Alte Möbel, einige Fäßlein Wein, einige Häfen voll Holdermus, einige Schinken und einige Säcke mit Birnenschnitz waren des toten Pfarrers Habe. Das einzige Kleinod, das er besaß, der tapfere Mann, ein altes Schmuckkästle, vermachte er der undankbaren Stadt, und diese überließ es dem Schultheißen Sartori um – fünf Gulden.

Sie hatten den Tod der Excellenz bald zu bedauern, die Bürger von Hasle; denn sein Nachfolger, der Gangolph Wüst, machte seinem Geschlechtsnamen alle Ehre. Er fing mit Gott und der Welt Händel an und war rechthaberisch und gewalttätig, und dies um so mehr, je weniger die Haslacher des »Balwierers Xaveri« respektierten.

Selbst die alles duldenden Hofstetter klagten über ihn, weil er Schule und Christenlehre versäume. Daß der Gangolphus nicht prosperierte in Hasle, war den Chirurgen Gebele und Pfaffius nicht unangenehm. Sie hatten gefürchtet, es werde sich jetzt alles in Stadt und Land von dem alten Wüst balwieren lassen, weil dessen Sohn Pfarrer im Stabile geworden war.

Nach einigen Jahren mußte der Gangolphus weichen, nachdem er nicht wenig Spott und Schand erfahren von seinen Mitbürgern. Er tauschte mit dem Pfarrer von Steinach, als er in Hasle sich nicht mehr halten konnte, und die Haslacher machten einen guten Tausch. Still und friedlich weidete der Franziskus Schaller, aus Neidingen bei Donaueschingen gebürtig, seine Herde fast 25 Jahre lang.

Er war Hausfreund beim Toweis, dessen zahlreiche Kinder er alle unterrichtet hatte, und starb im gleichen Jahre 1789, da des Toweisen Sepp Priester geworden war.

Auf den Franziskus folgte der Pfarrer Schuhmacher, der den Toweis beerdigen sollte. Er war ein Sohn der Stadt Rottweil am Neckar und, ehe er nach Hasle kam, Professor am Gymnasium in Donaueschingen gewesen.

Ein »aufgeklärter und toleranter« Mann, ein Josefiner, wie er im Buch steht, erwarb sich Schuhmacher die Herzen der freisinnigen Haslacher im Sturm und bewahrte ihre Liebe all die 36 Jahre hindurch, die er Pfarrer in Hasle gewesen.

Meine Großmutter und mein Vater, die er beide getauft und unterrichtet hatte, erzählten mit Vorliebe vom Pfarrer und Dekan Schuhmacher. Er wurde der erste Schuldekan, nachdem vorher stets nur Lehrer die Schulen geprüft hatten.

Er war aber auch ein richtiges Vorbild für alle späteren landesherrlichen Dekane, wie die Schuldekane genannt wurden, und sah in jedem Obervogt ein höheres Wesen und in jedem Hofrat ein Cherubim seines vergötterten Fürsten.

Die Haslacher lehrte er, daß »Gott die reinste Liebe« sei, und das Gebetbüchlein des Hofrats Eckartshausen über diese Liebe empfahl er allen seinen Schülern und Burgern. Mein Vater nahm bis zu seinem Lebensende kein anderes Gebetbuch in die Hand.

Die poesievollen Wallfahrten nach dem Hörnleberg gingen bei dieser reinsten Liebe unter, und den Männern sagte der Pfarrer von der Kanzel herab, »wenn am Sonntag-Nachmittag einer von ihnen irgendwo gut sitze, so solle er wegen des Vesper-Gottesdienstes nicht aufstehen.«

Das waren lauter Lehren, die man den fidelen Haslachern nicht zweimal sagen mußte. Ich kannte noch zahlreiche seiner Schüler; alle aber waren gleichwohl wirklich religiöse Menschen und fröhliche Christen. Unwissend in Glaubenssachen, übten sie die Religion unentwegt im häuslichen Gebet und im öffentlichen Gottesdienst und zeigten allüberall Hochachtung vor religiösen Dingen.

Als am 6. Juli 1825 der Erzpriester Zehazeck, Pfarrer in Kippenheim, den fast achtzigjährigen Prediger der Liebe zur Erde bestattete, weinte jung und alt dem beliebten, langjährigen Pfarrer nach.

Und noch in jenen Tagen des Toweis, die ins 19. Jahrhundert fielen, stritten sich, wenn von den Pfarrern von Hasle die Rede war, die Burger beim Herbstschoppen, wem der Vorzug gebühre, dem Planer a Plan oder dem Karle Schuhmacher.

Der Pfaffius, der Wachtler-Hans, der Toweis und alle älteren Burger stellten den Planer, dem der Chirurgus namentlich eine »hohe Wissenschaft« nachrühmte, die jüngeren den Schuhmacher in die erste Linie.

Was die Burger beim Toweis auch nicht unbesprochen ließen, das waren die Beschlüsse des Rats und alle sonstigen Vorgänge im Städtle.

Am meisten schimpften die Leute, wie allerorts üblich, über die Geldstrafen, und diese regnete es jährlich einmal in Althasle, wenn das Burgerholz vom Waldmeister aufgenommen und inspiziert worden war.

Es war eine lustige Zeit für die Burger, wenn im Winter einem jeden seine Bäume im Wald zum Burgerholz angewiesen wurden und er sie selber hauen und aufbereiten mußte.

In hellen Scharen zogen die ehrsamen Handwerker aller Art als Holzmacher in des Waldes düstere Gründe, und es ging ein förmliches Raub-Hauen an. Jeder suchte so viel Holz zu bekommen als möglich. Alle machten ihr Holz zu lang und viele anstatt der erlaubten drei Klafter viere und sechse.

Selbst die Burgermeister und Ratsfreunde taten da mit, und nicht selten wurde noch den angrenzenden Mühlenbacher Buren Holz verkauft, die den Kaufpreis alsbald in Schinken, Speck und Schnaps ablieferten.

Bei lodernden Waldfeuern wurde dann gelacht, gesungen und getrunken und auf die gute Stadt hin gesündigt.

Es sollte aber kein Burger seine Klafter abführen, ehe sie vom Waldmeister und Förster gemessen und »kritisiert« worden waren, und jeder mußte unter Strafe seinen Namen an sein Holz schreiben. Manches Klafter und mancher »Trom« war aber schon nächtlicherweile aus dem Walde gewandert.

Doch blieb noch ein genügendes Sündenregister übrig, und von den ersten bis zu den letzten Beugen gab es Strafurteile von 12 Kreuzer bis zu 2 Gulden, wobei das Klafter (4 Ster) zu 30 Kreuzer angeschlagen wurde.

Die Waldfreuden, die Waldsünden und ihre Strafen waren alljährlich Gegenstand längerer Unterhaltungen der Burger, die dann mit ihrem Rat scharf ins Gericht gingen.

Am meisten räsonierten sie über die zwei Beherrscher des Gemeindewesens, den Schultheißen Franz Anton Sartori und den Stadtschreiber Franz Josef Fernbach. Beide waren Brisgäuer und einer schlauer als der andere. Sie hießen bei den Haslachern nur der Franze-Toni und der Franz-Sepp, oder auch kurzweg die »Brisgäuer«.

Der Ratschreiber war des Ochsenwirts Sohn von Riegel, ein versickter Student, aber ein Schlauberger ersten Ranges.

Er hieß, als er nach Hasle kam, noch Fehrenbach, änderte aber, als er merkte, daß es viele Leute dieses Namens auch in und um Hasle gebe, den seinigen um in Fernbach, was vornehmer lautete.

Es gelang ihm, bald nach seinem Amtsantritt auch noch eine Tochter des Schultheißen zur Frau zu bekommen. Jetzt war er der Schwiegersohn des Stadtoberhauptes noch fast zwanzig Jahre lang und hatte den alten Franze-Toni ganz in der Tasche.

Beide hielten allzeit zur Regierung, und es konnte die Burger nichts machen, als räsonieren über die zwei Malefiz-Brisgäuer, die als Fremde die Herren der Haslacher waren.

Als den Stadtschultheißen nach mehr als 25jahrigem Dienst 1784 im Rathaus der Schlag traf und er starb, war die Macht des Stadtschreibers nicht nur nicht gebrochen, sondern sie stieg noch, indem er jahrelang von der Herrschaft zum Stabhalter, d. i. zum Provisorischen Schultheißen ernannt wurde.

Er regierte jedoch auch noch unter dem folgenden Schultheißen und blieb in seinem Amte bis zu seinem Tode 1814. Schultheiß aber wurde 1792 abermals keiner von Hasle, sondern wieder einer aus einer welschen Familie, der Johann Baptist Battier, ein Krämer.

Seitdem alle eingestammten Schultheißen Demokraten gewesen, nahm die Regierung nur noch Fremde, die treu zu ihr hielten.

Auch das Postwesen spielte nach dem Abgang des Posthalters Stelker einige Jahre eine große Rolle in den Schimpfreden der Haslacher.

Der Enkel des alten Posthalters Stelker, Xaver Dirhold, behielt die ihm beim Rücktritt seines Großvaters überlassene Posthalterei nur ein Jahr. Denn die Thurn- und Taxis'sche Oberpostdirektion wollte nicht mehr bezahlen als seither, und drum kündigte der Xaveri.

Jetzt übernahm der Kronenwirt Glück in Husen die Post, 1772, und den Haslachern blieb nur ein Postexpeditor, der Seiler Thoma in der Vorstadt, dessen Sohn, einem greisen Seiler meiner Knabenzeit, ich noch an »die Birnen ging«.

Aber der gute Seiler hatte nichts zu expedieren; denn der Glück in Husen fuchste die Haslacher schmählich. Er ließ nicht nur die Ordinari-Post durch ihr Städtle reiten, ohne anzuhalten, auch den Postwagen ließ er oft durchfahren, so daß die Haslacher Krämer und Handwerker, welche gerne und oft in Geschäften nach Straßburg gingen, sitzen blieben.

Von Zeit zu Zeit schickte der boshafte Husacher einen Knecht mit den angekommenen Briefen für Hasle. Kurzum, er lebte der Nachbarstadt zu leid, wo und wie er konnte, und die Haslacher erfuhren nichts Neues mehr aus der weiten Welt.

Der geldarme Obervogt Schorer, der von dem Posthalter in Husen ein Pferd gekauft und wahrscheinlich noch nicht bezahlt hatte, wollte nicht recht ziehen gegen den Postgewaltigen, dem auch der Thurn- und Taxis'sche Oberpostdirektor Heißdorf zu Augsburg wohl gesinnt war.

So trieb der Glück sein frevelhaftes Spiel mit den guten Haslachern längere Zeit, bis diese sich an den Landesvater wandten, der dem Husacher und seinen Gönnern endlich sagte, was Rechtens sei.

Was in jenen Tagen sehr oft vorkam, war das Durchbrennen verschuldeter Burger und Buren, die sich meist als Soldaten anwerben ließen. Die Menschen in der zweiten Hälfte des 18. Jahrhunderts waren ungemein leichtlebig. Spielen und Trinken brachte zahllose Bürger und Bauern um Hab und Gut. Ganten und Mundtot-Erklärungen waren an der Tagesordnung, ebenso das Durchbrennen.

Eines Abends anno 1763 kam der schon genannte Färber Anton Hansjakob, des Färbers Toweis Sohn und Nachfolger, und erzählte dem Vetter Bäcker, daß der Schneider Heid, der Mann ihrer gemeinschaftlichen Base, der Tochter des Burgermeisters Johannes, durchgegangen sei.

Das war, wie gesagt, damals keine Seltenheit, daß einer durchbrannte. Der Schneider hatte es drum auch riskiert, und wie es scheint, trieb ihn sein Weib, die Magdalene Hansjakobin, in die Flucht.

Diese selbst mag nicht untröstlich gewesen sein; denn sie steht andern Tags schon vor dem hohen Rat und bittet um die Erlaubnis, ihr Haus verkaufen und die Gläubiger befriedigen zu dürfen.

Der Rat genehmigt es nicht, sondern befiehlt ihr ganz schildbürgerlich, den Schneider innerhalb vierzehn Tagen wieder beizuschaffen, ansonsten er in öffentlichen Blättern ausgeschrieben werde. Sie schickt einen tapfern Mann nach dem Flüchtling, der in Freiburg sein soll, aus. Der Metzger Michael Köbele ist der Liebesbote. Er hat den nötigen Mut, dem Schneider zu drohen; denn er ist vor kurzem erst beturmt worden, weil er den Seiler Langenbacher »einen sakrum Ketzer geheißen und mit dem Messer bedroht hat«.

Am zweiten Tage aber kommt der Metzger unverrichteter Sache wieder nach Hasle und meldet, der Schneider sei in der Dreisamstadt gewesen, von dort aber abgezogen, willens, sich bei einem Herrn in der Schweiz eine Bedientenstelle zu suchen.

Jetzt wird vom Rat beschlossen, den Flüchtling in der Schaffhauser und in der Frankfurter Zeitung ausschreiben zu lassen.

Es geschieht, aber unser Schneider meldet sich nicht. Das Haus wird verkauft. Nach Jahr und Tag stirbt die Hansjakobin, und nicht lange hernach steht der Meister Zwirn, der bei einem österreichischen Freikorps gewesen, vor dem Rat und bittet, ihm zu verzeihen und ihn wieder, wenigstens als Schutzburger, aufzunehmen, da er »den ganzen Abgrund seines Elends einsehe und beweine.«

Seine Bitte soll erst gewährt werden, wenn er eine vierteljährige Besserungszeit überstanden habe. Der Spott der Haslacher sorgt dafür, daß er die Probezeit besteht. Bald finden wir ihn wieder im Besitz eines Weibes und einer Geiß. Der letztern schlägt eines Tages die Gattin des Burgermeisters Klausmann ein Bein ab, und das arme Tier muß sterben. Der Schneider klagt, die Klausmännin leugnet, und da man allzeit einer Burgermeisterin mehr glaubt als einem durchgebrannten Schneider, so verliert dieser den Prozeß.

Eine noch größere Merkwürdigkeit, als das Durchbrennen eines Schneiders hatte sich ein Jahrzehnt vorher ereignet. Ein Haslacher Burger tat sich als Eremit oder Waldbruder auf. Es war dies der Bäcker und städtische Stubenwirt Johannes Bohl, ein Zunftgenosse und Freund des Toweis.

Sein Vater, auch ein Bäcker, dürfte einer der geriebensten Kunden des 18. Jahrhunderts in Hasle gewesen sein. Er brachte es durch seine Gewandtheit zum Burgermeister und blieb es bis an sein Ende, trotzdem er die städtischen Interessen schädigte, so gut und so oft er konnte.

Er betrog die Stadt beim Holzmachen und führte ganze Klafter, die nicht sein waren, weg. Er frevelte in den heiligen Hainen der Eichen und auf den Allmendfeldern. Er machte seine Ware meist zu leicht, und selbst die Kapuziner kamen zu kurz, wenn er das ihnen von der Stadt geschenkte Brot zu liefern hatte.

Es gelang ihm, selbst den Mehlhandel zu monopolisieren. An Markttagen hielten die Weiber und Töchter der Bäcker Mehl und Gries feil. Der alte Bohl wußte es bei der gnädigen Herrschaft durchzusetzen, daß er gegen eine Abgabe an den Fürsten auf dem Marktplatz allein mit Mehl handeln durfte.

Dies erregte eine kleine Revolution unter den Bäckersweibern, denen auch die Kapuziner halfen, indem sie in der Klosterkirche gegen den Mehlwucher predigten.

Als der Bohl seine Monopolwaren das erstemal feil hielt, stürmten die Bäckersweiber seinen Stand und warfen ihm sein Mehl und seinen Gries auf den Boden. Der Monopolmann eilt zum Obervogt, der den Frevel dem Landesvater Wenzel meldet. Die Weiber werden von diesem in den Turm gesprochen, und den Kapuzinern wird »schärfstens eingebunden«, sich nicht mehr in fürstliche Monopole einzumischen.

Die Zeit des Monopols wurde nun verkürzt, aber der alte Bohl kam trotz desselben auf keinen grünen Zweig. Er starb ziemlich verschuldet, und sein gleichnamiger Sohn trat des Vaters Schulden an. Als ihm das Mehl zum Backen ausgehen wollte, wurde er städtischer Stubenwirt. Doch seitdem die schöne Sitte aufgehört hatte, Beleidigungen mit Wein zu sühnen und zur Strafe dem Rat den Tisch zu decken, hatte der Stubenwirt nicht mehr viele Gäste, und darum fand der Ex-Bäcker Bohl sein Auskommen auch auf der Stube nicht.

In seiner Bedrängnis kam er auf den Gedanken, den Gläubigern seine Habe nebst Weib und Kindern zu überlassen und ein Waldbruder und Einsiedler zu werden.

Die Excellenz Planer gab ihm die dazu nötige geistliche Erlaubnis, und der Stubenwirt zog als Waldbruder in eine Hütte auf dem Helgenberg.

Im ganzen Städtle war ein groß Gerede darüber, daß der Stubenwirt Eremit geworden, und weil die Leute damals glaubten, das »Katzen-Kätherle« und seine Namensbase könnten Mäuse machen, wurde es den meisten Haslachern nicht schwer, auch an den Ernst der Waldbruderei des Stubenwirts zu glauben.

Er schrieb aus seiner Hütte an den Rat einen beweglichen Brief, ihm doch, da er ein armer Waldbruder geworden, das nachzulassen, was er der Stadt schulde. Es geschah, und auch die andern Gläubiger ließen den frommen Mann Schulden halber ungestört in seiner Waldbruderei. Einen schlechten Geschmack zeigte Johannes, der Eremit, bei der Auswahl seiner Einsiedelei nicht. Vom Helgenberg aus hat man den schönsten Blick auf Hasle und seine Umgebung, und ich wäre heute bereit, dort in einer bequemen Klause meine Tage zu beschließen. Ich hatte vor Jahren einmal die Absicht, daselbst eine alte Hütte zu kaufen und mir ein Altersheim zu bauen, aber meine

Mittel erlaubten es damals noch nicht, und der schöne Traum zerrann, wie schon viele seiner Vorgänger in meinem phantasiereichen Leben. Und jetzt bin ich zu alt, um noch ein neues Haus zu bauen.

Die Haslacher freuten sich, einen Waldbruder zu haben, schon der Wolfacher wegen. Diese hatten von alters her bei der Waldkapelle St. Jakob einen Eremiten. Nun besaßen die von Hasle auch einen solchen Gottesmann, und der Vorrang Wolfachs war um eine Nummer geringer.

Wer, wie der Toweis und seine Backstuben-Genossen, den alten und den jungen Bohl näher kannte, der konnte sich des Lachens nicht enthalten, wenn der neue Waldbruder vom Helgenberg bisweilen, im härenen Gewand und mit dem Bußgürtel angetan, gesenkten Hauptes ins Städtle kam, um bei der alten Excellenz vorzusprechen.

Er hatte neben der Hütte noch ein eigenes Stückchen Feld, pflanzte seine neumodischen Kartoffeln und hielt eine Geiß, machte und betete Rosenkränze und empfing nebenher die Haslacher, die ihm Almosen in Form von Brot, Mehl und Fleisch brachten.

Wibervölker keines Alters durften zu dem frommen Waldbruder; denn weibliche Besuche hätten einen Eremiten um seinen ganzen Heiligenschein gebracht.

Der ehemalige Stubenwirt muß sich aber den letztern wohl bewahrt, und die Haslacher müssen an Jahrmärkten, wo auch viele Brisgäuer ins Städtle kamen, des Waldbruders Lob scharf gesungen haben; denn er bekam nach Jahren einen Ruf.

Das breisgauisch-österreichische Städtchen Herbolzheim unterhalb Freiburg, der Geburtsort des Ochsenwirts und späteren Stadtschultheißen Sartori, suchte für seine Kapelle »Maria Sand« einen Waldbruder. Der Volksmund wies auf den Johannes im Paradies am Helgenberg zu Hasle hin.

Eines Tages erschienen am Kinzigstrand zwei Burger von Herbolzheim bei ihrem Landsmann, dem Ochsenwirt, und fragten ihn nach dem Sitz des Eremiten, von dem sie Kunde vernommen im fernen Brisgäu.

Der Sartori, selbst ein frommer Mann, empfahl den Johannes, und bald standen die Herbolzheimer Boten vor dem ehemaligen Bäcker und Stubenwirt im härenen Gewände und engagierten ihn für ihre Kapelle.

Auch ein Waldbruder vermag einer Beförderung und besserem Einkommen nicht zu widerstehen, am wenigsten, wenn er dem Stamme Bohl entsproßte und von Hasle war.

Maria Sand, das kleine Heiligtum, dessen Hüter und Wächter der Johannes vom Helgenberg werden sollte, war eine Wallfahrt, und an solche Orte kommen Pilger mit offenen Händen für einen einsamen Gottesmann. So wurde wohl der erste und der letzte Burger von Hasle als Waldbruder in die Fremde berufen. Von des Johannes Taten und Tugenden meldet aber weder Lied, noch Heldenbuch mehr etwas. Nicht einmal das Totenbuch von Herbolzheim weiß von ihm. Vielleicht ist er nochmals einem Rufe gefolgt, hat auch dem Breisgau Lebewohl gesagt und ist wie viele Originale seiner Art spurlos untergegangen.

Hasle hatte jetzt keinen Waldbruder mehr; aber es sollten ihm später zwei Neuheiten erblühen, welche die Wolfacher nicht besaßen.

Die Tabakstampfe der Stadt hatte sich nicht rentiert und war eingegangen. Da tauchten zwei Schweizer auf, Wezler und Danielis aus Rorschach, und errichteten in Hasle eine Filiale ihrer berühmten Schnupftabakfabrik.

Sie machten so vorzügliche Ware, daß der Toweis, der seither nur mäßig geschnupft hatte, ein rechter Schnupfer wurde. Seine Buben standen an der Backmulde und an der »Wirkbank«; er besorgte nur noch das Einschießen. Drum konnte er ruhig Schnupfer werden und es mit Macht bleiben bis zu seinem Ende.

Aber noch etwas Gefährlicheres drohte den Haslachern als Neuheit – eine Pulvermühle. Ein Schwarzwälder, Paul Steiger aus Löffingen, hatte schon die hochfürstliche Erlaubnis dazu, und der Schultheiß Sartori begünstigte diese Fabrik sehr wegen seines Bergbaus. Doch dem Pulvermüller machten die Burger die Hölle so heiß, – weil er eine so gefährliche Hantierung in ihrer Nähe anfangen wollte, trotzdem eigentlich niemand Pulver brauchte als ihr Franze-Toni – daß der Mann von seinem Vorhaben abließ.

Gleichwohl flog in jenen Tagen eine gewaltige Pulvermine auf, die namentlich alle Wibervölker in Hasle und Umgegend in Schrecken setzte, in allen Häusern besprochen wurde und auch in mein Schicksal eingriff. Unter dem Rathaus stand an Markttagen die städtische Wage und bei ihr zwei von der Stadt ernannte Burger als Wagmeister, der eine zum Wägen, der andere, um das Wäggeld einzuziehen.

Alles, was auf dem Markt dem Gewicht nach gekauft und verkauft wurde, wie Butter, Speck, Hanf, mußte bei hoher Strafe auf der städtischen Wage abgewogen werden.

Viele Jahre amtete als wägender Wagmeister der Bäcker Peter Hammerstiel, der zukünftige Schwiegervater meines Großvaters, des Eselsbecken.

An einem Markttag des Jahres 1784 kaufte nun einer der ständig im Dienste stehenden städtischen Kontingentssoldaten namens Vogt einen Ballen Butter, den ihm der alte »Becke-Peter« zu vier Pfund abwog. Das Gewicht kam dem Krieger des schwäbischen Kreisregiments zu hoch vor, und er ging zum Krämer und Seifensieder Reinold und ließ seinen Butter nachwägen. Dieser wird auf des Krämers Wage um ein halbes Pfund leichter befunden.

Der Soldat läuft mit diesem Resultat alsbald wieder zur Wage und beschwert sich. Da nennt der alte Hammerstiel den Reinold einen Hundsfötter und seine Wage ein Saugeschirr. Der schwäbische Krieger meldet das dem Krämer, und weil dies »in Gegenwart der Mutter seiner Magd« geschieht, ist der Seifensieder in seiner Ehre doppelt gekränkt und eilt kampfesmutig in die Waghalle.

Hier empfängt ihn der grimmige Peter, der schon ein Vierteljahrhundert an der Wage steht, mit dem gleichen obigen Titel. Der Krämer stürzt auf – die Wage zu, untersucht sie und findet in der einen Wagschale ein Stück von einem Hufeisen. Jetzt war der Seifensieder Sieger und eilt wegen seiner gekränkten Ehre auf das Rathaus, wo Fernbach als Stabhalter das Regiment führt und Recht spricht. Auf dem Markt aber entstand um den alten Becke-Peter eine kleine Revolte. Alles, was an diesem Tage Butter und Speck gekauft hatte, stürmte auf den Wagmeister ein und verlangte von ihm Schadenersatz, da die Verkäufer und Verkäuferinnen vielfach längst über Berg und Tal sich entfernt hatten.

Da niemand wußte, wie lange das Hufeisen in der Wagschale gelegen, wurden bald alle Weiber im Städtle rebellisch, weil sie zu wenig Butter erhalten für ihr Geld, und bald diese, bald jene, selbst Weiber von dem vier Stunden entfernten Städtchen Lahr kamen zum Stabhalter Fernbach und verlangten Schadenersatz vom Becke-Peter.

Es wird Gericht gehalten über den alten Wagmeister. Er erklärt sich für schuldig, kann aber in Gottes Namen nicht sagen, wie das Eisen in die Wage gekommen, und bittet angesichts seiner langjährigen

Dienste, und weil er durch das Vorkommnis »keinen Nutzen geschöpft«, ihm ein gnädiges Urteil zu sprechen.

Es lautet: Der Peter habe, da man nicht wissen könne, wie viele Markttage das Eisen in der Wage gelegen, für vier Wägtage allen verlangten Schadenersatz zu leisten. Dazu wird er mit einer Strafe von einem Pfund Heller, das tut einen Gulden 36 Kreuzer, punktiert, hat den Reinold »mit Gebung der Hand um Verzeihung zu bitten« und ihm 30 Kreuzer für Zeitversäumnis zu ersetzen.

Diese Strafe und der Boykott, den die Wibervölker über des Becke-Peters Backstube verhängten, waren des alten Biedermanns Tod. Im November war ihm das Urteil gesprochen worden, und im darauffolgenden Februar haben sie den Becke-Peter begraben. Die Leute aber sagten: »Er hätt' noch zwanzig Jahre leben können; die Kränkung, der Spott und die Schande wegen des Hufeisens haben ihn unter den Boden gebracht.« Sein Häusle, seine Tochter und sein Gewerbe und den Namen Becke-Peter überkam der kaum 23 Jahre alte Philipp Jakob Hansjakob, der älteste der lebenden Buben des Toweis und mein leiblicher Großvater.

Wer weiß, ob, wenn der alte Becke-Peter nicht so frühe das Zeitliche gesegnet hätte, des Toweisen Philipp je zu einem eigenen Geschäft in Hasle gekommen wäre. Auf sein Elternhaus, das nach alter Sitte dem jüngsten Sohn blühte, hatte er als ältester keinen Anspruch, und einen »neuen Beck« ließen die alten Bäcker nie aufkommen. Er hätte also seinen Wanderstab ergreifen und in der Welt draußen was suchen müssen.

Dann hätte er wohl nie sein zweites Weib, die meine Großmutter geworden, gefunden, und ich, sein Enkel, wäre sicher nicht in Hasle und vielleicht gar nicht in diese schöne Welt gekommen.

Und das alles hat mit seinem »Sinken« ein altes Hufeisen getan. Es hat den biederen Becke-Peter getötet, hat des Toweisen Philipp zum Bäckermeister in Hasle und damit zu meinem Großvater und mich zu einem Haslacher gemacht.

Von seiner zweiten Frau, meiner Großmutter, werde ich später ein Geheimnis enthüllen, das noch mehr zeigt, was mir das Hufeisen, so am 15. November 1784 in der städtischen Wage zu Hasle gefunden wurde, für einen Spuk gespielt hat.

Wenn es noch Mode wäre, daß auch Proletarier ein Siegelwappen führten, würde ich das halbe Hufeisen, das den Peter Hammerstiel ums Leben gebracht, und eine Brezel irgendwie vereinigen und sie als Wappenbilder führen. Sie wären auch schöne Sinnbilder für mein Wesen. Ich bin auch mehr Hammerstiel als Hammer, mehr halb als ganz und bald hart und widerspenstig wie ein Hufeisen, bald weich wie eine mürbe Brezel.

In den Tagen des Toweis wurde auch die heutige Kirche von Hasle, von anno 1779 an, gebaut und ausgeschmückt. Die alte, romanisch-gotische wurde, weil ruinös, abgetragen und eine neue nach dem Plan des fürstlichen Baudirektors Salzmann errichtet. Nur der Turm blieb stehen.

Der Fürst und die Stadt waren die alleinigen Bauherren; der erstere gab das Holz, die letztere das Geld. Der Pfarrer und das »Konsistorium in Straßburg« hatten nichts darein zu reden.

Um so mehr redeten aber die Burger beim Wein und in den Backstuben über den Neubau.

Der Toweis, bei Beginn desselben noch aller seiner Ämter entsetzt, war 1780 nicht bloß wieder Ratsherr, sondern auch Stadtbaumeister geworden.

Am meisten wurde disputiert über die Neudeckung des Kirchturmes. Seither war er mit glasierten Ziegeln gedeckt gewesen, jetzt wurden Stimmen laut, ihn mit Blech zu decken.

Bis an den Fürsten ging der Streit, und da in der Regel in der Welt die Dummheit Recht bekommt, siegten die Blechvertreter, und der Turm bekam einen Helm von Blech und behielt ihn bis zur Stunde.

In meiner ersten Knabenzeit glaubte ich, dies Blech sei Silber, und fand unsern Kirchturm unvergleichlich schön, wenn die Abendsonne auf das vermeintliche Silber schien.

Als der Rohbau fertig war, fragte der Rat beim Fürsten an, ob er auch Stuckverzierung in der Kirche anbringen lassen dürfe. Es ward auf Kosten der Burger gnädigst gestattet und der »Stockadorer« Meißburger in Freiburg damit beauftragt.

Dieser Meister verhalf den Haslachern auch zu den zwei Seitenaltären. Er verriet eines Tages dem Baumeister und Ratsfreund Toweis, er wisse zwei schöne Altäre, die er selbst vor kurzem gemacht habe und die jetzt feil seien und zwar in der eben aufgehobenen Karthause bei Freiburg. Er gab dem Toweis auch einen Riß (Planzeichnung) davon, und der ward dem Rat vorgelegt.

Die Zeichnung gefiel den Senatoren bestens, und der Stabhalter Fernbach und Toweis, der Bäcker und Baumeister, sollten die Altäre besichtigen und kaufen.

So kam im Sommer 1784 mein Urahne eines Tages in meine heutige Karthause. Wie mag er im langen, grauen Bäckersrock, in den kurzen Lederhosen und Schnallenschuhen, mit der roten Weste und dem Dreispitzhut gravitätisch zum Tore des Klosters eingetreten sein und die schönen Räume angestaunt haben! Jedenfalls hatte er keine Ahnung davon, daß über hundert Jahre später sein Urenkel als alter, lebensmüder Mann und seine Backmulde als Madonna hier eine Stätte des Friedens und der Verklärung finden sollten.

Die zwei Altäre wurden für 300 Gulden und vier Louisdor Trinkgeld gekauft und stehen heute noch in der Kirche von Hasle. Ich bin manchmal als Knabe vor ihnen gekniet mit gefalteten Händen, wenn ein Rosenkranz gebetet wurde für einen verstorbenen Nachbar oder eine Nachbarin. Wer hätte in jenen Tagen gedacht, daß die erste Heimat dieser Altäre meine zweite und mein Altersheim werden sollte!

Die Backmulde des Toweis, die heute als Madonna in der Karthause vor mir steht, hat zweifellos öfters von diesen Altären und von der Reise ihres Meisters nach Freiburg reden gehört.

So sandte die Karthause einst ihre Altäre nach Hasle, und über ein Jahrhundert später kommt von dort eine Backmulde in Gestalt einer Madonna an den einstigen Standort derselben. Es haben eben nicht bloß die Menschen und die Bücher, sondern auch die Altäre und die Backmulden ihre Geschicke.

Für die Altäre war gesorgt; nun galt es, eine neue Orgel zu beschaffen. Dies war den meisten Haslachern wichtiger als die Kunstform eines Altars. Denn die Musik ging ihnen in und außerhalb der Kirche über alles.

Ein Schulmeister, der nicht gut Orgel schlagen konnte, war seines Lebens nicht sicher, wenn die Burger aus der Kirche kamen. Selbst ihre Buben mußte der Franz Antoni Bechtiger in dieser Kunst unterrichten, nicht bloß im Flöten- und Saitenspiel.

Die Neuanschaffung einer Orgel beschäftigte die Zungen der Burger gerade so, wie die alten Freiheitsbriefe, die nicht angetastet werden sollten.

Mit Rücksicht auf das Interesse der Burgerschaft an einer neuen Orgel beschloß der Rat, eine solche von dem berühmten Orgelbauer Silbermann in Straßburg erstellen zu lassen. Ehe aber dieser Beschluß ausgeführt worden war, kam ein Schreiben eines ehemaligen Vikars, Werner, der jetzt Pfarrer in Hayingen auf der schwäbischen Alb war und einen Hayinger Künstler Martin empfahl, welcher dem Straßburger gleich stehe und billiger sei.

Jetzt ging es los im Städtle. »Hie Straßburg und Silbermann, hie Hayingen und Martin!« Es setzte die schwersten Redekämpfe ab, und endlich siegte der Schwabe. Er hatte die große Orgel im Kloster Zwiefalten gebaut, und trotzdem dies Stift mehr wie fünfmal so weit von Hasle lag als Straßburg, waren es und seine Orgel denen von Hasle bekannt. Denn in dem Nachbarkloster von Zwiefalten, in dem Praemonstratenser-Stift Obermarchtal, weilten verschiedene Haslacher Studenten; sie und ihre Eltern hatten das Münster von Zwiefalten gesehen und seine herrliche Orgel gehört, und drum bekam der Meister Martin von Hayingen den Bau der neuen Orgel zu Hasle an der fernen Kinzig um 1.200 Gulden.

Der Rat versammelte die Bürgerschaft und verkündete ihr den Vertrag mit dem schwäbischen Künstler, in welchem Vertrag jede Orgelpfeife und ihr Ton bestimmt waren. Zugleich wurden die Burger ermahnt, die freiwillig zugesagten Beiträge für Kirche und Orgel bald einzuliefern.

Nach Jahr und Tag kam das sehnlichst erwartete Werk. Als es aufgestellt war, erschienen zwei Benediktiner von Gengenbach als Prüfungskommissäre. Sie schlugen die Orgel vor den Ohren der ganzen Gemeinde nach allen Regeln der Kunst und belobigten das Werk nach Gebühr.

Der Pfarrer Schaller aber gab ein Festmahl den zwei Orgelmönchen, dem Erbauer und seinem Sohn, auch dem Schulmeister von Hasle und einigen Ratsfreunden.

Dies Mahl war so köstlich, daß der Rat in einer eigenen Sitzung beriet, wie der Pfarrer zu entschädigen und die zwei Benediktiner zu belohnen seien. Es wurde einstimmig beschlossen, der Schwester des Pfarrers, der Ursula, vier Dukaten als »Douceur zu verehren«.

Die Konventualen des reichen Stiftes Gengenbach kamen nicht so gut weg: sie erhielten jeder zwei Krüge Kirschenwasser.

So gab es immer was zu erzählen in der Backstube des Toweis, und es ließe sich noch ein ganzes Buch ablesen von dem Holz der Backmulde, wenn ich all das berichten wollte, was sie beim Gespräch der Burger gehört hat.

Aber sie weiß noch so viel anderes zu erzählen, daß wir jetzt mit den Reden der Burger im Hause des Toweis aufhören müssen.

Nur einer Sache wollen wir zum Schluß dieses Kapitels noch gedenken, welche in den achtziger Jahren die ganze Burgerschaft bewegte und viel besprochen wurde.

Der Färber und Vorsprech Xaveri Schättgen sammelte Unterschriften bei den Bürgern für eine urgesunde, soziale Idee, deren Erfinder er selber war.

Er schlug nämlich dem Rat vor, den »jungen Eichwald« abzuholzen; es stünde für 80.000 Gulden Holz darin. Mit dem Geld solle man dem Fürsten, der verschuldet sei und gerne verkaufen würde, seine Felder in und um Hasle abkaufen und sie an die Burger zu Eigentum verteilen.

Der Gedanke war zu vernünftig, als daß er beim Rat durchgedrungen wäre. Dieser meinte, man müsse das viele Holz im Eichwald behalten für Zeiten der Not. Die bald beginnenden Kriegsjahre haben jenes Holz allerdings gefressen, aber der Fürst hat seine Felder heute noch, und die Haslacher sind statt deren Eigentümer die Pächter derselben.

12.

Die Backmulde muß uns nun auch einmal von der Familie des Toweis erzählen; denn seit der Hochzeit des Bäckers mit der Magdalena Lienhard haben wir nicht mehr viel von den Hausgenossen der Mulde gehört.

Und es ist der Mühe wert, von dieser Familie zu reden; denn der Toweis und die Magdalene hatten nicht mehr und nicht weniger als fünfzehn Kinder, von denen fünfe jung starben und zehne aufgezogen werden mußten – sechs Buben und vier Maidle.

Fünf der Buben opferte der Toweis seiner Zunft; sie mußten alle Bäcker werden. Einen aber weihte sein und seines Weibes frommer Sinn der Kirche; er wurde Priester.

Es war keine kleine Aufgabe für die Bäckersleute, zehn lebendige, lebensfrohe Kinder aufzuziehen und jedem noch etwas Vermögen mit in die Welt zu geben.

Zunächst hatte der Toweis bald keinen Platz mehr im alten Hause für seine Kinderschar, und er mußte bauen.

Eines Tages, Ende der siebziger Jahre, trat er als abgesetzter Ratsherr vor den Rat und bat, da er wegen seiner zahlreichen Familie sein Haus vergrößern müsse, ihm zu genehmigen, den Stadtbach zu überbauen.

Die Hälfte des Baches zu überbauen ward ihm genehmigt, und der Toweis erstellte vorab einen kleinen Saal für seine vielen Kinder. Hier sollten sie spielen, lernen und musizieren. Denn, wir wissen es, auf Musik hielten die alten Burger von Hasle viel.

Alle Buben des Toweis waren musikalisch – der eine, Philipp Jakob, der mein Großvater werden sollte, ausgenommen. Allen Kindern aber war der Jugendfreund des Vaters, der Schuhmacher Josef Heim, Pate und die Frau des Metzgers Kröpple Patin. Für die zehn Kinder des Toweis am Santi Klaus-Tag die üblichen Geschenke und an Ostern die Ostereier aufzubringen, war für den Schuhmacher jedenfalls keine Kleinigkeit.

Er tat, was er konnte, und die Kinder liebten und ehrten ihn wie einen zweiten Vater.

Das älteste von ihnen war der Johann Georg, der diesen Namen trug zu Ehren seines Weber-Großvaters, das jüngste der Arbogast, der Stammhalter und Nachfolger des Vaters in Haus und Gewerbe; der kleinste aber war und blieb der zweitälteste, der Philipp.

Die Buben schlugen alle, wie üblich, in der Mutter Geschlecht; sie waren Lienharde, mittlere und kleine, gedrungene Gestalten. Ich erinnere mich noch an den letzten Bäcker Lienhard in Hasle, einen Neffen meiner Urgroßmutter; er war ein schmächtiges, bedächtiges Männlein mit überaus klugen Augen.

Die Maidle, die Mariann', die Walburg, die Barbara und die Helene, waren kraftvolle Wibervölker. Die Helene und die Walburg kannte ich selber noch und von der letztern alle ihre Söhne, lauter schöne, hochgewachsene Männer.

Die Kinder waren ums Leben gern beim Vater in der warmen Backstube, und meine Berichterstatterin, die Backmulde, hat sie alle gesehen in ihrem Jugendhimmel, von allen ihre späteren Lebensschicksale vernommen und von allen ihren Todestag erlebt und überlebt.

Alle Buben, der eine Josef, ausgenommen, lernten an ihr des Vaters Handwerk, und alle kehrten nach der Wanderschaft wieder für kürzere oder längere Zeit zur väterlichen Mulde zurück.

Die Maidle sah sie unzählige Abende draußen in der Stube um die kleine, klugäugige Mutter sitzen und spinnen und singen. Sie sah sie als fröhliche Bräute, sie hörte ihre Klagen über die Leiden im Ehestande, wenn sie zu Vater oder Mutter kamen, um sich Rat und Hilfe zu holen.

Sie sah alle die Enkelkinder des Toweis und überlebte sie. Sie war die stumme Zeugin der Arbeit, des Glückes, der Leiden und des Todes von drei Generationen.

Sie sah viele Jahre lang den Vater Toweis mit seinen Lehrbuben sich abmühen in der Backstube, bis die eigenen Buben so weit herangewachsen waren, um dem Vater helfen zu können.

Alle Kinder mußten, sobald sie der Schule entwachsen waren, abwechselnd an Sonn- und Feiertagen in aller Frühe mit schweren Brotgräzen auf dem Rücken oder mit Körben auf dem Kopf hinaus aufs Land und Brot feil halten vor den fünf Dorfkirchen um Hasle herum.

In die nähern Orte gingen in der Regel die Maidle, in die entfernten stets die Buben.

Wenn die Landleute aus den Kirchen kamen, wimmelte es von Haslacher Bäckerkindern oder Bäckermägden, die alle Brot feil boten.

Das Hausieren in den Dörfern oder im Hin- und Herweg war verboten.

Die Backmulde war Zeuge der Freude oder der Trauer der Kinder, wenn sie von ihrer Feilträgerei heimkehrten und fröhlich oder traurig waren, je nachdem sie viel oder wenig verkauft hatten. Am meisten verkaufte der spätere Student Josef. Er schlug die Orgel viel besser als die Dorfschulmeister und spielte dann den Bauern in der Kirche was Schönes auf, und dafür kauften sie nach dem Gottesdienst außerhalb der Kirche von seines Vaters Brot.

Sobald der erste seiner Buben als fertiger Bäcker aus der Fremde heimgekehrt war, widmete sich der Toweis mehr seiner Liebhaberei, dem städtischen Bauwesen; denn mit seiner Wiedereinsetzung als

Ratsfreund war er, wie schon erwähnt, auch wieder Baumeister geworden und blieb es bis 1786, wo er freiwillig zurücktrat.

Er erbaute während seiner Amtszeit eine neue Säge, den Kanal oberhalb der Stadtmühle, ein neues Schulhaus und eine neue »Rîbe«. Nie letztern zwei Gebäude wurden mir später gar wohl bekannt. In der »obern Schule« holte ich meine höhere Knabenweisheit, und in der Rîbe verbrachte ich manchen Herbsttag meiner Knabenzeit.

Jeder Bürger pflanzte in der guten, alten Zeit seinen Hanf, und in der Herbstzeit bearbeiteten denselben lustige Wibervölker im Freien mit den »Knitschen«, daß das ganze Städtle davon ertönte.

War der Hanf zerschlagen, so kam er in die Rîbe. Diese war ein kleines Häusle am Wasser draußen bei der Walke der Stricker und bei den Stampfen der Öler. In ihr befand sich das »Rîbebett«, in welches der Hanf gelegt wurde. Nun ward der »Rîbestein« losgelassen, ein gewaltiger, konisch geformter Sandstein, der blitzschnell im Kreise über die im Bett liegenden Hanfbündel dahin fuhr, um sie von den letzten Häckseln zu befreien.

Während der Drehung des Steines galt es immer wieder die Bündel umzuwenden, und das war ein gefährliches Kunststück, welches nicht alle Wibervölker jener Tage zuweg brachten.

Berühmt war in meiner Knabenzeit eine alte ledige Person wegen ihrer Kunst dem eilenden Stein gegenüber. Sie bekam drum auch den Namen »das Rîbenanne«; einen andern Namen kannte ich nie von ihr.

Sie war es auch, die jeweils meiner Mutter den Hanf besorgte, und ich mußte ihr manchmal das Mittagessen oder z'Nüne und z'Biere bringen, was ich stets gerne tat, um dem rollenden Stein und dem behenden Rîbenanne zuschauen zu können.

Zum Bau der Säge und der Rîbe brauchte der Toweis keine weitere technische Hilfe; aber beim Schulhausbau zog er den »Stockadorer« Meißburger von Freiburg bei.

Als anno 1784 von der Landschaft eine neue, kürzere Landstraße über Hofstetten und über die Eck gebaut werden sollte, da wurde der Toweis auch zum Ingenieur. Er nimmt den städtischen Wachtmeister Österle und den Zimmermann Mathias Hölzer mit sich und steckt die Straße aus bis auf die Wasserscheide, von wo ab die österreichische Regierung, deren Gebiet dort anfing, bauen muß. Er zeichnet auch einen Plan darüber und legt ihn der Regierung vor. Der fürstliche

Straßendirektor von Auffenberg verwirft ihn wohl nur deshalb, weil er nicht von ihm ist.

Da der Toweis sowohl Hoch- als Tiefbaumeister war, hatte er auch die Brunnen unter sich, und da erwies er sich als der erste Hygieniker von Hasle.

Er versuchte von Zeit zu Zeit das Wasser aller Brunnen und brachte, wenn es ihm nicht gut und rein erschien, eine Musterflasche in die Ratssitzung und erbat sich die Vollmacht, die betreffende Brunnenstube auspumpen und untersuchen lassen zu dürfen.

Alles stirbt auf Erden, sogar die Namen von Brunnen, und so gibt es im heutigen Hasle auch keinen Motschins-Brunnen mehr, der anno 1784 einmal das ganze Städtle in Aufregung brachte, vorab aber den hohen Rat.

Versucht da der Toweis eines Tages das Wasser dieses Brunnens, welches sonst am beliebtesten war, und findet es höchst ungut. Der Brunnen wird ausgepumpt, und der Baumeister steigt in dessen Tiefe. Er entdeckt drunten Morast, der aus dem Gemäuer des anstoßenden Hauses des Burgermeisters Klausmann kommt.

Er meldet's dem Schultheißen Sartori. Der beruft den hohen Rat, welcher sich an Ort und Stelle begibt und in seinen kühnern Vertretern auch in die Tiefe steigt und den Befund des Toweis feststellt. Unter der Bürgerschaft, die den Rat am Brunnen versammelt gesehen, verbreitet sich das Gerücht einer Brunnenvergiftung.

Der Toweis schlägt dem Rat vor, einen Bergmann aus der Grube »Segen Gottes« kommen zu lassen, der ein »Brunnenschmecker« sei.

Der Rat erklärt seine Sitzung in Permanenz und bleibt auf dem Rathaus beisammen, bis der Brunnenschmecker geholt ist. Dann begibt er sich *in corpore* in das Haus des Burgermeisters Klausmann, der allein nicht mitdarf und auf dem Rathaus sein Urteil abwarten muß.

In seinem Keller findet der Brunnenschmecker richtig eine alte Kloake, die den Brunnen vergiftet.

In schwebender Pein wartet der verdächtige Burgermeister auf die Rückkunft des Rats.

Der kommt, eröffnet ihm den Befund und macht ihn »bei Hab und Gut, bei Leib und Leben haftbar, die Kloake zu entfernen und den Brunnen wieder zu entgiften«.

Erschrocken über den ihm unbewußten Frevel, verspricht der Mann alles, um den Rat und die Burgerschaft zu beruhigen und »die edle Gottesgabe« wieder rein zu machen.

Wie sorgfältig die Menschen in hygienischer Beziehung damals schon waren, zeigt ein anderer Vorgang in den Tagen des Toweis.

Der vergantete Burger und Rotgerber Fidel Beck will, da er »die Last seiner Kinder nicht mehr erhalten kann, nach Wien und von dort ins Polen auswandern«. Er bittet den Rat um einen Geleitsbrief und um etwas Reisegeld. Das letztere fällt spärlich aus. Der Mann bekommt sechs Gulden. Um so besser lautet aber der Geleitsbrief. Dem Rotgerber wird mit dem großen Stadtsiegel bezeugt, daß er »mit keiner Leibeigenschaft beladen sei und sich als Lederhändler ziemlichen Ruhm erworben habe«, Schultheiß, Burgermeister und Rat empfehlen ihn deshalb »allen hochlöblichen und löblichen Obrigkeiten, damit ihm seine Reise nicht erschwert werde, um so weniger, als in Hasle Gott sei Dank eine gesunde, frische Luft herrsche und dem Rat von einer *Contagion* (ansteckenden Krankheit) nichts bekannt sei.«

Für sein Baumeisteramt bezog der Toweis ganze zehn Gulden Gehalt und, wenn er tagelang bei einer Arbeit sein mußte, noch dreißig Kreuzer Diät. Er konnte also bei solcher Bezahlung seiner Liebe zum Bauen noch Opfer genug bringen.

Ein solcher Baumeister war ein Mädchen für alles. Er hatte alle die zahlreichen Fronen zu leiten, die Liste der Froner aufzustellen und ihre Arbeit zu überwachen.

Wenn ein Burger von der Stadt Gratis-Holz verlangte zum Bau eines Hauses oder zur Umzäunung eines Gartens, bekam er es erst, wenn der Baumeister sich von der Notwendigkeit überzeugt hatte.

Wenn die Stadtbäche zu viel oder zu wenig Wasser hatten oder die Pumpen an den Brunnen schlecht funktionierten, so lief man zum Baumeister.

War in der Schule eine Bank, im Rathaus ein Stuhl oder ein Fenster zerbrochen, so wurde es ihm gemeldet.

Wenn die Haslacher boshafter Weise das Wasser abrichteten, das unter der Stadtmauer hindurch in des Obervogts Garten und Fisch-weiher lief, und dem Pascha die Forellen abstarben, wurde zum Bau-meister geschickt, damit er wieder Wasser sende. So war der Toweis mit seiner weißen Zipfelkappe und seiner roten Weste oft den ganzen

Tag auf den Beinen und bald da, bald dort in und außerhalb des Städtchens, um seines vielseitigen Amtes zu walten.

Zwischen hinein trank er seine Kundenschoppen bei den Wirten. Am Abend aber erschien er in der Backstube und schaute nach, ob sein Sohn-Stellvertreter und der Sohn-Lehrbub alles recht machten.

Daß er einen seiner Buben studieren ließ, kam, wie schon gesagt, von seiner und seines Weibes Frömmigkeit her.

Der Toweis war so religiös, daß er jeden Morgen eine heilige Messe anhörte, und sein erster Gang außerhalb des Hauses war der in die Kirche. Mit Vorliebe ging er zu den Kapuzinern.

Wer die Ratsprotokolle der achtziger und neunziger Jahre liest, findet es sehr häufig verzeichnet, daß der Ratsfreund Tobias Hansjakob zu einer Strafe von 30 Kreuzern in die Ratsbüchse verurteilt sei, weil er mehr als eine Viertelstunde zu spät gekommen war.

Er bezahlte stets ruhig und stillschweigend. Erst nach Jahr und Tag eröffnete der Burgermeister Battier einmal dem Senat, daß das Zuspätkommen des Toweis, der ganz nahe beim Rathaus wohnte, daher rühre, weil er keinen Tag das Anhören einer heiligen Messe versäume.

Hatte er vorher noch in der Backstube zu tun, so kam er erst in eine spätere Messe und dann nicht rechtzeitig in die Sitzung.

Daß der Rat trotz dieses lobenswerten Grundes gleichwohl fortfuhr, den frommen Mann zu strafen, spricht sehr gegen dessen Strenggläubigkeit.

Der ganze Rat bestand nach dem Tode Sartoris, der einzige Toweis ausgenommen, aus echten, freisinnigen Haslachern, die nur der Stabhalter und Ratschreiber Fernbach noch an religiöser Aufklärung übertraf. Angesteckt hatte zweifellos alle der Pfarrer und Josefiner Schuhmacher, der den Stadtvätern die fadesten Andachten vorschlug, die er in nichtssagenden, religiösen Phrasen jener Zeit in einem eigenen Gebetbuch zusammengestellt hatte.

Die Ratsherren genehmigten die Phrasen mit dem Zusatz, sie seien »mit vollem Seelenfeuer zusammengestellt«.

Hier ein Beispiel von der Aufklärung der Bewunderer Schuhmachers:

Ein Sohn des Färbers Tobias, Namens Valentin, hatte sich in Bogen in Bayern als Färber niedergelassen und war krank geworden. Er sendet dem Rat seiner Vaterstadt 50 Gulden mit der Bitte, »zu Ehren des heiligen Valentin beim Garten seiner Großmutter ein Bildstöckle zu errichten, damit er wieder gesund werde.«

Was tut der aufgeklärte Rat? Er lehnt die Bitte des Färbers »platterdings« ab, »weil die Anschaffung solcher unnützen, die Religion entehrenden Denkmäler und Abzeichen nicht der jetzigen Aufklärung entspreche. Der Valentin Hansjakob solle die 50 Gulden seinen armen Verwandten schenken, das sei gescheiter.«

Aus Anlaß meiner Studien über die Zeit der Backmulde habe ich diesen Bildstöckle-Stifter Valentin entdeckt. Und da der Schuster Hansjakob, von dem ich in dem Buch »Verlassene Wege« erzählte, auch in Bogen lebte und zweifellos ein Enkel des Valentin war, so hat sich meine Vermutung als richtig erwiesen.

Der Schuster, welcher so gerne die geistliche und weltliche Obrigkeit kritisierte und öfters dafür eingesperrt wurde, war richtig auch ein Abkomme des »Schriner-Mathis«.

Seit seinem Tode hat mich ein Bruder von ihm, ein armer Säckler in München, entdeckt.

Der Toweis ließ sich nicht anstecken von der Aufklärung, ging nach wie vor zu den Kapuzinern und bezahlte seine Strafe fürs Zuspätkommen. Und jeden Sonntag mußte einer seiner Buben den Kapuzinern ein Brotalmosen bringen.

Die Kapuziner nun bestätigten dem Toweis das Talent seines dritten Buben, des Josef, von dem der Schulmeister Franz Antoni schon längst bezeugt hatte, er sei nicht bloß sehr musikalisch, sondern auch in alleweg sein bester Schüler.

Der Toweis traute aber weder der Wissenschaft der Kapuziner, noch der des Schulmeisters von Hasle. Er hielt, was Gelehrsamkeit betrifft, nur etwas auf die Benediktiner in Gengenbach.

Er nahm eines Tages seinen Sepple an der Hand, wanderte mit ihm an der Kinzig hinab und brachte ihn in die dortige Klosterschule. Die Klosterherren sollten, so meinte er, den Buben einmal ein Jahr auf Probe behalten und in die Lehre nehmen. Auf die Kosten käme es nicht an.

Die Mönche glaubten dem behäbigen Mann in der roten Weste und dem langen, hechtgrauen Bäckersrock und behielten den Sepple.

Das war im Herbst 1776 geschehen. Ein Jahr später kam der Sepple heim, brachte einen Preis mit und das Zeugnis, daß er der erste in der Klasse gewesen sei.

Jetzt hatte aber noch ein wichtiger Akt zu geschehen, ehe der Sprößling des Toweis seine Studien fortsetzen konnte. Es mußte dazu die Genehmigung direkt vom Fürsten eingeholt werden. Und hierin zeigte sich dieser als wahrer Landesvater.

Die Bittschrift mußte unmittelbar an den Fürsten adressiert und dann dem Obervogt übergeben werden. Dieser hatte die Bittschrift vorzulegen und über Vermögens- und Familienverhältnisse der Eltern, über das Talent des angehenden Studio Erkundigungen einzuziehen und zu berichten. Bestand Gefahr, daß die andern Kinder im Vermögen geschädigt würden durch den Studenten, und hatte dieser kein Talent oder der Vater keine Mittel, so wurde der Sohn gänzlich abgewiesen und dem Stand des Vaters überantwortet.

War diese Maßregel schon sehr lobenswert, so kam noch eine andere, viel lobenswertere dazu.

Jedes Jahr hatte der Studiosus seine Zeugnisse dem Fürsten vorzulegen, wie der Sohn dem Vater. Geschah das nicht alsbald bei Beginn der Ferien, so wurde vom Obervogt sofort daran erinnert.

Je nach dem Befund der Zeugnisse wurde dem Betreffenden die Fortsetzung des Studiums erlaubt oder er von demselben abkommandiert. Dies geschah regelmäßig, wenn der Student nicht in allen Fächern die Note »sehr gut« hatte.

Verwarnung und noch eine Frist von einem Schuljahr kamen vor, wenn das Zeugnis nur in einem oder dem anderen Fach nicht die verlangte Note nachwies.

Es hatte diese Vorlage zu geschehen bis in das letzte Universitätsjahr hinein und bei Theologen selbst noch im bischöflichen Seminar in Straßburg.

Waren es aber der Studenten mehr, als daß sie in fürstlichen Landen als Pfarrer oder Beamte hätten Anstellung finden können, so wurde einfach einer Anzahl das Weiterstudieren verboten ohne Rücksicht auf Zeugnisse.

Wer seinen Sohn ohne Erlaubnis ins Studium gab, weil er fürchtete, die Erlaubnis nicht zu bekommen, wurde mit Strafe belegt.

So hat 1757 ein Bauer Neumaier aus dem Fischerbach seinen Sohn ins Kloster Allerheiligen geschickt. Er wird um vier Reichstaler punktiert, dem Sohn aber erlaubt, noch »einige Schulen zu studieren«, weil »er von sich spüren lasse, daß er ein kapables Subjektum werden könne zu einem Barbier oder Chirurgus«. Der Schuhmacher und

Amtsbote Hammerstiel in Hasle wird mit sechs Gulden Strafe belegt, weil er seinen Buben auch ohne Erlaubnis nach Allerheiligen gegeben hat. Zugleich wird ihm befohlen, den Buben wieder zu holen.

Der Schuster begibt sich schweren Herzens ins herrliche Kloster im Renchtal; aber der arme Kleine jammert und schreit so, da er wieder heim soll, daß die Mönche ihn behalten. Der Vater wird aber um zwölf Gulden punktiert, weil er den Sohn nicht bringt.

Da legt sich der Abt des Klosters selbst ins Mittel beim Fürsten, »weil der junge Hammerstiel ein zum Studieren sehr taugliches Subjektum sei.« Daraufhin wird's erlaubt, und der Schusterssohn bekommt fortan in allen Klassen die ersten Preise für seine Leistungen.

Da die Kultur die Menschen immer siecher und elender und damit auch dümmer macht und dazu noch jeder billige Denker studieren kann, haben wir in unsern Tagen eine Menge studierter Dummköpfe und bekommen mehr und mehr ein »gebildetes« Proletariat.

Darum hatte die gute, alte Zeit weise Maßregeln getroffen, daß Esel und Faulenzer nicht weiter studieren durften und kein Überfluß an aussichtslosen studierten Leuten entstand.

Im fürstlichen Archiv in Donaueschingen liegen heute noch die Zeugnisse jener Studenten, und man staunt, wie hohe Anforderungen der fürstliche Bescheid an die jungen Leute damals stellte.

So unsereiner sechzig oder siebzig Jahre früher zu studieren angefangen hätte und im ersten Jahre schon als Repetent heimgekehrt wäre, würde ihm ohne Gnade das Weiterstudieren gänzlich verboten und er unbarmherzig zum Handwerk seines Vaters kommandiert worden sein.

Wir sehen, es kommt viel darauf an, in welcher Zeit ein Mensch lebt und studiert. Was wäre mir an Studierleiden, an Geistesplagen, an Kämpfen und Weltschmerz erspart worden, so ich früher gelebt und vom Studium obrigkeitlich abbefohlen worden wäre!

Interessant ist, daß es damals in und um Hasle viel mehr Studenten gab als jetzt. Einmal war das 18. Jahrhundert ganz vorzugsweise eine Zeit, in der es weit mehr talent- und geistvolle Menschen gab, als vor- und nachher.

Ferner war die Gelegenheit zum Studieren viel günstiger durch die zahlreichen Klosterschulen, in denen Knaben billige und sichere Unterkunft und gute Lehrer fanden.

Vor und nach des Toweisen Josef und gleichzeitig mit ihm studierten viele junge Leute aus dem Städtle und aus den umliegenden Dörfern in den Klöstern Billingen, Gengenbach, Obermarchtal, Allerheiligen, Ettenheimmünster, Weingarten und Thann (Elsaß), in den Kollegien der Jesuiten zu Rottweil und Rottenburg, in den Schulen zu Colmar, Pruntrut, Pont-à-Mousson und auf den Universitäten zu Freiburg, Wien, Salzburg, Straßburg und Jena.

Und das alles zu einer Zeit, wo es noch keine Eisenbahnen gab und die Entfernungen eine andere Bedeutung hatten als heute.

Die Theologen gingen gerne nach Salzburg, die Juristen nach Wien und Jena, trotzdem Freiburg so nahe war und keiner von den Studenten Überfluß an Geld hatte. Aber es war eben ein großer Zug in den Menschen jener Tage. Ihr lebhafter Geist trieb sie nicht nur in die Ferne, er suchte nach möglichster Ausbreitung seiner Kenntnisse.

Die wenigsten Studenten begnügten sich mit dem, was zum Brotstudium nötig war; sie machten auch noch den Magister oder den Doktor.

Der Gerber Hettich hatte einen Stiefsohn namens Anton Küner. Er bat den Fürsten, ihn studieren lassen zu dürfen, weil, er ein »schadhaftes Pedal« habe; wenn er es auch nur zum Schreiber oder Chirurgen bringen könnte.

Dieser am linken Fuß gelähmte Hüner doktorierte anno 76 in Freiburg mit höchstem Lobe in der Theologie, war dann Vikar in seiner Vaterstadt und starb als resignierter Pfarrer von Steinach.

Des Toweisen Josef errang anno 84 in Freiburg die Würde eines »Meisters der freien Künste« in Mathematik, Physik und Naturgeschichte.

Dabei waren diese Leute keine Streber; sie begnügten sich, Pfarrer zu werden und es zu bleiben. Wenn heute ein Theologe den Doktor macht, meint er schon, er müsse mindestens als Universitätsprofessor oder als Domdekan sterben.

Was jene geistlichen Herren, wenigstens die zwei letztgenannten und einen dritten Haslacher, den Georg Schwendemann, Pfarrer in Bohlsbach, noch auszeichnete, war ihr Verlangen, alt geworden, in ihrer Vaterstadt sich ruhig auf den Tod vorbereiten zu können. Sie ließen sich als Sechziger pensionieren und verlebten ihre letzten Tage da, wo die Jugendsonne ihnen einst geleuchtet.

Unsereiner hätte längst den gleichen Wunsch, aber die Pension eines simplen Pfarrers reicht bei den heutigen Lebensmittelpreisen kaum über das Hungerleiden hinaus. Und da das Alter sonst Bresten genug hat, möchte ich nicht auch noch vor dem lieben Tod mit Mangel kämpfen.

Zu einer bedeutenden Stellung, die übrigens, wie gesagt, keiner erstrebte, brachte es von den vielen damaligen Studenten aus Hasle und der Umgegend nur einer, der 1775 in meiner Vaterstadt geborene Joachim Kleyle, eines Krämers Sohn. In seinen Adern rollte lebhafter, südlicher Geist: denn seine Mutter war eine Battier.

Er studierte auf dem Gymnasium in Donaueschingen und dann in Wien mit Auszeichnung Jurisprudenz und Philosophie und kam nach seinem Staatsexamen als Gehilfe zum Reichshofrats-Kollegium und 1803 zum Kriegs-Departement, wo er bald ein Liebling des Erzherzogs Karl wurde. Er begleitete diesen als Hofkriegssekretär auf seinen Feldzügen.

Als nach der Rückkehr Napoleons von der Insel Elba Erzherzog Karl Zivil- und Militärgouverneur von Mainz wurde, war Kleyle in Zivilsachen seine rechte Hand.

Nach dem zweiten Pariser Frieden zog sein Gönner sich ins Privatleben zurück, und Kleyle wurde Direktor seiner großen Domänen.

Zu diesem Amt taugte Kleyle wie kein zweiter; denn er war Agrarier mit Leib und Seele. Er widmete all seine freie Zeit landwirtschaftlichen und ethnographischen Studien, war der Vorkämpfer für die heute noch bestehenden landwirtschaftlichen Bezirksvereine in Österreich und der erste und wärmste Eiferer für die Regelung des landwirtschaftlichen Unterrichts.

1823 wurde er von Kaiser Franz wegen seiner dem Staate und dem kaiserlichen Hause geleisteten Dienste in den erblichen Ritterstand erhoben.

Sein ältester Sohn, Karl Kleyle, wurde als Landwirt noch berühmter denn der Vater.

Er trat nach Absolvierung seiner juristischen Studien ebenfalls in den Dienst des Erzherzogs und bekam in jungen Jahren schon die Verwaltung der erzherzoglichen Güter in Mähren und Galizien, wobei er sich hervorragend auszeichnete. 1846 trat er an die Seite seines Vaters als dessen Stellvertreter in der Gesamtverwaltung der erzherzoglichen Domänen.

1847 starb Erzherzog Karl, und sein Sohn Albrecht folgte. Die beiden Kleyle waren als Haslacher Blut anno 48 für Freiheit, was ihnen bittere Stunden verursachte. Vater und Sohn traten aus dem Dienste des Erzherzogs, der erstere in Pension, der andere übernahm als Ministerialrat ein Staatsamt. Hier wirkte er großartig für die Landwirtschaft, für das Forst- und Bergwesen.

Er ist der Erfinder des nach ihm benannten Pfluges, der seinen Namen in alle Welt trug.

Der Vater starb 1854 in Wien, und schon nach einigen Jahren folgte ihm sein Sohn, noch nicht fünfzig Jahre alt, im Tode nach.

Von beiden weiß man in der Vaterstadt des Joachim Kleyle kein Wort mehr. Ich hörte in Hasle nie eine Silbe von ihnen. Erst als ich anno 1868 das erstemal nach Wien kam, erzählte mir der gelehrte Kustos des Belvedere und der Ambraser Sammlung, Dr. Bergmann, ein Vorarlberger, von dem Haslacher Kleyle.

Länger als Vater und Bruder wird die Tochter und Schwester Sophie fortleben; denn sie war das weibliche Ideal eines klassischen Dichters, des unglücklichen, genialen Lenau.

Lenau hatte im Jahre 1822 seine juristischen Studien aufgegeben und wollte Landwirtschaft studieren. Er bezog zu diesem Zweck die von Joachim Kleyle auf den Gütern des Erzherzogs errichtete Ackerbauschule und wurde hier ein intimer Freund eines jüngern, früh verstorbenen Sohnes des Gründers der Anstalt, des Fritz Kleyle.

Der Dichter hat eines seiner schönsten Lieder diesem Freunde gewidmet.

Als Lenau zwei Jahre später, nach seiner Heimkehr aus Amerika, die Familie Kleyle in Wien aufsuchte, lernte er die ebenso anmutige als geistreiche Schwester seines Jugendfreundes kennen, Sophie Kleyle, die aber bereits an einen höhern Beamten und Freund Lenaus, Löwenthal, verheiratet war.

Zwischen beiden entstand eine Zuneigung, die fortan für sie eine Quelle der schwersten Kämpfe wurde. Die junge Frau gewann auf das Leben und Dichten Lenaus den mächtigsten Einfluß, und der Umgang mit ihr wurde für den Dichter der reichste Born geistiger Erfrischung, Anregung und Erhebung, aber sicher auch mit ein Grund seines traurigen Endes.

Es ist ein tragisches Geschick, das diese beiden Seelen umspann, auf der einen Seite der Zauber des gegenseitigen Verständnisses und auf der andern Seite die gänzliche Aussichtslosigkeit, sich je angehören zu können.

Wie schmerzlich Lenau dies fühlte, sang er in einem Aufschrei seiner Seele:

Ach, wärst du mein, es wär' ein schönes Leben:
So aber ist's Entsagen nur und Trauern,
Nur ein verlorenes Grollen und Bedauern:
Ich kann es meinem Schicksal nicht vergeben.

Undank tut wohl und jedes Leid der Erde,
Ja, meine Freund' in Särgen, Leich an Leiche,
Sind ein gelinder Gram, wenn ich's vergleiche
Dem Schmerz, daß ich dich nie besitzen werde.

Ein lebhafter, höchst geistvoller Briefwechsel bestand zwischen beiden, und viele der herrlichsten Lieder des Dichters sind den Beziehungen zu Sophie Kleyle gewidmet.

Im Juli 1844 machte Lenau von Baden-Baden aus eine Reise in den Schwarzwald und kam auch nach Hasle. Hier suchte er, wie einer seiner Briefe an Sophie erzählt, deren Onkel auf, den Posthalter Kleyle, dem ich noch als Knabe Briefe im Städtle austrug.

Lenau erachtete diese Frau nicht nur sich, dem Dichter-Genie, ebenbürtig, sondern geistig ihm überlegen und hielt sie für die »geistig Höchste in Deutschland«.

Von allen, die den Sänger lieben,
hat niemand mich, wie du, verstanden

singt er. Willenlos folgte sein stolzer Geist den Entscheidungen der verständigen Frau; aber beider Herzen brachen und verbluteten schließlich unter dem Kampfe zwischen Liebe und Pflicht.

Sophie brachte es auch dahin, daß der demokratische Dichter seinem Gelöbnisse, »ihm möge eher die Hand am Saitenspiel herunterfaulen, als daß er ein Fürstenlied singe«, untreu wurde. Er dichtete ein Lied auf das fünfzigjährige Soldatenjubiläum des Erzherzogs Karl, dessen erster Beamter ja Sophiens Vater war.

Sie verließ den armen Dichter auch nicht, als er in der Irrenanstalt zu Oberdöbling in geistiger Umnachtung sein Leben verbrachte und 1850 beschloß. Sie besuchte ihn dort häufig, obwohl er sie nicht mehr kannte, und überlebte den Unglücklichen fast um drei Jahrzehnte.

Leute, die sie in ihren alten Tagen gekannt, schildern sie mir als eine äußerst geistvolle Dame. Ein Sohn von ihr lebte kürzlich noch: ein anderer fiel als Rittmeister in der Schlacht von Königgrätz.

Die Frau interessierte mich deswegen besonders, weil sie Haslacher Blut entstammt und es mich freut, daß ein Genie wie Lenau sie die geistreichste Frau Deutschlands genannt hat, ein Ruhm, der auch meine Vaterstadt Hasle noch bestrahlt. –[6]

Auch der Ratschreiber Fernbach hatte einen Studenten, der später Oberamtmann in Wolfe war, und ein Battier brachte es zum fürstenbergischen Overvogt in Stühlingen.

Wegen seiner ausgezeichneten Zeugnisse erhielt des Toweisen Josef einen Freiplatz, als er sich anno 84 für das theologische Seminar zu Straßburg meldete.

Es galt nun beim Eintritt desselben den Tischtitel zu stellen, d. h. zu garantieren, daß dem jungen Kleriker ein standesgemäßes Auskommen gesichert sei, falls er krank würde vor Erlangung einer kirchlichen Pfründe.

Diese Garantie übernahm bei ärmeren Kandidaten des geistlichen Standes entweder der Fürst oder auch die Stadt Hasle. Der Toweis war imstande, sie selbst zu leisten.

Er gab im Stadtrat die Erklärung, ab, für die vom bischöflichen »Konsistorium« geforderten 1.000 Reichstaler Tischtitel eine Obligation auf eine Anzahl seiner Felder ausstellen zu lassen.

Dazu bemerkte der fromme Mann, falls die Obligation dem Konsistorium nicht genüge, sei er bereit, all sein Hab und Gut zum Pfande zu setzen, womit sein Weib und seine ganze Nachkommenschaft einverstanden sei.

---

6   Wer Lenau's Genie auch im Briefstil und die ganze Tragik des Verhältnisses zu Sophie Löwenthal kennen lernen will, der lese: Lenau und die Familie Löwenthal. Max Hesse, Leipzig 1906. Schlossar, Nikolaus Lenau's Briefe an Emilie von Reinbeck. A. Bonz & Comp., Stuttgart 1896.

Und als der Toweis seinen Josef im August 1789 zum erstenmal am Altare sah in der Pfarrkirche zu Hasle, da war sein und seiner Magdalena höchster Lebenswunsch erfüllt.

Während der Studienzeit des Josef hatten die Kinzigtäler Studenten alle stets ein offenes Haus beim Toweis, und auch alle fremden fahrenden Schüler jener Tage, die, einen Zehrpfennig bettelnd, sich durchs Land schlugen, fanden bei ihm eine offene Hand.

Aber noch viel interessantere Fahrende kehrten beim Toweis ein, und das waren die zahlreichen »Jauner« jener Zeit, die bei ihm am liebsten ihren Schnaps tranken, weil er bis in die neunziger Jahre als Ratsfreund das Asylrecht besaß.

Ich kenne sie aus den amtlichen Akten jener Tage alle mit Namen, die poesievollen Gestalten der Jauner und Stromer, welche damals das Kinzig- und Elztal durchstreiften und namentlich an Jahrmärkten in Hasle eintrafen und im schutzverheißenden Hause des Ratsherrn Toweis Einkehr hielten.

Ich nenne sie poesievoll, weil diese Leute dort ihre Zentrale hatten, wo mir der Schwarzwald am besten gefällt – bei den Höhhäuslen und im Gebiet der Heidburg, auf der Wasserscheide zwischen Kinzig- und Elztal. Wenn sie im Sommer auch auf dem östlichen Schwarzwald und auf den höhen von St. Peter und St. Märgen umherstreiften, sobald der Winter kam, zogen sie ihren Lieblingsstationen zu und nahmen »Unterschlupf« bei den Buren auf bei Herne, am Schwabenberg, am Hünersedel und in Schweighusen.

Von da aus stiegen sie dann herab und kamen auf die Märkte von Hasle.

Sie waren aber nicht bloß poesievolle Leute, sondern in meinen Augen auch biedere, bescheidene Gauner.

Mord oder Raub lag den allermeisten von ihnen so ferne als mir und dem Leser. Die meisten bettelten ihr tägliches Brot, und wenn dies fehlschlug, stahlen sie es. Sie gingen in Lumpen, und wenn diese abfielen und kein neues Häs zu erbetteln war, nahmen sie es, wo eines zu finden war.

In der ganzen zweiten Hälfte des 18. Jahrhunderts kam in der Herrschaft Hasle nur ein Mord vor, den ein Gauner am andern verübte. Ein Balthasar Weber von Zweibrücken, ehemaliger königlich sardinischer Korporal, wurde in einem Hohlweg »auf der Pfaus« von einem andern Gauner und dessen Zuhälterin erschlagen. Seine Konkubine erwehrte sich des gleichen Schicksals mit ihrem Messer meisterlich.

Also im Winter kamen die Vagabunden und Gauner und ihre Weibsleute zurück auf die wunderbare Höhe zwischen Elze und Hasle. Die Weiber spannen und strickten, und die Männer dreschten bei den Buren.

Kam aber der Frühling, so flogen sie aus. Sie wollten zur Sommerszeit frohe Menschen werden und in des Waldes düstern Gründen ein freies Leben führen.

In einsamen Mühlen wurde Mehl gestohlen, auf einsamen Höfen Brot geholt, bisweilen auch der nötige Speck dazu, und dann saßen sie ums Feuer in Wäldern und Hainen, die Enterbten jener Tage, und sangen, pfiffen und tanzten.

Die Weiber spionierten untertags, wo nachts etwas zu holen wäre. War Beute genug da, so blieben sie tagelang im gleichen Wald, ehe sie weiterzogen, diese genügsamen, armen Teufel.

Wurde ein solch fahrendes Weib oder ein Jauner erwischt, so wurden sie das erstemal am Gerichtsort an den Pranger gestellt mit einer Tafel am Leibe, worauf, je nachdem, geschrieben stand: »Du sollst nicht müßig im Land herumziehen«, oder »Du sollst nicht stehlen«. Zum Dessert gab's dann noch 20–60 Schläge auf den bloßen Leib mit dem Ochsenziemer.

Im Wiederholungsfall erfolgte Zuchthaus, wo sie mit dem Ochsenziemer empfangen und entlassen wurden; was man Willkomm und Abschied hieß. Nach öfterem Besuch des Zuchthauses bekamen sie bei der Entlassung den Namen desselben aufgebrannt.

Erzdieben wurde Rad und Galgen aufgeprägt, und schließlich erlöste sie der Strick von ihrem fahrenden, fröhlichen Leben.

Bei den Bauern waren sie nicht unbeliebt, die Jauner und Jaunerinnen. Ein Bauer gönnte es oft dem andern, wenn er von ihnen gerupft wurde. Dazu wußten diese Fahrenden gar viel zu erzählen und kannten allerlei Heil- und Zauberkünste. Sie hatten bewährte Wundsegen, konnten das Blut stillen, wußten Mittel, alle Schlösser aufzusprengen, im Spiel zu gewinnen und, was am meisten zog, sie vermochten es, die »neun Fürsten der Finsternis zu rufen«.

Sie erzählten den Bauersleuten auch viel vom geheimnisvollen Alraunmännchen und von dem und jenem Manne, der eins besitze.

Viele unter ihnen waren gute Musikanten, vorab Geiger, und spielten dem jungen Volk in den weltfernen Höfen zum Tanz auf.

Auf die Jahrmärkte von Hasle brachten sie in ihren Gräzen zur Winterszeit Bohnen und Nüsse, die sie teils erbettelt, teils gestohlen hatten. Vom Erlöse tranken sie dann im schützenden Hause des Toweis ihren Schnaps, ehe sie sich wieder in die Berge schlugen.

Hatte der Mann in der roten Weste Zeit, so setzte er sich zu ihnen und ließ sich von ihren Sommerfahrten berichten.

Nennen wir nun die Jauner und Jaunerinnen, die in jenen Tagen auf meinen Lieblingshöhen überwinterten und auf die Märkte nach Hasle kamen. Sie verdienen es, als Repräsentanten der Volkspoesie und der ehrlichen, maßvollen Gaunerei der Vergangenheit entrissen zu werden in einer Zeit, wo die Gaunerei im großen so in Ehren steht.

Da war der »Freiburger Michel«. Er zog mit seinem Weib und acht Kindern auf dem westlichen und nördlichen Schwarzwald herum und bettelte mit Vorliebe Anken (ausgelassenen Butter).

Dann kam der »Krämer-Sepple«, auch Nußschwinger genannt. Er lebte mit seinem »kurzen, dicken Mensch« vom Bettel und sah es im Herbst besonders auf die Nußbäume ab.

Der »Kohlerle« und der »Soldätle« gingen als Schutzpatrone mit zwei Bettelweibern, mit der »Kohl-Theres« und dem »Messer-Maidle«.

»Der »Buschjockele« führte des »Polacken-Baschis« Tochter mit sich, machte Bäuschte (Tragringe) und bettelte nebenher.

Der »Straßburger Schuhmacher« flickte den Bauern die Bundschuhe und bettelte, wenn's nichts zu flicken gab.

Der »Zipfelbub«, so genannt, weil er am Kinn eine Warze trug wie ein »Geißzipfel«. Er war ehedem im Kloster Thennenbach Knecht gewesen und entlassen worden, weil er die Liebe der Klosterköchin gewonnen. Jetzt schlägt er sich als Jauner durch die Welt und erzählt Klostergeschichten.

Unbeliebt war bei den Buren der »Württemberger Jakob«, der ein »kleines, mageres Mensch«, eine Schweizerin, mit sich führte und schimpfte und fluchte wie ein Türke, wenn ihm die Buren nicht gleich nach Wunsch aufwarteten.

Beliebter ist der »Studentle«. Er ist ein verkrachter Student und ein Bauernsohn aus dem Wolftal, der bettelt, Kleinigkeiten stiehlt und ein Weib und viele Kinder bei sich hat.

Der »Schweizer Jakoble« verfertigt Bürsten und Handschuhe und ist mit seinem Kebsweib überall willkommen.

Die »Mehlkäther« und ihr Mann, der »Böhm«, waren vortreffliche Spielleute, hießen aber hie und da etwas mitgehen, was nicht ihnen gehörte.

Nicht ganz korrekt benehmen sich auch der »alte Josef« und sein Weib, des »blinden Böhmen« Tochter. Er hat, aber nur einmal, beim alten Vogt im Simonswald Kleider und Schuhe gestohlen, und sie gibt sich bei den Bauern gern für »betrübt oder besessen« aus, um mehr Almosen zu bekommen.

Einer der schlimmsten war der »Galeeren-Mathis«, aus der Reichs- und Nachbarstadt Zell gebürtig. Er galt als der Patriarch aller Jauner um Kaste rum, war siebzig Jahre alt und schon zweimal auf den Galeeren in Frankreich gewesen. Des »Stumphosen Lenz« und »der kleine Jakoble« sind seine Gesellen. Alle drei stehlen lieber, als daß sie betteln.

Vor dem Mathis waren im Kinzig- und Elztal »berühmt« als Erzdiebe der »Schlesinger-Toni« (Anton Seng von Saig beim Titisee), der »Schapbachei-Toni« und der »Wälder-Sepple«. Der letztere endigte am Galgen, weil er auch Räuber geworden war.

Die Jauner hielten streng an ihrem Gebiet; fremde Jauner wurden nicht gerne gesehen. In der Baar und am Bodensee streiften wieder ganz andere herum als auf dem Schwarzwald.

Am Bodensee war in jenen Tagen »berühmt« der alte »Bock-Sime«, ein Schweizer, weil er sogar heilige Leiber in St. Veit bei St. Gallen gestohlen und zwanzig Jahre auf den Galeeren verlebt hatte. Er galt als der beste Musikant unter seinen Kollegen.

Das waren so die bekanntesten und genanntesten Jauner aus der Zeit meines Urgroßvaters, lauter Leute, auf die ich keinen Stein zu werfen vermag, die mir im Gegenteil, ich wiederhole es, unserer derzeitigen Großgaunerei gegenüber mit einer gewissen Poesie verklärt erscheinen und die dem Volkstum und dem Geldbeutel meiner Schwarzwälder weniger schadeten als die heutigen Touristen, Luftkuristen, Skiläufer und Radfahrer und die zahllosen jüdischen Hausierer.

Ich muß auch angesichts dieser Miniatur-Jauner wieder sagen: »Gute, alte Zeit!«

13.

Der Backmuldenmann Toweis konnte seinen alten Baugeist nicht so leicht begraben. Er hatte das Baumeisteramt kaum zwei Jahre abgelegt, als er es wieder annahm.

Die Burgerschaft hatte beschlossen, das große Weidfeld, Mühlengrün genannt, in Matten (Wiesen) umzuwandeln und diese unter sich zu verlosen. Zu diesem Zweck mußten Wässerungsanlagen und ein großes Wehr gegen den Einbruch der Kinzig angelegt werden.

Das konnte aber am besten der Toweis durchführen, und anno 1788 übertrug man bei der Ämterbesetzung ihm das Bauamt aufs neue. Er legt zuerst das große Wehr an, einen gewaltigen Steinbau, der heute noch existiert, und dann bietet er das Heer der Froner auf, um die Matten herzurichten. Doch die Haslacher schicken als »Fröner« elende Leute oder kommen gar nicht. Der Toweis will nun bezahlte Taglöhner anstellen, aber der Rat genehmigt's nicht.

Ein Jahr lang plagt der alte Bäcker sich ab auf dem Mühlengrün; dann legt er seine Baumeisterei nieder, weil er klagen hört, es gehe nicht vorwärts.

Der Stabhalter Fernbach meint, der Toweis habe den Entschluß der Amtsniederlegung »in der Hitz« gefaßt, und rät ihm, Baumeister zu bleiben.

Allein der Toweis hat genug. Er schimpft bald darauf wie ein Rohrspatz über das ganze Stadt- und Landregiment: »Der Stabhalter dirigiere alles und die Stadträte und Burgermeister seien nur seine Hausknechte, die zu allem ja sagten. Wenn die Burgerschaft was wäre, hätte sie schon längst einen Schultheißen. Daß der Ratschreiber seit Jahren auch das Schultheißenamt vertrete, könne nur in Hasle vorkommen, wo man sich von den Herren in Donaueschingen alles gefallen lasse.«

Jetzt war Feuer im Dach. Der Stabhalter eilt nach Wolfe zum Landvogt und verlangt Untersuchung und Bestrafung. Der Toweis aber bleibt einstweilen den Ratssitzungen fern.

Der Landvogt von Schwab kommt zur Untersuchung und ist so mild gegen den Frevler, daß er ihm zum Schluß das Urteil spricht: »Er solle nur ganz ruhig den Sitzungen wieder anwohnen, und wer ihm wegen seiner Beschimpfungen Vorhalt mache, werde von der Herrschaft empfindlich gestraft werden.«

Der Stabhalter begnügt sich mit diesem Urteil; aber sechs Ratsfreunde erklären, nicht mehr in die Sitzungen zu kommen, bis ihnen eine andere Genugtuung würde.

Diese kam aber nie, und nach und nach setzten sie sich ruhig wieder neben den Bäcker mit der scharfen Zunge.

Warum dieser diesmal so glimpflich wegkam, weiß die Backmulde nimmer. Ich aber vermute, der Umstand, daß damals sein Sohn Josef bereits Hofkaplan war, habe dem Vater Luft geschafft.

Als die Herren das erstemal wieder friedlich beisammen waren, erschien vor ihnen der Handelsmann Josef Kleyle, der Vater des oben genannten Joachim Kleyle. Er hat bei dem Handelsherrn Löhnis in Köln elf Stück holländischen Käses bestellt, und nach sechswöchentlicher Reise ist der Käs verdorben angekommen.

Da der Kölner dies nicht wird glauben wollen, bittet der Haslacher Krämer den Rat, in sein Haus zu kommen, den Käs zu versuchen und ihm ein Zeugnis auszustellen.

Das geschieht: der Käs wird versucht und für schlecht befunden.

Zu meiner Knabenzeit kannte man in Hasle den holländischen Käs nicht einmal mehr dem Namen nach; die alten Haslacher aber genossen ihn, wie die jungen heute den Schweizerkäs.

Seit 1785 gab es in Hasle zwei Bäckermeister vom Stamme Hansjakob: Toweis, der Vater, und Philipp Jakob, der Becke-Peter und Eselsbeck, sein Sohn. Beide konnten sich nie recht in die Regeln der Zunft finden und freischärleten gerne, wie auch ich, ihr Urenkel und Enkel.

So brachten sie anno 90 die ganze Zunft gegen sich auf, weil sie das Mäßle Mehl um drei Kreuzer billiger verkauften, als die Zunft beschlossen hatte.

Alle Wibervölker holten ihr Knöpfle-Mehl bei den zwei billigen Bäckern und schimpften über die andern. Diese versammelten die Zunft und verurteilten die »Stümpler« in ihrer Abwesenheit zu einer Geldstrafe. Sie bezahlten diese nicht, und nun ging die Zunft an den Rat, der die zwei Missetäter vorlud.

Der Sohn Philippus führte das Wort und meinte, die Zunft übernehme (überfordere) die Leute; bei dem gegenwärtigen Fruchtpreis könne man das Mehl billiger geben.

Der Zunftmeister Fideli Müller antwortete: Dem sei nicht so, aber »die Hansjakoben hätten immer was Besonderes und hielten sich nicht gern an Zunft und Ordnung«.

Da der Becke-Philipp erst kürzlich wegen Übersitzens im Wirtshaus und wegen üblen Redens gegen den Rat gestraft worden war, fand er bei diesem wenig Gehör, und Vater und Sohn mußten die Strafe bezahlen.

Der Rat hielt damals in alleweg fest zur Zunft. Der Chirurgus Pfaffius und sein Sohn Johann Martin, der eben von der hohen Schule heimgekommen und sich in der Zunft des Vaters, aus der ein Meister gestorben war, niedergelassen hatte, verklagten mit allen ihren Kollegen den in Wolfe residierenden Landschaftsarzt Dr. Kern. Dieser verkaufte, wie die Chirurgen, Medikamente und nahm chirurgische Operationen vor.

Da er mit beidem in das Zunftrecht der Chirurgen eingriff, trat der Rat auf Seite der letztern, und der Dr. Kern wurde platterdings auf die innere Heilkunde ohne Medikamentenverkauf verwiesen.

Doch ruhte bald der Streit zwischen Zunft und Freischärlern in alleweg: denn in den neunziger Jahren kamen die echten und größten Freischärler, die Franzosen, über den Rhein, und der Krieg mit all seinen Plagen ging auch über das stille Kinzigtal.

Genau in der Mitte dieses Jahrzehnts wurde der Toweis 65 Jahre alt, und jetzt schied er aus dem öffentlichen Leben. Fast dreißig Jahre war er Ratsfreund gewesen. Er wollte nun Ruhe haben und ungestraft täglich die heilige Messe anhören können.

Er resignierte auf seine Ratsstelle, und sein Scheiden ward kühl angenommen. Der Toweis gehörte, wie sein Urenkel, nicht zu den Leuten, die überall beliebt sind. Der Meister Fernbach war nie sein Freund gewesen, und der neue Stadtschultheiß Battier gehörte zu den »Wälschen« und »Herrenwedlern«.

Obwohl der Toweis zehn lebendige Kinder hatte, die alle vom Vater was wollten oder ihn schon vieles gekostet hatten, so gedachte der alte Ratsherr doch bei seinem Scheiden aus dem städtischen Amt der Armen.

Er ließ durch seinen Schwager, den Burgermeister Xaveri Schättgen, dem Rat einhundert Gulden für den Armenfond überreichen. Diese »wohltätige Rücksicht auf die Armen« wurde ihm verdankt.

Mit ihm verschwand aber der Name Hansjakob nicht vom Rathaus. Sein Vetter Anton, der Färber, und sein Sohn Philipp sorgten schon dafür. Beide bekamen vom Rat sehr häufig Strafen zudiktiert, weil sie ihre Kühe besonders hüteten oder weil sie ihre Namen nicht an das Burgerholz im Wald geschrieben oder weil des Färbers Buben Kirschen gestohlen oder in den heiligen Hainen Eicheln geschwungen hatten.

Wichtiger war beider Verweigerung in Sachen der Kriegsbereitschaft. Anno 1799 sollten auf Antrag der kaiserlichen Regierung alle Bürger auf dem Rathaus die Zahl ihrer Gewehre angeben, damit die Österreicher wüßten, wie viel Freipulver sie liefern müßten, um die Mannen von Hasle kriegstüchtig zu machen.

Unter den wenigen, die nicht kamen, waren die genannten zwei Hansjakob, weil beide dem Hauch der Freiheit huldigten, der über den Rhein herüber gedrungen war, und sie keine Lust hatten, für das alte Regiment ihre Gewehre loszuschießen. Sie wurden mit 48 Kreuzern punktiert.

Aber auch der alte Ratsfreund Toweis erscheint, nachdem er das Rathaus verlassen, noch dreimal im Strafkodex. Sein Sohn Toweis, damals Chef in der Backstube, macht eines Tages in frevelhafter Weise ein Klafter Holz im Strickerwald; ein andermal haut er zwei Büchele um zu »Blasholz« in den Backofen; ein drittesmal schwingt er Eicheln in einem der heiligen Haine. Jedesmal wird er ertappt und sein Vater punktiert.

Sonst erlebten der alte Bäcker und seine fromme, unermüdliche Magdalene Freude an den meisten ihrer zehn Kinder. Sie sahen, ehe sie aus dem Leben schieden, fast alle gut versorgt.

Der erste Sohn, so von des Vaters Backmulde wegkam, war der Philipp Jakob, der, wie wir gesehen, es einem Hufeisen verdankte, daß er, kaum dreiundzwanzigjährig, zu einer eigenen Backmulde gelangte.

Daß die Anna Marie Hammerstiel, die ihm zu dieser Mulde verholfen, lange vor dem kleinen Philipp kinderlos starb, hat auch mir großes Leid angetan. Denn ihr Tod hat es dem jungen Becke-Peter ermöglicht, anno 1792 die Maria Anna Zachmann zu heiraten, die meine leibliche Großmutter wurde und mir zwei Erbstücke hinterlassen hat, unter deren einem ich schon unsäglich gelitten habe.

Sie war nämlich die leibliche Enkelin des »Brisgäuers«, des Schultheißen und Italieners Sartori, selbst eine große, schwarze Italienerin und mit einem melancholischen Gemüt behaftet.

Sie hinterließ nun meinem Vater und mir ihre körperlichen und seelischen Eigenschaften. Mein Vater war der Typus eines schwarzbraunen Italieners in Gestalt eines Alemannen, und mich hielten ob meiner tiefschwarzen, mächtigen Haare und ob meines blassen Gesichts in jungen Jahren viele Leute, die nicht wußten, daß ich von Hasle sei, für einen Italiener.

Als ich anno 74 in Frankreich reiste, fragten mich die Franzosen regelmäßig, ob ich ein Italiener oder ein Spanier sei.

Mein Vater und ich erbten auch die Melancholie der Italienerin. – In der Seele des ersten Sartori, der aus der Lombardei mit einer Gräze auf dem Rücken an den Fuß des Schwarzwalds und nach dem österreichischen Städtchen Herbolzheim kam, mag das Heimweh nach der Sonne Italiens diese Melancholie erzeugt haben.

Ob mein »hitziges Temperament« auch aus Italien stammt, weiß ich nicht sicher, da unter meinen Ahnherren schon viele Hitzköpfe waren, ehe die Enkelin Sartoris den kleinen Becke-Peter heiratete.

Der Schultheiß-Großvater muß trotz seines Silbergrabens nicht viel Geld hinterlassen, oder der Vater der Mariann', der Kreuzwirt Zachmann, es verloren haben – denn die zweite Braut des Eselsbecken besaß nur 800 Gulden Vermögen.

Er, der Bräutigam, der vorher eine »Wüste« gehabt, wollte nun auch einmal eine Schöne haben und heiratete die glutäugige, schlanke Italienerin. In diesem Akt lag auch, wie schon gesagt, mein Geschick eingeschlossen.

Schon vor dem kleinen Philipp hatte 1777 die älteste, neunzehnjährige Tochter des Toweis, Marie Anna, den Kupferschmied Lorenz Sandhas geheiratet. Der Lorenz war der Sohn des früher schon erwähnten Hufschmieds und langjährigen Bürgermeisters Josef Sandhas, der die erste Feuerspritze in Hasle gemacht hatte und ein Geniemensch gewesen war.

Der junge Kupferschmied und sein Weib wurden die Eltern jener genialen Menschen, von denen ich in den »Wilden Kirschen« im Kapitel »Die Sandhasen« erzählt habe.

Das Jahr 1789 war ein doppeltes Freudenjahr für den Toweis und seine Magdalene. Im Frühjahr dieses Jahres war der Josef Alois Priester geworden, und am 11. Juni traute er in der Haslacher Kirche seinen ältesten Bruder, den Johann Georg, mit einer Bäckerstochter Braun von Offenburg.

Der Hansjörg war im Andreas-Spital zu Offenburg Bäckerknecht gewesen und hatte hierbei seine Frau kennen gelernt.

Er zeigte alsbald die Eigenschaften seiner Ahnen auch in der Reichsstadt Offenburg. In den Wirtshäusern schimpft er über seine Mitbürger, über Rat und Gericht, und steht nicht selten als Angeklagter vor den »Herren«. Selbst seine Magd muß er auf der letzteren Befehl einmal entlassen, weil sie über einen früheren »Dienstmeister« unsaubere Dinge ausgesagt. Sie hat die Stadt zu »räumen«.

Am schlimmsten kam der Hansjörg weg, als er sich an einem Angestellten des Domkapitels in Straßburg vergriffen hatte. Im Sommer 1799 klagt der Rechtskonsulent Mez vor dem Rat in Offenburg namens des genannten Domkapitels: »Der Backer Hansjörg Hansjakob habe eine tätliche und gegen die Sicherheit laufende Mißhandlung an dem Zehntknecht Philipp Distelzweig vorgenommen.«

Der Distelzweig behauptete, der Hansjörg habe ihn mit einem Stecken bearbeitet und hätte ihn sicher totgeschlagen, wenn des Bäckers Weib nicht abgewehrt hätte.

Der Angeklagte gibt zu erkennen, der Distelzweig sei ein Schelm und Felddieb und habe ihm, trotzdem er den betreffenden Zehnten bereits geleistet gehabt hätte, Saubohnen genommen. Das habe ihn empört, und er sei dem Schelm gehörig an den Leib gegangen.

Das Urteil lautet auf vierzehntägige Turmstrafe mit »schmaler Atzung«.

Der Hansjörg wird sofort abgeführt und hat im Turm jedenfalls weder dem Domkapitel noch dem Rat von Offenburg Loblieder gesungen. Nach einigen Tagen erscheint sein Weib mit zwei ehrbaren Bürgern vor den Herren und bittet, ihren Mann freizugeben, weil viele Feldarbeiten zu verrichten seien und große Einquartierung im Hause liege.

Er wird für den Rest seiner Haft frei gegeben, muß aber zehn Gulden Strafe zahlen und dem Philipp Distelzweig drei Gulden Schmerzensgeld geben.

Der Hansjörg scheint indes im neuen Jahrhundert mit seinem bösen Maul doch durchgedrungen zu sein; denn er wird Ratsherr für viele

Jahre und nebenher – und da allein hat er aus der Art geschlagen – ein sehr vermöglicher Mann.

Anno 1815 kaufte er seinem einzigen Kinde, dem Josef Alois, das Engelwirtshaus in Offenburg und verschaffte ihm die vermögliche Tochter des Adlerwirts Schimpf von Gengenbach zum Weib.

Auch der junge Engelwirt zeigt den streitbaren Geist seiner Ahnen. Er wird anno 1819 wegen nächtlicher Raufereien zur Turmstrafe verurteilt.

Doch da niemand ungestraft unter Palmen und unter Geldsäcken wandelt, so war auch beim Geld des Bäckers zu Offenburg kein Glück. Der Engelwirt starb in jungen Jahren, und sein einziger Erbe und des Großvaters Freude wollte natürlich weder Wirt noch Bäcker werden. Er hatte zu viel Geld, und die Mutter wohnte in Gengenbach in eigenem, stolzem Patrizierhaus.

Des Engelwirts Josef wurde der reichste und schönste Student in Freiburg, wo ich als Knabe ihn noch sah.

Da er aber den demokratischen Geist seiner Ahnen geerbt hatte, wurde er 1848 und 49 ein scharfer Revolutionsmann. Die Preußen trieben ihn dafür übers Wasser, und er starb in Amerika, Mitte der fünfziger Jahre, als Farmer zu Delphin im Staat Ohio.

Jahre vergingen nach der Verheiratung des Hansjörg, bis wieder eine Hochzeit im Hause des Toweis stattfand. Während dieser Zeit amtete als Backmuldenmann der vierte Sohn, Franziskus Tobias, der einzige von den Söhnen meines Urgroßvaters, dessen Bekanntschaft ich noch machen konnte.

Er war auf seiner Wanderschaft in Italien und selbst in Rom gewesen und hatte immer Heimweh nach dem Süden.

Er ließ sich 1798 in dem benachbarten Dorfe Steinach nieder, wo er eine Witwe und Müllerin heiratete und wo ich in den Jahren 1843 und 44 als sechs- und siebenjähriger Knabe ihn kennen lernte. Er saß damals schon in seinem Leibgedinghäusle in kurzen Hosen, Schnallenschuhen, roter Weste und weißer Zipfelkappe – ganz wie einst sein Vater Toweis.

Müller in Steine konnte er leicht werden; denn in jenen Tagen und viel später noch waren in Hasle alle Bäcker Müller, weil sie ihre Frucht selbst mahlten in der Stadtmühle.

Stadtmüller aber war, nachdem die Stadt den Selbstbetrieb durch städtische Mühlknechte aufgegeben und die Mühle verpachtet hatte

– in den letzten dreißig Jahren des 18. Jahrhunderts der Josef Lienhard. Er war der Bruder der Frau Magdalena und somit der Schwager des alten Toweis.

Der Josef Lienhard und sein Bruder, der Bäcker Arbogast, waren gewaltige Jäger vor dem Herrn. Jeder von ihnen hatte zwei bis drei Jagdhunde, und beide waren weit mehr Zeit auf der Jagd als in der Backstube und in der Mühle.

Beide vererbten diese Leidenschaft auf ihre Neffen und Großneffen.

Diese Großneffen aber waren vorab die Söhne der Tochter Walburg, die den Metzger Seraphin Franz geheiratet hatte.

Der Seraphin wollte die Walburg erst zu einer Wirtin machen, was ihm aber schlecht bekam. Er war 1799 eines Tags für seinen Vater auf dem »Gai« gewesen mit einem andern Metzger von Hasle, dem Gigersepp.

In der Sonne in Mühlenbach kehrten sie ein und tranken einen und den andern Schoppen zu viel. In diesem Zustand kauft der dreiundzwanzigjährige Seraphin dem Sonnenwirt sein Haus und Gut ab um 5.000 Gulden, und der Gigersepp ist Bürge. Wer vom Kauf zurücktritt, bezahlt 100 Gulden Reugeld.

Als sie nach Hasle kamen und den Seraphin als Sonnenwirt proklamierten, ging ein Sturm los. Des Gigerseppen Weib lamentierte, daß ihr Mann Bürge sei mit dem Vermögen, das sie in die Ehe gebracht; der alte Metzger Franz tobte, weil er dem Seraphin sein Haus und Gewerbe aufgespart habe und ihm kein Geld gebe, ein Wirtshaus zu kaufen; der Sonnenwirt in Mühlenbach aber verlangte die 100 Gulden Reugeld und klagte beim Obervogt.

Dieser erklärt den Kauf für ungültig, weil der Seraphin minderjährig sei, diktiert diesem aber, da er gegen den Willen seines Vaters einen Kauf abgeschlossen, zweimal vierundzwanzig Stunden »Beturmung« und dem Gigersepp die Amtskosten.

Des Seraphins Vater war deshalb so ungehalten, weil er sich für ihn schon vor Jahren gegen den älteren Bruder gewehrt hatte.

Er besaß einen Sohn Meinrad, einen geriebenen Kerl, der auch Metzger war und nach seiner Wanderzeit beim Vater als Knecht funktionierte. Als solcher und weil er ein schöner Mensch war, gelang es ihm, ein vermögliches Maidle von Husen, Ottilie Fischer, zur Frau zu bekommen unter dem Vorgeben, er sei Meister und Besitzer des väterlichen Geschäftes. Der alte Metzger hatte auch ein Auge zugedrückt, bis die Husacherin eingefangen war. Als diese aber nach der Hochzeit erkannte, daß ihr Meinrad nur Halbburger und Metzgerknecht sei, schlug sie Lärm. Die Zunft meinte, der Alte solle seine Metzigbank teilen unter seine zwei Buben, was jener aber versagte, weil er seine Bank ganz dem Seraphin überlassen wolle, ansonst der als halber Metzger kein rechtes Weib bekäme.

Da wandte sich die getäuschte Ottilie an den Landesvater, den Fürsten, und der schuf für den Meinrad um seines betrogenen Weibleins willen in Hasle eine neue, die neunte Metzigbank und verlieh sie dem leichtsinnigen Meinrad.

Beider Sohn war der in meinem Buch »Aus der Jugendzeit« erwähnte »wüste Metzger«, der nur so genannt wurde, weil er oft wüst tat, sonst aber der schönste Metzgersmann war, den ich im Leben gesehen.

Trotz seiner »Beturmung« heiratete des Toweisen Walburg noch im gleichen Jahre 1799 den Seraphin und zog in sein Vaterhaus, das nur durch eine Gasse getrennt war von dem ihres Bruders, des Eselsbecken, meines Großvaters.

In diesem Hause lernte ich noch beide kennen; denn der Seraphin starb erst 1844, und die Walburg schied gar erst 1852 als das letzte Kind des Toweis aus diesem irdischen Jammertal.

Ihre Söhne, der Valentin, der Xaveri, der Seraphin und der Karle – drei wurden Metzger und einer, der Seraphin, ein Bierbrauer – hatten ganz Hansjakobschen Geist. Sie waren gefürchtet ob ihrer Stichelreden, ob ihrer Satire und ihrer gewandten Jungen.

Und von den Brüdern ihrer Großmutter hatten der Xaveri und der Seraphin eine leidenschaftliche Liebe zur Jagd geerbt. Ich bin als Student oft mit ihnen dem edlen Weidwerk obgelegen.

Heute sind sie alle, damals Männer im besten Alter, längst tot, und ich bin dem Grabe nahe.

In jeder größeren Familie ist wenigstens *ein* Kind unglücklich, so auch in der des Toweis. Die Tochter Barbara heiratete aus Liebe, und darum ging an ihr das spanische Sprichwort in Erfüllung: »Wer aus Liebe heiratet, wird in Schmerzen leben.«

Es gäbe einen Roman, wenn man all das dichterisch verwerten wollte, was sich an des heitern, schönen Mädchens Heirat knüpfte.

Auf dem bereits erwähnten ältesten Gasthaus zum »schwarzen Rappen« in Hasle saß, wie ebenfalls schon erzählt, ein Zweig des heute im Städtle längst ausgestorbenen, einst zahlreichen Geschlechtes der Kleyle.

Den Zeitgenossen des Toweis, den Rappenwirt Michel Kleyle, kennen wir bereits. Er war ein derber, wackerer Mann, der aber, wie die meisten Biedermänner auf Erden, mit Schulden zu kämpfen hatte, die ihm seine Ahnen hinterlassen. Diese waren durch Kriegszeiten in ihrem Vermögensstand zurückgekommen.

Des Michel Kleyles Weib, Walburga Dirhold, war eine tapfere Frau. Sie hatte einen bösen Buben und denselben wegen gröblicher Beleidigung der Eltern aus dem Vaterhaus verjagt, ohne ihm die nötigen Kleider mitzugeben.

Er verklagt die Mutter auf Herausgabe derselben beim Rat, der einigemal vergeblich die Walburg vorlädt. Als sie endlich kommt, soll der Stadtknecht Leist sie eintürmen, bis sie die Kleider herausgibt. Der Meister Leist fürchtet aber das Hünenweib, und es müssen die zwei Torwächter requiriert werden.

Ehe sie sich aber von den drei Schergen einsperren läßt, liefert sie die Kleider aus, und der ungeratene Sohn verschwindet bei den kaiserlichen Soldaten.

Bald darauf werden, da die Gläubiger drängen, der Michel und die Walburg vor den Rat gerufen und ihnen eröffnet, ihre Schulden innerhalb eines Vierteljahres zu bezahlen oder es werde ihnen alles verkauft. Betrübt gehen die zwei braven Menschen heim und beschließen, für ihren jüngsten Sohn, den Michel, der kaum zwanzig Jahre alt war, eine reiche Partie zu suchen und ihm die Schulden samt dem schwarzen Rappen zu übergeben.

Als dies dem Michel mitgeteilt wird, erklärt er, eine gute Partie zu wissen ganz in allernächster Nähe; des Toweisen Bärbele sei ihm gut und wolle ihn gewiß nehmen.

Der alte Michel ließ sich das nur einmal sagen, und dann schritt er über den Stadtbach hinüber zum Nachbar und Freund Toweis. Der war nicht wenig erstaunt, als er von der Sache hörte; denn daß sein Bärbele mit des Rappenwirts Michel angebunden habe, davon hatte ihm keines der Beteiligten bisher etwas gesagt. Solche Dinge vollziehen sich bekanntlich zunächst ohne Wissen von Vater und Mutter.

Dem Rappenwirt aber gab der Toweis den folgenden Bescheid: »Michel, so viel Geld hab' ich nit, um mein Maidle so auszustatten, daß es deinen Michel heiraten und seine Schulden bezahlen kann.

Du mußt ihm eine bessere Partie suchen. Zudem ist mein Bärbele noch ein Kind, und Kinder laß' ich nicht heiraten.«

Bei diesem Spruch blieb der Toweis, und im schwarzen Rappen ging man auf weitere Suche für den Michel.

Als die Frist, die der Rat gegeben, um war, wurden der Rappenwirt samt Weib und Sohn wieder vorgeladen – es war am 10. Februar 1792. Der Götte (Taufpate) des jungen Michel, der Metzger- und Zunftmeister Johannes Lukas Franz, begleitete sie als Beistand seines Patenkindes auf das Rathaus.

Hier trugen sie vor, man hatte auf gestern eine Hochzeiterin für den Michel erwartet. Sie sei aber offenbar wegen des Schneewetters nicht gekommen. Man bäte den Rat um eine Woche Frist. Da der Metzger Franz die Angabe bestätigt, wird die Versteigerung ihrer Habe gestundet bis zum 2. März.

Am 9. März werden die Bedrängten wieder gerufen, während der Michel junior immer noch keine Braut hat. Sie bekommen eine letzte Gnadenfrist bis zum achtzehnten.

Am sechzehnten schon erscheinen sie vor dem Rat und bitten um eine Verlängerung von vier Wochen, da jetzt ein Hochzeiter für die Tochter in Aussicht sei, ein Wolfacher, der 3.000 Gulden Vermögen habe.

Der wackere Metzgerpate ist Bürge für allen Schaden, der den Gläubigern durch Gewährung der erbetenen Frist erwachsen könnte. Der Rat läßt sich erweichen und gewährt Aufschub bis zum 3. April; dann werde aber jede Verlängerung »platterdings« abgewiesen.

Die Tochter hat ebensowenig Glück wie der Bruder Michel. Der reiche Bräutigam kommt auch nicht.

Jetzt gehen die braven Leute im schwarzen Rappen bei ihren Gläubigern um und bitten sie, durch ihre Unterschrift noch eine vierteljährige Frist zu genehmigen. Alle bewilligen dieselbe, und daraufhin steht auch der Rat still.

Ehe das Vierteljahr um ist, im Juni, erscheint der alte Michel vor den Herren und erklärt, der Hüslejok von Mühlenbach wisse dem jungen Michel eine reiche Partie im Dorfe Zunsweier.

Der Rat sendet auf dieses hin eine Abordnung von zwei Ratsherren, deren einer der Toweis ist, zur kranken Rappenwirtin und bestimmt sie, wenn es diesmal wieder nichts sei mit der Heirat ihres Sohnes, freiwillig auf die Versteigerung einzugehen. Die arme Frau verspricht alles, hofft aber, daß der Michel keinen Fehlgang mache.

Dieser reist mit dem unermüdlichen Metzger-Götte in das unferne Zunsweier und – holt einen Korb.

Am 11. Juli 1792 wird endlich alles versteigert; den alten Leuten bleibt nur das kleine Häuschen beim Stall. Käufer des schwarzen Rappen ist ein Bur aus der Nachbarschaft, Jakob Grieshaber ab dem Bellisberg.

Der ist fast ein halbes Jahrhundert Rappenwirt und stirbt erst 1841, ein Neunziger. Sein Sohn und Nachfolger, der in Rastatt studiert hatte, war anno 48 und 49 einer der Männer von Hasle, die ich ob ihres Eintretens für die Freiheit bewunderte. Er vertrat das Kinzigtal auch in der Landesversammlung, mußte aber vor den Preußen flüchten und sich eine Existenz in Frankreich gründen, wo er vor einigen Jahren starb. Seine braven Töchter, die bei ihm waren, haben ihm das Alter leicht gemacht.

Diese frommen Fräulein haben es durch eine reiche Schenkung den Haslachern auch möglich gemacht, jetzt, zu Anfang des 20. Jahrhunderts, eine neue, große Kirche zu bauen.

»Alte Liebe rostet nicht«, sagt ein Sprichwort, das auch bei 's Rappenwirts Michel in Erfüllung ging. Was ein rechtes Wibervolk ist, das liebt nur einmal und dann fürs ganze Leben. So auch die Bärbel im Hause Toweis. Sie nahm es dem Michel nicht übel, daß er so oft andern hatte nachlaufen müssen.

Sie wußte, daß er es tat als Sühnopfer für die Schulden seiner Eltern, und setzte es durch, daß sie anno 1803 den Michel heiraten durfte. Ihr Pate, der Schuhmacher Heim, und ihr Bruder, der Eselsbeck, geleiteten sie zum Altare.

Der Michel fing mit dem Geld seiner Frau einen Kramladen an und nannte sich Handelsmann. Die Sache ging aber bald schief, weil er von seinem Vaterhaus her das Sitzen im Wirtshaus gewohnt war.

Kaum hatte der Vater Toweis, der immer noch geholfen, seine Augen geschlossen, als dem Michel vergantet wurde. Die gute Barbara hatte nichts mehr als eine große Anzahl Kinder und was ihr die vermöglicheren Brüder noch an Almosen gaben.

Ihr Michel wurde Waldhüter bei der Stadt und streifte mehr denn dreißig Jahre lang, seine Pfeife rauchend, durch die Wälder von Hasle. Sein braves Weib starb lange vor ihm, kaum fünfzig Jahre alt. Ihn aber sah ich noch in meinen Knabenjahren. Wenn wir in der zweiten Hälfte der vierziger Jahre in den Wald zogen, im Sommer, um Vogelnester, und im Herbst, um Buchnüsse zu suchen, begegnete uns bisweilen der alte Kleyle-Michel mit seiner großen Römernase und seiner stets dampfenden Holzpfeife.

Seine Tochter, die Walburg, lebte in Rastatt als Frau eines Briefträgers, und ich habe sie, als ich dort studierte, oft besucht.

Nächst der Barbara war ein Schmerzenskind des Toweis der vorletzte Sohn, der Anton. Er war in der Mitte der neunziger Jahre in die Fremde gegangen und, wie vor ihm sein Bruder Toweis, nach Italien.

Im Jahre 1803 um Weihnachten kehrt er wieder heim und bringt gleich eine Hochzeiterin mit, eine Bäckerstochter Waldherr aus München, bei deren Vater er in Arbeit gestanden war.

Auf einem Wagen, der die Aussteuer der Braut trug, kam er mit dieser angefahren. Die Eltern schlugen die Hände über dem Kopf zusammen, und alle Bürger meinten, das sei unerhört, daß ein ehrlicher Handwerksbursche so heimkomme.

Der Toni läßt sich aber nicht erschüttern. Er sagt, seine Josepha sei ehrlicher Leute Kind, und daß sie ihm einen Weg von achtzig Stunden gefolgt sei, beweise ihre Liebe zu ihm. Daß ihre Eltern sie ihm aber anvertraut, sei ein Zeichen der Achtung, die er ihnen abgewonnen.

Am 10. Jänner 1804 heiratet er die getreue und tapfere Münchnerin; allein die Bäckerzunft läßt ihn sein Handwerk nicht treiben, weil Bäcker genug im Städtle seien; die Anwartschaft auf des Vaters Geschäft aber hat sein jüngster Bruder, der Arbogast.

Dem Toni folgte jedoch nicht bloß die Münchnerin nach Hasle; es kamen auch noch Gläubiger, so ein Johann Lapp von Neumühl bei Kehl, der dem Toni in Italien zwanzig Kronentaler geliehen hatte.

Jetzt will der Toni Reisegeld, um den Staub von Hasle wieder von den Füßen zu schütteln. Er verklagt seinen Vater beim Rat, weil er ihm nicht so viel gegeben als den andern Geschwistern.

Er wird abgewiesen und verschwindet mit seinem Weib im Sommer 1804, läßt seine Sephe in München bei den Eltern und wandert nach Italien.

Aus Rom und Neapel melden sich nach Jahr und Tag wieder Landsleute, die der Toni angepumpt und auf sein väterliches Vermögen verwiesen hat.

Nach des Vaters Tod erscheint er plötzlich wieder mit seiner Gattin in Hasle und läßt sich, da die Zunft ihm die Bäckerei verweigert, als Fabrikant von Nudeln und Maccaroni nieder. Er imponiert mit seinem Fabrikat so, daß selbst der Pfarrer Schuhmacher im Taufbuch ihm den Titel »Fabrikant« gibt, da er die Kinder des Toni – Pius, Natalis Augustus und Germana Viktoria – einträgt.

Man ersieht aus den Namen, welche der Toni seinen Kindern gab, daß er einen römischen Hieb hatte.

1815 ward der Maccaroni-Fabrikant noch großherzoglich badischer Akzisor, stirbt aber schon im folgenden Jahre, noch nicht vierzig Jahre alt.

Weib und Kinder ziehen nach München, von wo der Sohn Pius in den dreißiger Jahren für kurze Zeit als Maler nach Hasle zurückkehrt und einige Porträts malt. Dann verschwindet er wieder, und weder von ihm, noch von seinen Geschwistern ist je mehr eine Kunde an das Ohr der Backmulde oder an das meinige gedrungen.

Wenige Wochen nach der Hochzeit des Toni war auch des Toweisen Jüngster, der Stammhalter, zum Traualtar geschritten.

Sein Vater hatte ein halbes Jahrhundert die Bäckerei betrieben und das Szepter geführt im Hause. Jetzt wollte er sich in den Ruhestand begeben, mit seiner getreuen Magdalene die sonnigen Stüblein im zweiten Stocke seines Hauses beziehen und ungestört seinem Gott dienen und sich auf den Tod vorbereiten.

Der Arbogast war, als er Stammhalter wurde, 24 Jahre alt; aber er hatte trotzdem seine dreijährige Wanderschaft noch nicht vollendet. Da die andern Brüder verheiratet waren und der Toni in der Fremde weilte, hatte er die väterliche Backmulde bedienen müssen. So kam es, daß, als er Meister werden sollte, ihm noch ein und ein halbes Jahr fehlten an den zunftmäßigen Wanderjahren, deren eines er in Rastatt zugebracht hatte.

Er wandte sich durch den Obervogt Merlet an den Vater des Vaterlandes, an den Fürsten, und bat um Nachlaß der fehlenden Wanderzeit.

Er wurde ihm gewährt, weil der Obervogt berichtet hatte, der alte Toweis sei sehr bresthaft, könne dem Gewerbe nicht mehr allein nachkommen und der Arbogast habe sich bereits nach einem »passenden Gegenstand« umgesehen.

Dieser passende Gegenstand war die Tochter des Bachjörgs von Elze, Katharina Beh, die denn der Arbogast richtig am 13. Februar 1804 heimführte. Des Färber-Schättgens Toni, sein Vetter und Kamerad und zur Zeit Vikar im nahen Dörfchen Weiler, traute ihn.

Bei allen Hochzeiten im Hause des Toweis war immer einer der Geleitsmänner zum Altar der greise Götte gewesen, der Jugendfreund des Vaters, der Schuster Heim. Nur der Philipple und Eselsbeck hatte einmal eine Ausnahme gemacht. Er hat es nobel gegeben, als er die schöne Enkelin Sartoris heiratete. Vier Zeugen bat er zu diesem feierlichen Akt: seinen Vater, den Burgermeister Hettich, den Adlerwirt Dirhold und seinen Nachbar, den Schuster Lorenz Gißler. Er meinte, wenn doch immer ein Schuster dabei sein müsse, so wolle er einmal einen andern bringen.

Ehe der Toweis und die Magdalene sich auf das Leibgeding zurückzogen, ließen sie sich anno 1803 noch von einem fahrenden Künstler in Pastell malen, er in der roten Weste, hemdärmlig und mit der Zipfelmütze, sie in der alten Tracht, am Spinnrad sitzend.

Der Fahrende war ein Künstler von Gottes Gnaden, denn die Bilder, längst in meinem Besitz, sind kleine Kunstwerke.

Nun hatten beide Zeit genug, jeden Morgen bei den Kapuzinern die heilige Messe zu hören. Am Nachmittag saß die Magdalene am geliebten Spinnrad; der Toweis aber ging – zur Sommerszeit hemdärmlig und in der Zipfelkappe – zum Schoppen und redete von den guten, alten Zeiten und wie die Burger damals ihre verbrieften Freiheiten verteidigt hätten.

Seinen gleichnamigen Sohn, den Müller in Steinach, suchte er oft zu Fuß heim, langsam an der Kinzig hinabschreitend, und der Johann Georg in Offenburg holte die Eltern oft im Wagen ab, damit sie sich freuten seines blühenden Hausstandes.

Den Josef, Pfarrer in Ehingen im Hegau, bei dem die Tochter Helene als Köchin amtete, besuchten sie nie; er war ihnen zu weit weg.

Wenn an Neujahr die Kinder des Eselsbecks, die des Lorenz Sandhas und des Seraphin Franz kamen, um den Großeltern das übliche Glück zu wünschen, so bekam – mein Vater hat es oft erzählt – jedes einen Kronentaler vom Großvater.

Aber nur vier Jahre war es diesem vergönnt, sich seines Lebens in Ruhe zu freuen. Einen herben Schmerz brachte ihm noch diese kurze Ruhezeit. Im Sommer 1806 wurden die fürstenbergischen Lande durch napoleonschen Machtspruch unter die Souveränität Badens gestellt. Die fürstenbergischen Ämter und Stellen kamen sofort unter badische Oberhoheit, da der Markgraf und nunmehrige Großherzog von Baden sich beeilte, diese schönen Lande unter sein Szepter zu bringen.

Die Obervogteien wurden in Ämter umgewandelt mit dem Titel: »Großherzoglich badisches, fürstlich fürstenbergisches Amt.« Daß man den Namen der alten Herrschaft noch mitführte bis anno 1849, war ein schlechter Trost für das Haus Fürstenberg und seine Untertanen.

Die Haslacher und alle übrigen bisherigen Fürstenberger sahen den Übergang mit Schmerz. Sie hingen trotz manchen Streites an ihrem alten Herrscherhaus mit warmem Herzen, wie denn auch die österreichischen Untertanen rings um sie ebenso ungern badisch wurden.

Völker sind und bleiben ja Kinder, und Kinder vermissen ungern das angeborene Elternhaus, seinen Regenten und seine Ordnung, wenn's auch bisweilen streng herging.

Völker vergessen aber auch leicht wie Kinder, wenn man ihnen andere Herren gibt und die bisherigen nimmt.

Doch die Kinzigtäler vergaßen ihre alte Herrschaft lange nicht. Als am 8. Mai 1818 der neuvermählte junge Fürst der böhmischen Linie, Karl Egon, mit seiner Gattin Amalie von Baden in Begleitung des Fürsten von Thurn und Taxis von Karlsruhe her durchs Tal kam, empfingen sie das Paar so feierlich und so warm, als ob es noch die regierende Herrschaft repräsentierte.

Die reitende Bürgergarde von Hasle, der Oberforstmeister von Laßberg mit Jägern zu Pferd und der Posthalter Kleyle, der Onkel der Sophie Lenau's, ritten ihm weit hinab entgegen. Am untern Tor war ein Triumphbogen errichtet mit einer Abbildung, die den Stammvater der Fürstenberger darstellte, wie er Agnes von Zähringen die Hand reicht. Dazu ward ein Stammbaum übergeben, der von den zweien auf dem Bild herabreichte bis auf das gegenwärtige Paar.

Das war für die Haslacher Burgerschaft gewiß eine Leistung ersten Ranges in der Geschichtswissenschaft.

Blau und weiß und rot gekleidete Mädchen streuten Blumen, die neue türkische Musik blies unausgesetzt, und Böller krachten das Tal hinauf und hinab.

Fast ebenso feierlich empfingen die Haslacher noch anno 1844 den Sohn des eben genannten Fürstenpaares, den neuvermählten Erbprinzen von Fürstenberg, und ich war als Knabe auch dabei.

Gut badisch »mit Herz und Hand« haben eigentlich erst die Preußen anno 49 die Bürger von Hasle gemacht unter dem Nachdruck ihrer Zündnadelgewehre.

Anfangs aber seufzten die Bürger und mit ihnen der alte Toweis. Die seitherigen Freiheiten, vorab die Trinkfreiheit im Herbst, wo jeder seinen »selbstgezügelten« Wein ausschenken konnte, hörten nun alsbald auf.

Dem Toweis gefiel es nimmer in dieser Welt; darum legte er sich im Frühjahr 1808 zum Sterben nieder, und am 13. März haben sie ihn begraben. Bürger und Bauern und Arme und Vagabunden, welch letztern er so oft ein schützendes Obdach gewährt, begleiteten den toten Mann.

Neben seinem ältesten Sohne Johann Georg schritt tiefbetrübt sein greiser Freund, der Schuster Heim. Er starb erst vier Jahre später, ein Achtziger.

Der Freund Wachtler-Hans war schon drei Jahre zuvor ins Grab gestiegen. Ihm hatten trotz seiner feinen Saffianstiefel, die er in Hasle eingeführt, keine Rosen geblüht. Er mußte schließlich froh sein, daß er mit Hilfe des Toweis Spitalmeister und nebenher zeitweiliger Kuhhirt geworden war.

Der Glaser-Hans hatte das neue Jahrhundert nicht mehr erlebt; er starb noch im alten, ein armer Mann.

Auch der Chirurgus Pfaffius war mit all seiner Kunst der Macht des Todes nicht gewachsen. Er hatte kaum recht ins neue Jahrhundert geschaut, als der Sensenmann winkte und der Heilmann von dannen eilte für immer.

Am längsten lebte der Färber-Toni, der Vetter des Toweis. Er starb erst anno 1821.

Einsam saß die Magdalene in ihrem Stübchen; ihre Tränen um den Toweis netzten den Faden, den sie spann. Sie wollte sich nicht trösten lassen und wünschte auch den Tod. Er kam aber nicht nach Wunsch.

Der Sohn Josef, der Pfarrer, wollte sie zu sich nehmen; aber so weit weg von Hasle und vom Grab des Vaters ging die Mutter nicht. Da übernahm er 1809 die finanziell viel schlechtere Pfarrei Wolfach, und jetzt zog die alte Mutter zu ihm.

Dort saß sie noch vier Jahre in der düstern untern Stube im Pfarrhaus und spann und betete, betete und spann, bis im Dezember 1813 der Tod auch sie heimholte.

Daß ihr Sohn den Leichnam der Mutter nicht in die nahe Haslacher Erde und nicht neben den Vater, sondern in Wolfe begraben ließ, das verzeih' ich ihm nicht, obwohl es schließlich auf eins herauskommt.

Heute ist weder mehr ein Grabhügel, noch ein Grabkreuz zu sehen weder von den Eltern, noch von all den Kindern aus der Familie, in welche die Backmulde einst eingezogen.

Der Arbogast, der zahmste unter den Söhnen des Toweis, wurde einige Jahre nach des Vaters Tod auch wieder fürstlicher Kastenknecht. Der Bruder seiner Mutter, der ebenfalls Arbogast hieß, hatte dieses Amt nach der Absetzung des Toweis mehr denn 40 Jahre lang verwaltet.

Da er alt und fast blind geworden war, schlug der Rentmeister Löw anno 1812 einen neuen Kastenvogt vor wider den Willen des greisen Bäckers Arbogast Lienhard, der mit seinem vollen Gehalt von 45 Gulden pensioniert wurde.

In den Tagen des neuen Kastenknechts Arbogast lernte die Backmulde auch meinen Vater, den Philipp Hansjakob, und seine drei Brüder, Josef, Xaver und Nepomuk, kennen. Alle vier Buben des Eselsbecker waren Bäcker geworden, und alle halfen, dem Alter nach, dem kränklichen Bruder ihres Vaters oft in der Bäckerei aus.

Der Eselsbeck kam auch noch oft ins Haus und in die Backstube und räsonierte dann mit seinem viel jüngeren Bruder, daß er seinen armseligen Herrendienst nicht abgebe. Der Arbogast litt zeitig an Gicht und Rheuma, und der Philipp meinte, das komme vom Herrenbeziehungsweise Knechtsdienst. Der Kastenknecht hatte während der Weinlese bei Wind und Wetter draußen zu sein, mußte in der zugigen Zehntscheuer und in den feuchten Kellern der Herrschaft viele Stunden und Tage zubringen und sich so oft erkälten.

Der Eselsbeck sagte dem Arbogast auch, wenn der Vater Toweis noch am Leben wäre, hätte er den Dienst nie annehmen dürfen, den man ihm, dem Vater, einst, da er für Freiheit kämpfte, genommen habe.

Doch der Arbogast ließ sich das nicht gereuen. Er wurde ein vermöglicher Mann, der einen seiner zwei Söhne sogar studieren ließ und zwar »auf Doktor«. Wie's diesem Doktor erging, habe ich in den »Erzbauern« erzählt.

Der Kastenknecht Arbogast erlebte die brillanten Weinjahre von 1811 und 1822 und hat von diesen guten Tropfen viele Fuder in die fürstlichen Keller unter den zwei »Zehntkästen« eingelegt.

Der gute Wein heilte das Zipperlein des Arbogast aber auch nicht; er vermehrte es sogar, und als der Vierunddreißiger kam, konnte er schon nicht mehr als Kastenvogt amten.

Sein junger Sohn Eduard wird ihm als Koadjutor mit dem Rechte der Nachfolge beigegeben; denn der Arbogast ist bei den fürstlichen Rentmeistern Löw und Fischer gar wohl gelitten. Er ist ein allzeit dienstbeflissener Kastenknecht gewesen, und selbst die verwitwete Obervögtin Merlet wohnte bei ihm, ehe der Bruder Josef die Pfarrei Wolfe aufgegeben hatte und ins elterliche Haus als Pensionär gezogen war.

Die dreißiger Jahre waren den Söhnen des Toweis verhängnisvoll. Im November 1832 starb der Pfarrer, im Dezember der Johann Georg in Offenburg. Anno 1836 holte der Tod den Arbogast und im folgenden Jahr meinen Großvater, den Eselsbeck. Nur den Müller in Steine, den Tobias, ließ er erst Mitte der vierziger Jahre sterben, damit ich noch Kirchweihküchle bei ihm holen konnte.

Am längsten lebten die Töchter Walburg und Helene, und wenn ich mir aus meiner Knabenzeit zwei schöne Matronen in der Goldhaube der alten Haslacher Frauentracht vorstellen will, denke ich an sie.

Beide hatten vornehme, feine Römernasen, rote Wangen, Silberhaare und, in den Augen den Ausdruck wohlwollender Energie und scharfen Geistes.

Bäcker und Nachfolger seines Vaters im Hause des Toweis war jetzt der neue Kastenknecht Eduard, der anno 42 die Tochter des Vogtsburen, des Königs unter meinen Erzbauern, heimführte.

So lange die Backmulde unter ihm diente, hatte sie Hochsaison in Bezug auf Unterhaltung; denn die Backstube und die Wohnstube des Eduard, eines trockenen Humoristen erster Klasse, waren stets besucht von lustigen und neugierigen Leuten. Ich habe in den »Wilden Kirschen« die Originale geschildert, die beim Kastenvogt zusammenkamen – den Kapuzinerpater Leopold, den Berg-Fidele, den Wendel Sandhas, den Phrastes, den Sommerhaden-Bur und den Katzenkrämer.

Der Kastenvogt Eduard war ein leidenschaftlicher Jäger, ein belesener, religiös fast zu freisinniger, in allen bürgerlichen Angelegenheiten ungemein erfahrener und praktischer Mann. Darum wollte alles von ihm Rat, und sein Haus war selten leer von Rat- und Hilfesuchenden.

Im übrigen war er, wie sein Vater, gut fürstenbergisch und vergaß es nie, daß die Herren in Donaueschingen seiner Mutter, als der Witwe eines Kastenknechts, jährlich 36 Gulden Pension und 18 Gulden Beitrag aus der Witwenkasse bezahlt hatten. Seine Mutter aber galt dem Eduard alles, und so lange sie lebte, war er ledig geblieben, um ihr die Herrschaft im Hause unbeschränkt zu überlassen.

Während seiner Kastenknechtschaft war der Frucht- und Weinzehnten abgelöst worden. Die riesige Zehntscheuer, die auch vier große Torkeln (Weinpressen) hatte und in der in meiner ersten Knabenzeit noch ein gewaltiges Leben im Herbst sich abspielte – stand einsam und öde.

Anno 49 hatten die Preußen und Mecklenburger ihre Pferde darin stehen und brachten noch einmal Leben in die alten, düstern Räume. Bald darauf wurde sie abgebrochen, und an ihrer Stelle machte der Kastenvogt einen Garten.

Da ihm von seinen Kindern nur ein Mädchen geblieben und er allzeit mehr ein Freund der Natur und des Jagens als des Backens gewesen war, gab er anno 1858 die Bäckerei auf. Jetzt war die Mulde vereinsamt. Die Türe in die Backstube wurde abgeschlossen, und es begannen für sie Tage stiller Trauer über die Vergangenheit.

Elf Jahre dauerte diese Einsamkeit. Da kam eines Tages anno 69 ein junger Bäcker, Baptist Haas aus dem unfernen Dorfe Mühlenbach, und kaufte dem Kastenvogt die Mulde ab für 25 Gulden, um mit derselben sein Gewerbe »im Müllibach« anfangen und treiben zu können. Hier verlebte sie auch mehr als stille Tage; denn ein Dorfbäcker jener Zeit buk nur am Sonntag, und Besuche in der Backstube empfing er keine.

Bis anno 82 diente sie dem Haasen-Baptist im einsamen Dörflein treu und unverdrossen. Darum nahm er sie auch mit, als er in diesem Jahre hinabzog in die alte Kinzigstadt Offenburg, um da sein Glück zu versuchen. Er hatte an der Ecke der Wassergasse und der Wolkenstraße eine Bäckerei gepachtet.

Meines Urgroßvaters Mulde bereitete nun auch den Öffenburgern das Mark der Männer und dachte nebenbei darüber nach, warum die

»Bohnenburger« eine Wassergasse neben einer Wolkenstraße haben und so den Wolken, den Kindern des Wassers, einen vornehmeren Namen geben als ihrer Stammmutter.

Kaum waren zwei Jahre in Offenburg um, als in Hasle eine Bäckerei feil wurde. Die kaufte der unruhige Haasen-Beck und nahm seine getreue, alte Helferin wieder mit in ihre Heimat.

Zweimal hat sie zur Sommerszeit, auf dem Weg nach und von Offenburg, das Kinzigtal gesehen und ihre ersten Reisen gemacht auf dem Wagen eines Haslacher Fuhrmanns. Und sie meint heute noch, das Kinzigtal sei schön wie ein Maimorgen.

In Hasle kam sie in ein Haus, das in der Nachbarschaft ihrer alten Tätigkeit stand, und in welchem ein Urenkel des Tobias eben verarmt war. Sie erfuhr hier, daß während ihrer fünfzehnjährigen Fremde im Dienste des Haasen-Becken auch der Kastenvogt und seine Frau und seine Tochter gestorben seien.

Sie ward stiller und stiller bei dem Gedanken an die vielen Toten, an denen ihr Lebensweg schon vorübergegangen.

Auch ihren letzten Bäcker-Herrn überlebte sie. Nachdem sie ihm bis zum Jahre 1900 gedient, hatte er sie außer Dienst und in den Schopf (Schuppen) gestellt zu seinem Backholz und eine neumodische, eiserne Mulde angeschafft. Kaum war dies geschehen, so starb er.

Sie hörte in ihrer Verlassenheit noch die Balken ächzen, als anno 1900 das Haus des Toweis niedergerissen wurde, und betrübt darüber, ersehnte sie auch für sich den Tod.

Da sollte im Frühjahr 1901 auch der Schopf, in dem sie stand, abgerissen werden und ein Neubau an seine Stelle treten. Nun winkte ihr der Verbrennungstod.

Da saß ich im gleichen Frühjahr an einem schönen Maientag auf dem Bergle bei Hofstetten und schaute den italienischen Maurern zu, wie sie an meiner Kapelle bauten. Aus dem Wäldchen unterhalb derselben kamen zwei Männer von Hasle her. Der eine war mein Bauführer, und der andere stellte sich mir vor als der »junge Haasen-Beck«. Er erzählte mir alsbald, daß er noch die Backmulde eines meiner Ahnen besitze, die ehedem im Hause des »Kastenvogts« gewesen.

Am andern Morgen schon stand ich in dem alten Schopf des Bäckers am Stadtbach und schaute mir das ehrwürdige Familienstück an. Die alte Mulde glänzte vor Freude; denn ihr Retter nahte in dem

Urenkel des Mannes, der sie einst aus dem Walde geholt und in seine Backstube hatte stellen lassen. Sie glänzte, denn sie mochte eine Ahnung haben, daß sie zu neuem, schönerem Leben erstehen sollte. Das übrige habe ich schon erzählt.

Und nun noch mit ein paar Worten zurück zum Stamme Toweis.

Heute sind die Enkel des Toweis alle längst tot und von den Urenkeln auch schon eine große Anzahl.

Ja, selbst von dem Haus, in dem die Backmulde ein Jahrhundert gestanden, ist, wie schon angedeutet, kein Stein mehr auf dem andern. Ein Bierbrauer hat es abgerissen und ein neuzeitiges Bierhaus an seine Stelle gesetzt.

Der Stamm des Toweis ist in direkter männlicher Linie gänzlich erloschen. Von seinem Sohne Arbogast existiert kein männlicher Nachkomme mehr, aber ebensowenig von seinen anderen Söhnen, dem Hansjörg, Tobias und Anton.

Nur vom Philipp, dem Eselsbeck, leben noch direkte männliche Nachkommen: aber die allermeisten sind geistig und leiblich degeneriert, entartet oder verlumpt. Zu den Entarteten zähle ich auch den Schreiber dieses Buches.

Von den Töchtern des Toweis aber sind direkte Nachkommen nur noch von der Walburg, die den Metzger Seraphin Franz geheiratet hatte, vorhanden.

Ihre Söhne Seraphin und Karle leben in zahlreichen Enkeln kräftig fort, und der Seraphin taufte seine Bierwirtschaft nicht umsonst zum »grünen Baum«. Auch hat er in seinem Sohne, der ein großer Jäger und Humorist ist, den Namen Philipp fortleben lassen, den auch meine Schwester trägt zu Ehren ihres Großvaters, des Eselsbecken.

Die Hansjakob aber werden in Hasle nur von der Hauptlinie fortgeführt werden, von der sie ausgingen, von den Färbern, die ihrer Zunft bis heute treu geblieben sind und die sich auch die wesentliche Familieneigenschaft, die »Schlagfertigkeit in der Rede«, erhalten haben.

Bäcker Hansjakob, deren es in meiner Knabenzeit vier waren, alle vier Enkel des Toweis, gibt's, seitdem die Backmulde das Stammhaus verlassen hat, keine mehr, man müßte denn nur mich, der ich schriftstellerisch allerlei zusammentalge, für einen »Schwarzbrot-Beck« halten.

14.

Und nun zum Schlusse meiner Chronik noch ein Wort über Atavismus, d. i. über die Vererbung körperlicher und geistiger Eigenschaften von den Vorfahren auf die Nachkommen.

Ich bin, seitdem ich die Geschichte meiner erlauchten Ahnen näher erforscht habe, ein fast unbedingter Anhänger des großen, jüdischen Gelehrten Lombroso, des Vaters der Lehre vom Atavismus, geworden.

Die Summe der in einer Familie kreisenden natürlichen und erworbenen Eigenschaften vergleiche ich einer Lade voll Erbsen, die dadurch sich gefüllt hat, daß jeder der Ahnen für jede seiner körperlichen und geistigen Eigenschaften und Eigentümlichkeiten *eine* Erbse in die Lade gelegt hat. Jedem ihrer Nachkommen nimmt nun in der Stunde des Werdens das Schicksal eine Prise von diesen Erbsen heraus, und diejenigen Eigenschaften seiner Ahnen, die er damit bekommt, sind sein Anteil an dem körperlichen und geistigen Familienerbe. Mit diesem Erbe muß er wuchern oder gegen dasselbe ankämpfen, mit demselben oder gegen dasselbe stehen oder fallen.

Ich habe fast von jedem der in diesem Büchlein genannten Ahnen eine und die andere Erbse »verwischt«.

Sehen wir, welche. Der erste geschichtlich nachweisbare Ahne, der Schreiner und Blumenwirt Mathias Hansjakob in Gengenbach, bekannt ob seines »widerspenstigen Wesens und seines bösen Maules«, ist typisch geworden für fast alle seine Nachkommen. Zungenfertigkeit und Liebe zum Widersprechen war und ist so ziemlich allen eigen, mir vielleicht mehr als den andern.

Sein Sohn und seine Enkel – zwei Färber und ein Weber, haben, wohl weil sie nicht sparen konnten, ihren Nachkommen die Armut und den Mangel an Sparsinn vererbt. Ich habe in meiner Familie nie einen Geizhals, wohl aber viele, viele Verschwender kennen gelernt. Mich speziell nennt mein verehrter Freund, der Staatsrat Reinhard, nur den Verschwender.

Mit Vorliebe haben, wie wir gesehen, die Hansjakob des 17. und 18. Jahrhunderts, vorab der Schreiner-Mathis und mein Ur-Urgroßvater Johann Georg, der Weber in der Vorstadt, Opposition nach oben gemacht und geschwärmt für die Freiheit.

Sie waren arme Leute, aber nicht knechtselig und haben sich in einer Zeit des dicksten Absolutismus ein freies Wort vorbehalten.

Daß unsereiner es um keinen Preis zuwegbringt, in die in unserer Zeit überaus zahlreiche Legion der Knechtseligen und allzeit blind Gehorsamen einzutreten, hat er zweifellos von seinen Vorvätern ererbt, um es zu bewahren.

Und ich bin meinen Ahnen, trotzdem mir mein gänzlicher Mangel an politischer und kirchlicher Knechtseligkeit schon schwere Stunden bereitet hat, von Herzen dankbar. Das Gefühl, welches der Freiheitssinn verleiht, überwiegt alle Schmerzen, und sich sagen zu können: »Du bist kein serviler Lump und kein Knecht« – ist Lohn genug.

Drum steht auch schon in der heiligen Schrift: »Den du, o Herr, mit Freiheitssinn begabt, den lässest du nicht leer ausgehen.«

Und doch ist es, im Grund genommen, töricht, in einer Welt voll Sklaven, wo auch den freigesinnten Mann noch Ketten genug binden, von Freiheit zu reden.

Schon der Psalmist sagt: »Erst unter den Toten bin ich frei.« Und der Philosoph Hegel meint mit Recht: »Willst du leben, mußt du dienen; willst du frei sein, mußt du sterben.«

Herrlich aber singt Herwegh:

> Die Freiheit wohnt am Don und Belt,
> Sie trinkt aus unserm Rhein;
> Die Freiheit schläft im Wüstenzelt
> Und glänzt im Sonnenschein.
> Doch muß man um sie werben,
> Wo's immer sei;
> Doch muß man für sie sterben,
> Dann wird man frei.

Daß die Proletarier am meisten für Freiheit schwärmen, ist erklärlich, ehrt sie aber in hohem Grade. Für die »Bessern« unter den Menschen hat der Geheime Rat Goethe für alle Zeiten die richtige Lebensweisheit bezeichnet in den Worten:

> Der Mensch ist nicht geboren, frei zu sein.
> Und für den Edlen ist kein schöner Glück,
> Als einem Fürsten, den er ehrt, zu dienen.

Angesichts dieses Spruchs unseres deutschen Halbgotts, der den Fürsten gar keine Verpflichtung auferlegt, bin ich froh, kein Edler, sondern der Sprosse eines proletarischen Schreiners und eines ebensolchen Webers zu sein.

Ich habe aber nicht bloß deutsches Proletarierblut in meinen Adern, sondern auch welsches, italienisches. Man hat vor kurzem ausgerechnet, wie viel Tropfen deutsches und englisches Blut der dicke König Eduard von England habe. Ich habe mindestens soviel italienisches Blut, als dieser edle Blaublütige englisches.

Von einem meiner Ahnherren, dem Schultheißen Sartori, der noch ein Vollblut-Italiener war, – denn der Name seiner Mutter, Barbara Nuxia, spricht dafür – habe ich auch eine Portion welschen Blutes, das mich äußerlich zum Italiener stempelte und innerlich zum Melancholiker machte.

Auch des Brisgäuers und des Toweisen Vorliebe für die Kapuziner hab' ich geerbt. Nicht geerbt hab' ich gottlob vom Sartori seine Herrenwedelei. Dieselbe wurde in mir durch die demokratischen Erbsen meiner andern Ahnen stark überwuchert.

Vom Urgroßvater Toweis habe ich ferner überkommen die Vorliebe für Zipfelkappen und den »Baugeist«, vermöge dessen ich an Kirchen und Pfarrhäusern immer gerne gebaut habe und trotz vielen Ärgers immer wieder baue.

Vom Ur-Urgroßvater, dem Weber, den man den Kugler genannt, wurde mir auch noch meine frühere Lust zum Kegelspiel vermacht. Mein Vater war einst ein ebenso strenger Kegler, wie ich, der in den Studentenferien tagelang auf den Kegelbahnen zubrachte. Ein Hansjakob, im gleichen Grade wie ich mit dem Kugler verwandt, hat gar sein ganzes schönes Vermögen auf Kegelbahnen und bei Preiskegeln durchgebracht.

Was ich an leiblichen und geistigen Eigenschaften von meinen mütterlichen Ahnen überkommen, das steht geschrieben in den »Erinnerungen einer alten Schwarzwälderin«.

So spukt der Atavismus in jedem einzelnen Menschen, im Großen wie im Kleinen, und wir Nachkömmlinge sind in alleweg nur das Produkt unserer Ahnen.

Sie sind die verantwortlichen Redakteure unserer körperlichen und geistigen Eigenschaften, während unsere Tugend und unser Verdienst sich lediglich zeigt im Wuchern mit den ererbten guten und im Bekämpfen der ererbten schlechten Anlagen.

So wie aber der Herr, um mit der heiligen Schrift zu reden, an den Söhnen und Enkeln die Sünden der Väter rächt bis zum dritten und vierten Geschlecht, so überkommen uns auch vielfach die Tugenden von den Ahnen. Nie wird ein Heiliger gottlose Eltern und Voreltern gehabt haben.

Und nun, nachdem ich in vielen Sitzungen vor dem alten Holz der Backmulde aus seiner glänzenden Überkleidung heraus die Geschichte meiner Ahnen und ihrer Zeit abgelesen habe, richtet es in seiner neuen Madonnengestalt noch ein Schlußwort an mich und spricht also:

Ich habe dir vieles erzählt aus meiner und aus deines Geschlechtes Vergangenheit. Du hast an deiner eigenen Familie erkennen können, wie die Geschlechter der Menschen dahinsterben, und wie kurz die Spanne Zeit ist, in der sie sich ihres Lebens freuen dürfen.

Ich habe mehr denn hundert Jahre in deiner Bäckersfamilie gelebt und erkannt, wie schnell euer Menschenleben dahinzieht.

Ich sah deinen Urgroßvater als Familienvater an mir sein Brot verdienen an unzähligen Abenden und in zahllosen Nächten. Ich sah ihn alt werden und erlebte seinen Tod.

Ich sah seine Söhne als Kinder in seliger Sorglosigkeit um mich sich tummeln. Ich sah sie ihr Handwerk erlernen an meinem Leib; ich sah sie in die Fremde ziehen und heimkehren und erlebte ihren Tod.

Aber auch die Enkel sah ich als Kinder, Jünglinge, Männer und Greise und erlebte ihren Tod.

Drei Geschlechter zogen an mir vorüber in Leid und Freud, in Mühe und Arbeit – dem Grabe zu. Ich allein bin übrig geblieben, um dir von ihnen und von ihres Lebens Kürze zu erzählen.

Weine eigenen Tage schienen aber auch gezählt zu sein, als du mich auffandest. Schon waren Beil und Säge geschliffen, mir ein Ende zu machen. Ohne dein Dazwischentreten wäre ich jetzt längst in Rauch aufgegangen und ebenso spurlos verschwunden im Weltall, wie deine Ahnen spurlos verschwunden sind unter der Kirchhofserde.

Die herrliche Gestalt, die du mir gegeben, hat mir aufs neue Unsterblichkeit verliehen. Das kunstvolle Madonnenbild, welches du aus mir gemacht, ist gefeit gegen jede rohe Zerstörung. Ich werde in dieser

Gestalt geehrt sein für viele kommende Tage und Jahre, und manch Menschenkind wird gläubig und vertrauensvoll seinen Blick auf Mutter und Kind richten, wenn du einst nicht mehr bist.

Jetzt bin ich aufgenommen in jenes Gebiet, das hienieden nur mit der Welt untergeht, um in einer neuen Welt wieder zu erstehen – in das Gebiet der christlichen Religion.

Das danke ich dir; darum will ich deiner nie vergessen, wenn du auch längst versammelt sein wirst zu deinen Vätern im unermeßlichen Totenreich. Ich will die reine Magd des Herrn, deren Gestalt ich jetzt angenommen und an der die Geschlechter der Menschen durch die Jahrhunderte hin huldigend vorüberziehen dem Grabe zu – ich will sie bitten, dir einst in einer bessern Welt zum Frieden zu verhelfen, den du hienieden nicht gefunden hast.

Habe nochmals Dank für das, was du mir getan, und wenn dereinst alle deine Leser und Leserinnen dich werden vergessen haben, *eine* wird dich nie vergessen – die Backmulde deines Urgroßvaters, die du zur Madonna umgeschaffen hast.

So sprach das alte Holz zum alten Mann in der stillen Karthause zu Freiburg am Josefstag 1902, da er zum letztenmal an diesem Büchlein schrieb.

Der alte Karthäuser aber will diese Familienchronik, in welcher mehr Wasser als Wein, schließen mit den Worten eines frommen Mannes aus der heiligen Schrift.

Der unbekannte Verfasser des zweiten Buches der Makkabäer schreibt am Schlusse also:

»Ich will hiemit der Erzählung ein Ende machen. Wenn sie gut ist, so wie es sich geziemt, so ist es das, was ich selber auch wünsche; wenn sie aber minder preiswürdig ist, so möge man Nachsicht mit mir haben.«

»Denn gleichwie es zuwider wird, immer Wein zu trinken oder immer Wasser, sich ihrer abwechselnd zu bedienen aber angenehm ist, so wird auch für die Leser die Erzählung nicht angenehm sein, wenn sie stets gleich ist. Hier nun sei sie zu Ende.«

Die Madonna aber soll nach meinem Tode in meiner Grabkapelle in Hofstetten aufgestellt werden.